Manuela Lewentz

Suche Mann, der lieben kann

Plötzlich Klaus

Manuela Lewentz

Suche Mann, der lieben kann

Plötzlich Klaus

Manuela Lewentz

Suche Mann, der lieben kann
Plötzlich Klaus

Verlag:	Mittelrhein-Verlag GmbH, Mittelrheinstraße 2–4 56072 Koblenz
Umschlaggestaltung:	Davina Kuhn
Umschlagmotiv:	Shutterstock
Herstellung und Satz:	sapro GmbH – Gesellschaft für Satzproduktion, Triebstraße 16, 56370 Gutenacker
Druck und Bindung:	PARIO PRINT Al. Jana Pawła II 31/27, 31-864 Krakow, Polen

FSC www.fsc.org MIX Papier aus verantwortungsvollen Quellen FSC® C117425

ISBN 978-3-925180-41-5

Suche Mann, der lieben kann

Lotte

„Männer sind wie Sahnetorte", so mein Impuls beim Aufwachen. Ich liebe die süße Verführung, leider nur hält der Genuss nicht lange an. Verträumt denke ich an gestern Abend. Bilder kommen vor mein geistiges Auge, die mich sogleich wieder aufwühlen. Energisch schüttele ich meinen Kopf, denn schon wieder denke ich an Klaus. Mit ihm kam nicht nur ein begnadeter Dachdecker in mein Haus, sondern auch ein Sahnetörtchen der besonderen Art.

Wie ein Schmetterling, der seinem Kokon entflohen ist, fühle ich mich heute Morgen. Klaus, so meine Überlegung, der Mann hat mich verzaubert. Schon der erste Blick in seine Augen, das kurze Abscannen seines Körpers, seine raue Stimme, haben mich angemacht. Dieser Mann ist so ganz anders als die Männer, die ich bisher in mein Leben gelassen habe, obgleich er einer großen Liebe von mir sehr ähnelt. Kurz halte ich vor meinem Kleiderschrank inne, kritisch beäuge ich meine Garderobe. Fühle ich mich heute mehr als Mädchen oder als Vamp? Schon wieder ist Klaus in meinem Kopf. So, wie ich ihn erleben durfte, er steht mehr auf ein seriöses Erscheinungsbild. Eventuell täusche ich mich auch in ihm und seine Zurückhaltung ist nur der Auftakt zu einem Spiel der großen Gefühle. Lächelnd greife ich zu dem kleinen roten Minikleid. Jeder Mann steht auf ein sexy Outfit, so meine Entscheidung, somit auch Klaus.

Im Flur fällt mein Blick freudig in den Spiegel.

Mein Blick in den Spiegel zeigt mir heute Morgen dennoch auch, mir fehlt eine Portion Schlaf. Mein Leben steht wieder einmal auf dem Kopf, auch das ist nicht neu für mich. Für spannend, aufregend und beglückend halte ich trotzdem die momentane Situation. „Leben bedeutet für mich, Champagner zu trinken, die süßen Früchte zu kosten, ebenso die Männer, zumindest die Sorte, die es in meinen Augen wert ist, mein Leben zu bereichern." Lydia Lowere, meine Tante, hatte so ihre ganz eigenen Ansichten auf das Leben. Oft denke ich, Lydia hat es verstanden zu leben, zu genießen, in jeder Hinsicht.

Noch einmal schaue ich in den Spiegel und denke, die Farbe, so meine Überlegung, lenkt von der Blässe meines Gesichtes ab. Ein Blick auf meine Armbanduhr zeigt mir, ich muss nun mein Haus verlassen, die Arbeit wartet auf mich.

Beschwingt fahre ich nach Limburg zu meinem Café in der Altstadt. „Sexy Kleid", begrüßt mich meine Aushilfe. „Ist das für den Typen von gestern? Den würde ich auch nicht", an der Stelle unterbreche ich die Unterhaltung. „Diese Zweideutigkeiten heben wir uns für den Feierabend auf", binde ich meine Schürze um.

Gähnend kämpfe ich mich durch den Vormittag und bemühe mich, meine Schicht zu bewältigen. Im Kopf habe ich immer wieder die Bilder von gestern Abend, in der Nase trage ich noch den Duft von Klaus. Dieser Mann sitzt in meinem Kopf, lenkt mich mit den Erinnerungen an die gemeinsamen Stunden ab und ich zeige mich vor den Gästen unkonzentriert und verträumt. „Ich habe keinen Tee bestellt!" Irritiert blicke ich die Frau an, die sich gerade beschwert. Wo sind nur meine Gedanken, ermahne ich mich selbst. In meinem Kopf brennt die Frage: Mag mich Klaus? Bin ich anziehend für ihn? Zuerst empfand ich seine Zurückhaltung wie einen Auftakt zu einem Spiel zwischen uns. Vordergründig scheint alles bestens zu laufen und doch gibt er mir Rätsel auf.

Mein kleines Missgeschick habe ich rasch wieder behoben und meinen weiblichen Gast milde gestimmt.

Meine Tätigkeit in meinem kleinen Café ist trotz der Anstrengung, die dahintersteckt, pure Freude. Für mich persönlich sind die Begegnungen mit den Menschen wie Inspiration für meine zweite Leidenschaft, das Schreiben. Immer wieder lasse ich Wortfetzen, die ich im Café beim Bedienen an den Tischen aufgeschnappt habe, oder aber auch die Verhaltensmuster der Gäste in meine Kolumnen einfließen. Meiner Meinung nach braucht jeder Autor die Abwechslung im Alltag als Inspiration für seinen Beruf. Die Tatsache, dass ich in einem 300-Seelen-Ort auf dem Land lebe, schenkt mir die Ruhe zum Schreiben, jedoch nicht die Inspiration. Persönlich kann ich sagen, mit der Tätigkeit in Limburg und dem Schreiben habe ich die perfekte Kombination für mich gefunden.

Unweigerlich kommt mir mein väterlicher Freund Vincenz in den Sinn und ich spüre, mir fehlt seine Nähe. Gemeinsam mit seiner Lebensliebe Rosalinde sowie meiner Freundin Ina und Johann, seinem Sohn, war er über ein halbes Jahr auf Weltreise. Vincenz hatte ich gerade am Anfang sehr vermisst. Oft wollte ich ihn spontan anrufen, um seinen Rat bitten, doch dann fiel mir ein, Vincenz weilt gerade tausende Kilometer entfernt von mir. Ebenso erging es mir mit Ina. Meine Freundin habe ich so sehr vermisst, dass ich oft an ihrer Türe stand und erst in diesem Moment wieder daran dachte, die Freundin ist auf Reisen. Nicht vorstellen konnte ich mir, auch nur eine Woche zu überleben, ohne mit Ina zu sprechen, sie zu sehen. Seit der Grundschule waren wir zusammen, fast täglich.

Selbst Männer konnten uns nicht trennen und das, obwohl wir so unterschiedlich sind, von unserer Mentalität her.

„Ich komme schon in vier Tagen wieder zurück“, diese Nachricht habe ich mit Freude aufgenommen und die Tage bis zu Inas Rückkehr gezählt. Endlich ist die Zeit der räumlichen

Trennung überwunden und meine lieben Herzensmenschen sind wieder in meiner Nähe.

„Es ist nicht viel zu tun, Sie können gerne nach Hause fahren“, spricht mich meine Aushilfe an. Ob Sie bemerkt hat, wie durcheinander ich heute bin? Egal, ihr Angebot nehme ich lächelnd an und bin schon Minuten später in meinem Auto.

Rasch kommen meine Gedanken an Ina und Vincenz zurück. Mit Freude habe ich schon am Morgen eine Nachricht von Vincenz auf meinem Laptop entdeckt, noch vor meiner Arbeit habe ich diese geöffnet und gelesen.

Liebste Lotte,
für einen Mann in meinem Alter war diese Reise ein großes Glück. Abenteuer sind wie das Salz in der Suppe. Neue Blickwinkel halten jung und schenken mir den Eindruck, noch viele Jahre auf dieser Erde zu weilen.
Soweit meine positiven Eindrücke, liebe Lotte, die ich dir natürlich noch in einem privaten Gespräch ausführlich erläutern möchte.
Mit Wehmut habe ich aufgenommen, dein Liebesleben steht einmal mehr auf dem Kopf. Franz hat mich kontaktiert und somit bin ich informiert über das Ende eurer Beziehung. Wirklich, Lotte! In einem Jahr, so meine Gedanken, höre ich wieder Lobeshymnen aus deinem Mund, die Franz in den Himmel heben.

Dass er kein einfacher Mensch ist, gewiss, das glaube ich dir aufs Wort. Jedoch muss der Mann auch seine guten Seiten haben, ansonsten würdest du nicht immer wieder, in regelmäßigen Abständen seine Nähe suchen. Verzeih mir, liebe Lotte, dass ich so offen und ehrlich schreibe. In meinem Alter möchte ich keine Verrenkungen mehr machen und tun und sagen können, was ich möchte. Vergiss bitte nie, ich liebe dich wie meine eigene Tochter.

Gestern am Abend habe ich deinen Nachbarn und ehemaligen Postboten getroffen. Du kannst dir denken, was ich jetzt ansprechen werde, deinen neuen Besucher. Der Mann soll schon regelmäßig sein Auto vor deinem Haus parken, auch schon über Nacht geblieben sein.
Für mich ist dein Verhalten nicht nachzuvollziehen, jedoch bemühe ich mich um Verständnis und möchte nicht alt und stur erscheinen. Rosalinde hat einmal mehr beruhigend auf mich eingeredet und mir gesagt, ich solle dich dein Leben leben lassen. Wichtig für mich ist, meine Liebe, zu wissen, es geht dir gut. Vielleicht besuchst du uns in den nächsten Tagen einmal und erzählst etwas aus deinem Leben.

Bis dahin,
Vincenz

So richtig glücklich macht mich die Nachricht von Vincenz nicht. Allerdings war ich auch beruhigt zu wissen, mein väterlicher Freund ist schon informiert über mein Liebesleben und dank Rosalinde auch milde gestimmt. Ob sie mich mag oder redet sie vielmehr Vincenz nur ein, geduldig mit mir zu sein? Eingestehen muss ich mir, zunächst eifersüchtig auf Rosalinde gewesen zu sein. Mit ihr kam eine Wende in das Leben von Vincenz und plötzlich war ich nicht mehr der absolute Mittelpunkt für ihn. Zuvor waren Vincenz und ich oft zusammen. Wann immer Vincenz geschäftlich unterwegs war, hatten wir über E-Mail den Kontakt bewahrt und telefoniert. Vincenz war Teil meins Lebens. Sogar in sein altes Haus hat er mich mitgenommen und mir das Zimmer seiner verstorbenen Tochter gezeigt. Immerzu hat er davon gesprochen, ich erinnere ihn an seine Tochter wie sie zu Lebzeiten war. Unbändig und voller Tatendrang sei sie gewesen, so seine Worte. Anfangs war ich geschockt über den Vergleich zu mir. Aber dann habe ich gelernt, Vincenz ist ein Mensch, der sagt, was er denkt, ohne seinen Worten noch eine nette Verpackung anzufügen.

Ich bemühe mich, meine aufkeimende Sentimentalität zu unterdrücken. Vincenz hat meinem Leben wieder eine Richtung gegeben. Mit dem Erwerb des Hauses, in dem ich mein Café in Limburg betreibe, hat mich Vincenz vor den steigenden Mietpreisen gerettet. Monat um Monat hatte ich zuvor gekämpft und immer mehr Stunden gearbeitet, um mir die Kosten für eine weitere Aushilfe zu ersparen. Meinem väterlichen Freund war nicht entgangen, wie sehr die Arbeit mich beanspruchte und mich immer müder aussehen ließ. Seitdem ich die Miete nicht mehr aufbringen muss, habe ich ein leichteres Leben. Eigentlich hat Vincenz nicht nur mir geholfen, mit dem Kauf des Hauses.

Automatisch kommt mir auch Anton Wall in den Kopf. Anton ist ein begnadeter Künstler, jedoch ein schlechter Kaufmann. So erfolgreich er seine Gemälde verkauft, das Geld in sein Haus kommt, so wachsen auch seine Wünsche und somit ist das Geld rasch wieder weg. Mit dem Künstler teile ich das Haus, so hat es Vincenz gewollt.

Kennengelernt habe ich Anton Wall, als er die alte Villa meiner Tante Lydia Lowere in Frankfurt gekauft hatte. Für Anton waren die Räume der alten Villa eine Inspiration und die dort entstandenen Gemälde sind für mich die schönsten Werke aus seinen Händen, die ich bis heute sehen konnte. Anton Wall wird es nicht leichtgefallen sein, die Villa gegen seine heutige Wohnung einzutauschen. Trotzdem wird es ihm wie mir gehen, wir sind dankbar für die Hilfe von Vincenz und der damit verbundenen Möglichkeit, eine Existenz zu haben. Wenige Tage durfte auch ich in der Villa wohnen. Frankfurt, die alte Villa, diese Eindrücke möchte ich nicht missen und mir ist bewusst, für mich wird es mein verrücktestes Abenteuer auf Erden bleiben. Einmal eintauchen in die Welt von Glamour und Glitzer, Tür an Tür mit Menschen leben, die mit Chauffeur fahren und jede Menge Personal haben. Es war ein Traum! Anton hat seine Zeit in der alten Villa ebenso genossen, wie er mir oft genug berichtet hat. Für mich ist Anton ein verrückter Mensch und wenn ich fragen würde, wie er mich sieht, die Antwort dürfte in etwa dieselbe sein. Auch wenn wir sehr unterschiedliche Charaktere sind, halten wir doch zusammen. Oft fühle ich mich wie magisch angezogen von Anton Wall. Es gibt Tage, da muss ich ihn in seinem kleinen Atelier aufsuchen. Oft sitze ich nur in der Ecke und schaue Anton zu, wie er sich in der Welt seiner Farben bewegt und malt. Wir beide lieben das Außergewöhnliche, jeder von uns auf seine Art. Begnadet sind für mich die Talente von Anton. Mit seinen Gemälden hat er schon viele Kunstinteressierte in mein Café gelockt. Ich seufze bei dem Gedanken, wie oft seine Gemälde mich schon gedanklich auf Reisen geschickt haben, sobald ich davorstand. Besonders die Portraits meiner verstorbenen Tante Lydia Lowere nehmen mich immer wieder emotional aufs Neue gefangen. Mit Lydia an meiner Seite, so bin ich mir sicher, wäre ich aufgeblüht und meine Entwicklung wäre anders verlaufen. Nur in den ersten Jahren meines Lebens durfte meine Tante Lydia auf mich aufpassen und ich ihre Nähe genießen. Meine Mutter hatte Lydia eines Tages den Umgang mit mir verboten. Traurig musste ich mich dem Willen und Handeln meiner Mutter beugen, die so ganz anders im Verhalten ist als ihre Schwester es war.

Ich habe so viel von Lydia gehört und in den Zeitschriften gelesen. Sie war schillernd und lebendig. Beim Eintauchen in ihre Welt, bei meinem ersten Besuch in der alten Villa, ich war überwältigt und fasziniert zugleich. Plötzlich war ich Lydia so nah. Sie hatte mir die Villa vererbt und was ich in ihrem Haus entdecken konnte, es war für mich eine fremde Welt, die mich jedoch magisch anzog. Meine Traurigkeit kam zum Vorschein mit der Gewissheit, dass ich nicht genügend Zeit habe mit meiner Tante verbringen dürfen. Von meiner Tante Lydia habe ich in der wenigen Zeit, die ich ihr nahe sein durfte, viel Positives gelernt. Nach ihrem Tod hat Lydia Lowere mir durch das kurzfristige Eintauchen in ihre Welt gezeigt zu leben.

Wehmütig denke ich erneut an die alte Villa in Frankfurt zurück, in der Lydia bis zum letzten Atemzug so glücklich war. Leider kam mit der Villa auch der Schuldenberg meiner Tante in mein Leben und somit war ein Ende des Abenteuers, in ihren Räumen zu leben, unabwendbar für mich.

Abenteuer gehören zum Leben, so die Worte meiner Tante Lydia, die ich heute verstehe. Viel zu wenige Menschen können sich frei bewegen und so leben, wie sie es vom Herzen her möchten. Lydia hat sich dieses Recht genommen, bei der Wahl ihrer Männer und bei der Kleidung. Auch diesbezüglich habe ich viel gelernt. Früher war ich ein richtiges Landei, eine junge Frau, die niemandem auffiel. Bequeme Leggings und lange Pullover gehörten zu mir wie zottelige Haare mit Ansatz. Puh! Wie gut zu wissen, diese Zeit liegt weit hinter mir und gehört der Vergangenheit an. Offen sagen kann ich, mit dem Erbe von Lydia kam eine große Veränderung in mein Haus. Eine Veränderung, die sich auch auf meine Freundinnen ausgewirkt hat. Viele Gespräche kreisten plötzlich um Lydia Lowere und ihre Art zu leben, und wir stellten uns Fragen, die wir zuvor nie in unseren Köpfen hatten. Ina hat am längsten gebraucht, aus ihrem Kokon zu schlüpfen, muss ich grinsend denken. Sie fühlte sich viel zu lange innerlich gefangen.

Mein Handy klingelt und holt mich aus meiner Melancholie heraus, als ich gerade vor meinem Haus ankomme. „Kannst du noch einen Nachtisch vorbereiten?" Ina hört sich gehetzt an. „Gerade habe ich an dich gedacht", lasse ich die Freundin wissen und steige aus meinem Auto. Eigentlich habe ich mir eine Antwort erhofft, doch Ina schweigt. „Soll ich vielleicht auch den Kartoffelsalat zubereiten?", meine Frage lockt ein kurzes Aufstöhnen bei der Freundin hervor. „Meine Stimme, Lotte, nicht wahr? Ich klinge einmal mehr gehetzt, obgleich ich das nicht möchte."

„Mein Angebot steht, Ina." Mit dem Handy am Ohr eile ich in mein Haus. Kurz höre ich die Freundin tief einatmen. „Nein, auf keinen Fall. Ich war jetzt so lange von zu Hause weg, es ist an der Zeit, einmal wieder meine Küche zu benutzen. Außerdem muss die angefallene Wäsche nicht an einem Tag gewaschen und gebügelt werden", jetzt klingt ein Lachen durch das Telefon und ich freue mich spontan auf das Treffen am Abend, was ich auch sage. „Richtig vermisst habe ich meine Freundinnen", fügt Ina an, bevor sie das Telefonat beendet. Im Anschluss gehe ich an mein Fenster und schaue über die Straße zu Inas Haus. Es tut mir so gut zu wissen, meine Freundin ist wieder in meiner Nähe.

An was für einen Nachtisch Ina gedacht hat, frage ich mich selbst, das habe ich leider nicht mehr von ihr erfahren. Üblicherweise gibt es Eis, doch daran kann sie nicht gedacht haben, so meine Überlegung. Eis gehört für Ina ebenso wie für mich zur Grundausstattung im Eisfach. Wie auch immer, so dramatisch finde ich es nicht, dass mir Ina keine konkrete Vorstellung mitgeteilt hat, denn mir ist spontan eine Idee in den Kopf gekommen. Lächelnd nicke ich in mich hinein. Zumindest Karin und Ina werden sich an meiner Idee erfreuen. Ob Ina noch nicht die Zeit gefunden hat, ausgiebig den Kühlschrank und ihren Eisschrank zu füllen? Wenn sie mir nur im Vorfeld eine Nachricht gesendet hätte, so gerne wäre ich für sie einkaufen gegangen. Mit Sicherheit wollte die Freundin keine Umstände machen, so ist Ina. Umso verwunderlicher ist ihr Anruf. Dem Grübeln über die Frage, wieso Ina meine Hilfe benötigt, schenke ich keine weitere Beachtung mehr. Mit einem Male ist meine Auswahl der Garderobe für den Abend wichtiger für mich.

Die neue rote Bluse muss ich heute tragen und dazu einen Minirock mit Stiefeletten. Mir schwant schon beim Anziehen, was ich von Ina hören werde. Meine liebe Freundin wird mich am Abend bestimmt mit einer kleinen Spitze empfangen. Vom Grunde her habe ich die kleinen Einwände von Ina zu meinem Verhalten schon vermisst. Mir macht es diebische Freude, mich jetzt anzuziehen, in der Gewissheit auf die Reaktion am Abend.

Wie ich mich auf den Mädelsabend freue! Richtig schön finde ich, Karin bleibt für einige Tage hier und wird bei mir übernachten. „Dresden ist wunderschön", hat sie mir gestern noch am Telefon gesagt. „Nur", druckste Karin herum, „ich vermisse meine Freundinnen." Oh, weh! Hoffentlich hängt nicht schon wieder der Haussegen schief bei Karin und Hermann Josef, so mein erster Gedanke nach diesen Worten. Die kleine Abwechslung und Auszeit von Dresden wird Karin bestimmt gefallen, davon bin ich überzeugt. In meinen Augen gibt es keine perfekte Beziehung, zumindest keine, die wie in den Märchen von früher ist, die mir vorgelesen wurden, und die alle mit einem Happy End ausgehen. Um eine Beziehung müssen Frau und Mann kämpfen. Leider, so meine Erfahrungen der letzten Jahre, haben die Herren der Schöpfung dies rasch vergessen. Mir kommt Klaus in den Kopf und ich strahle unvermittelt. Kurz frage ich mich, wird er ebenso rasch wie die anderen Männer vergessen, sich zu bemühen? Ist er in wenigen Wochen wieder raus aus meinem Leben? Klaus ist anders als die Männer, die vor ihm in mein Leben kamen. Einerseits finde ich sein Verhalten reizvoll, andererseits auch sonderbar. Seine Zurückhaltung ist ja süß aber auf Dauer nicht richtig für mich. Ob es an mir liegt, dass Klaus so zurückhaltend war? Gefalle ich ihm nicht? Diesen Gedanken verwerfe ich rasch wieder. So, wie wir uns haben kennenlernen dürfen, es muss Schicksal sein. Wir sind füreinander bestimmt! Dieser Gedanke gefällt mir schon besser und steigert meine Laune. Aufgedreht wie ein Teenager, beäuge ich mich im Spiegel. Mir gefällt, was ich sehe. Trotz, oder gerade wegen, meiner etwas rundlichen Figur steht mir das neue Outfit. Wo steht geschrieben, nur den dünnen Mädchen stehen Röcke? Ist es nicht vielmehr so, dass Männer auf Frauen stehen, die etwas mehr an Weiblichkeit mitbringen?

Meine Gedanken wandern zu Klaus und unserem ersten gemeinsamen Essen in einer Pizzeria. „Endlich mal eine Frau, die nicht nur erzählt, ich esse gerne Pizza“, diese Worte waren wie Balsam für meine Seele. Die Worte von Klaus ließen meinen Blick im Anschluss über meinen Bauch streifen, der in dem engen Shirt, das ich an diesem Abend trug, so richtig schön zur Geltung kam. Meine Röllchen, die ich spontan zählte, brachten es auf drei. Mein Verhalten war Klaus aufgefallen. „Wirklich, Lotte, mir gefällt was ich sehe“, warf er nach und steckte sich ein großes Stück Pizza mit extra viel Käse in seinen Mund. Lachend blickte ich in seine Augen. Einen Augenblick war ich erschrocken, dachte ich doch, in den Augen von Klaus ein Zucken zu bemerken. Wieso nur bin ich so unsicher und hinterfrage sein Verhalten? Zehn Tage liegen zwischen diesem Essen und dem heutigen Tag.

Unser Kennenlernen war so spektakulär, für mich ist es ein Zeichen gewesen, der Hinweis auf ein großartiges Erlebnis.

Ebenso auf eine gemeinsame Zukunft. Dieses Mal werde ich die Liebe finden, die ich bis heute noch immer gesucht habe. Wie nur meine Freundinnen reagieren werden, wenn sie von den Umständen erfahren, wie ich Klaus kennenlernen durfte. Für mich ist es außergewöhnlich, dass ich den Brief von Klaus ausgerechnet in einer alten Tasche finden durfte. Insbesondere mit dem Hintergrundwissen, dass dies zu einem Zeitpunkt passierte, der so weit weg liegt von dem Tag, als Klaus den Brief verfasst hat. Vorerst scheint alles gut zu sein. Weder Klaus noch ich haben in der Zwischenzeit den Partner für das gemeinsame Leben gefunden, obgleich auch er schon lange auf der Suche ist.

Mein Blick fällt auf meine Armbanduhr. Es ist 16 Uhr und somit habe ich noch genügend Zeit, produktiv zu werden. Meine Chefredakteurin hat sich gemeldet und mir das neue Thema für die Sommerkolumnen mitgeteilt.

Frau Krautwinkel hat einen siebten Sinn für meine seelische Verfassung und sie schafft es immer wieder, mich zum Staunen zu bringen. Beschwingt eile ich die Stufen vom Schlafzimmer meines alten Hauses hinunter in die Küche. Zunächst koche ich mir einen Kaffee, die Seele soll verwöhnt werden vor der Arbeit, sage ich mir selbst. Damit ich auch wirklich entspannt an den PC gehe, gönne ich mir noch einen Schokoriegel, um den Zuckerspiegel aufrechtzuerhalten, wie ich mir selbst sage.

Liebe Lotte Wolke,
bei den Leserinnen kommt Ihre, in meinen Augen sehr eigentümliche, Art zu schreiben, erstaunlich gut an. Damit kann ich leben. Für mich sind die Verkaufszahlen ausschlaggebend und die sind kontinuierlich gut, auch dank Ihrer Kolumnen. Ihr neues Thema für die Sommerkolumnen trägt den Titel:
Die Liebe kommt oft unerwartet – auch über Nacht?

Liebe Frau Wolke, bitte denken Sie beim Schreiben auch daran, es gibt Frauen, die bei dem Thema Liebe sensibler sind als Sie! Von Ihnen erwarte ich Beiträge, in denen sich viele Leserinnen wiederfinden, nicht nur Lotte Wolke! Habe ich mich deutlich genug ausgedrückt?
Eine Kollegin von Ihnen ist erkrankt und daher wünsche ich den ersten Beitrag schon für den morgigen Tag auf meinem PC.

Mit besten Grüßen
Krautwinkel
Chefredakteurin

Das Schreiben lese ich noch einmal durch, obgleich ich es schon am Morgen aufmerksam gelesen habe. Mein Schokoriegel tut mir gut, der Kaffee ebenfalls. Mit etwas zeitlichem Abstand kann ich in dem Auftrag auch seine gute Seite sehen. Immerhin darf ich regelmäßig meiner Leidenschaft, dem Schreiben, nachkommen. Die Tatsache, meine Beiträge werden veröffentlicht, inzwischen auch auf einem Onlineportal, finde ich super. Somit können die Leserinnen über dieses Portal zeitnah meine Zeilen lesen und viele melden sich über einen Online-Zugang bei mir und geben mir ein Feedback, noch vor der Veröffentlichung in der Zeitschrift, was ich genieße.

Wie rasch sich inzwischen die Welt dreht, wie schnell Menschen sich austauschen können. Noch vor einigen Jahren mussten meine Leserinnen auf die wöchentliche Zeitschrift warten.

Meine Gedanken wandern erneut zu Klaus. Versonnen schaue ich kurz über meinen Laptop in den Garten. Das erste Treffen und die spontane Sympathie, die mich beim ersten Blick in seine Augen gleich überfiel, kommen in meinen Kopf. Mir hat auch sehr gefallen zu sehen, Klaus treibt viel Sport und hat muskulöse Arme. Ebenso sympathisch sind mir seine schulterlangen Haare. Bei Männern habe ich dies schon immer gerne gesehen. Wieso nur ein Mann wie Klaus über diesen Weg eine Partnerin sucht? So wie er aussieht, er kann auf jeder Kirmes eine Frau finden. Beim Nachdenken kommt mir in den Sinn, dass mehr Menschen einen Partner über das Internet suchen als oftmals vermutet wird.

Ob ich am Abend meinen Freundinnen von dem Kennenlernen, den wirklich außergewöhnlichen Umständen berichten soll? Vom Grunde her weiß ich schon jetzt, ich muss und ich will reden und ich bin schon ganz nervös in Erwartung auf die Reaktionen meiner Freundinnen, wenn sie die Wahrheit erfahren haben. Meine Idee, die eigene neue Begegnung mit einem Mann, der mein Herz im Sturm erobert hat, in die Kolumne einfließen zu lassen, fängt an, Besitz von mir zu nehmen. Ich beginne zu schreiben:

Liebe Leserinnen,
mir ist eine neue Aufgabe aus der Redaktion aufgetragen worden. Wie so oft musste ich zunächst schmunzeln und war auch für einen Moment verwundert. Dann aber konnte ich der neuen Überschrift für die Sommerkolumnen etwas Positives abgewinnen. „Die Liebe kommt oft unerwartet – auch über Nacht?" Das kennt man aus Songs, doch im wahren Leben ist das nicht so oft der Fall. So zumindest war meine Einstellung noch bis vor wenigen Tagen.
Meine Meinung habe ich geändert. Ja! Ich habe sie gefunden, die spontane Liebe, den Menschen, der über Nacht in mein Leben kam und es schlagartig veränderte. Seit diesem Moment ist er in meinem Kopf und ich muss ständig an ihn denken. In meinem Bauch spüre ich wieder die Schmetterlinge. Ein Gefühl, das ich so sehr liebe. Dieses Mal war es tatsächlich das Schicksal, das uns

zusammengeführt hat. Sie werden nun denken, wie romantisch das klingt und ja, ich bin noch immer überwältigt von den Umständen. Über Umwege, so darf ich schmunzelnd berichten, bin ich dem Mann begegnet. Klaus kam in mein Leben per Zufall. Gut, ich war, zumindest vor sehr langer Zeit, online aktiv geworden und habe den Prinzen für mein Leben mit Kontaktanzeigen gesucht, die ich ganz individuell verfasst habe. Besonders meine Kontaktanzeige mit der Überschrift Suche Mann zum Renovieren hatte für Aufsehen und viele Rückmeldungen gesorgt. Gefunden habe ich nur Frösche, so mein Resultat. Eine kurze Ausnahme für mich war die Zeit mit Franz. Ja, ich habe ihn geliebt und fest daran geglaubt, wir überstehen jeden Wind gemeinsam und schweben auf der Wolke des Glücks. Tatsache aber ist, ich bin irgendwann von der Wolke geflogen und unsanft wieder auf meinen eigenen Beinen gelandet. Wahrheitsgemäß muss ich sagen, zunächst landete ich auf dem Po und musste lernen, mich wieder auf eigenen Beinen zu bewegen.

Natürlich habe ich in meinem Herzen und in meinem Kopf noch immer schöne Erinnerungen an die gemeinsame Zeit mit Franz, leider aber auch die an den Herzschmerz. Euphorisch bin ich gerade bei dem Gedanken an die neue Begegnung. Eine neue Liebe ist wie ein neues Glück, so wird es in einem Song beschrieben. Ja! Ich spüre Energie in mir, Kraft und bin voller Tatendrang. Die Liebe wirkt beflügelnd, nicht nur auf mich. Regelrecht spüren kann ich, meine treuen Leserinnen, meine Schwestern im Herzen, Sie möchten mehr erfahren.

Bevor ich heute schon zu tiefe Einblicke in meine Seele gebe, bin ich neugierig auf Eure Zuschriften. Wie sehr ihr das neue Thema und wem ist die Liebe unerwartet begegnet? Interessant für mich ist auch zu erfahren, ist es einer von euch gelungen, diese Liebe auch festzuhalten? Meine treuen Leserinnen, die mich über Jahre schon kennen, fragen sich jetzt, wieso ist Lotte heute so verschlossen, was nur ist passiert mit ihr? Sie denken, dass Lotte so zurückhaltend schreibt, nicht direkt alles in Worte fasst, was mit Klaus in Verbindung zu bringen ist, sei schon ungewohnt. Sie möchten von den schönen Umständen um unser Kennenlernen erfahren? Auch diesen Wunsch kann ich verstehen. Doch heute zeige ich mich noch verschlossen, dafür gibt es einen Grund.

Zumindest dieses Rätsel möchte ich rasch auflösen: Für den heutigen Abend hat Ina zu einem Mädelsabend eingeladen und ich möchte verhindern, dass Ina, Karin oder Petra schon online über mein Liebesleben informiert sind, bevor ich mit den Freundinnen darüber gesprochen habe. Wie eine kleine Familie sind die Mädels für mich und daher bitte ich euch, meine treuen Leserinnen, noch um etwas Geduld. Nur so viel kann ich schon andeuten, ich lasse eine kleine Bombe los! Was mir passiert ist, fällt unter die Rubrik: Schicksal. Selbst beim Schreiben muss ich die Aufregung unterdrücken, die sich noch immer in mir ausbreitet, wenn ich daran denke, wie alles anfing. Außergewöhnlich, das Wort bringt noch nicht zum Ausdruck, was ich erleben durfte.

Mein Fazit: Ich glaube an die Liebe, die unerwartet kommt und somit ist diese Kolumne wie für mich vorgesehen. Tiefe Einblicke in meine Gefühlswelt kann ich schon heute versprechen und hoffentlich darf ich von vielen schönen Momenten schreiben.
Fünf Buchstaben signalisieren eine erneute Veränderung in meinem Leben. Nein, bitte denkt nicht an Franz! Das Kapitel habe ich abgeschlossen, auch wenn ich förmlich die Reaktionen von meinen Leserinnen, die mich seit Jahren kennen, spüre und meine zu hören. „Wer an die Liebe glaubt, muss auch offen sein für den Moment und die Veränderung“, Worte meiner Tante Lydia Lowere, die ich für die Wahrheit halte, noch heute!
In meinem Herzen lodert wieder das Feuer!

Im Geiste umarme ich euch und freue mich auf zahlreiche Rückmeldungen und Anregungen zum Leben und zu dem wunderschönen Thema: Die Liebe kommt oft unerwartet – auch über Nacht?

Eure
Lotte

Ina

Meine Weltreise war traumhaft schön. Die vielen Eindrücke, die ich gewinnen konnte, sind eine Bereicherung für mich. Meinem Freund Johann bin ich auch wieder nähergekommen, in jeder Hinsicht. Endlich kann ich mich einem Mann gegenüber öffnen, bin selbstbewusster und mit mir und meinem Körper im Reinen. Glücklich bin ich über die Tatsache, Johann hat mir meine Zeit zum Öffnen gelassen. Er ist ein Partner, der an meine Seite passt.

Versonnen schaue ich mir noch einmal den Tisch an, den ich bereits eingedeckt habe. Mir scheint, ich habe an alles gedacht. In Gedanken gehe ich noch die nächsten Handgriffe durch, die ich erledigen muss, bis meine Freundinnen eintreffen. Geschäftstüchtig nehme ich den Kartoffelsalat aus dem Kühlschrank, kurz haftet mein Blick auf dem kühlgestellten Prosecco. Drei Flaschen, das dürfte ausreichen. Zufrieden lege ich die Bockwürstchen in einen Topf mit Wasser. Noch einmal blicke ich über den bereits gedeckten Tisch. Die Servietten mit dem hübschen Muster stechen mir ins Auge. Diese habe ich im Urlaub gekauft. Zufrieden drehe ich mich um und suche mein Schlafzimmer auf, um mich umzuziehen.

„Ina?" In meine Überlegungen, was ich für den Mädelsabend anziehe, höre ich die Stimme von Johann. „Ich gehe zum Abendessen zu meinem Vater und Rosalinde", steht Johann vor mir, als ich gerade ausgezogen bin. Lächelnd sehe ich ihn an. „Nimmst du Wolfi mit?" Mein kleiner Sohn ist ganz vernarrt in Rosalinde und in Vincenz, den Vater von Johann. „Mache ich nicht immer alles, was du dir wünschst? Für mich kannst du so nackt bleiben." Johann sieht mich schelmisch an. „Ich liebe dich", gehe ich auf den Mann zu, dem mein Herz gehört, umarme ihn und spüre in diesem Moment die Erregung meines Freundes. „Wie lange werden deine Mädels bleiben?", höre ich seine Worte, die leise in mein Ohr dringen.

Kichernd schiebe ich ihn ein Stück von mir. „Nimmersatt!", werfe ich ihm lachend entgegen. „So ein böses Mädchen, schickt mich aus dem Haus", albert Johann und packt zeitgleich die Tasche mit Wolfis Utensilien zusammen. Grinsend bleibe ich in seiner Nähe, obgleich ich mich sputen muss. Mein Outfit ist noch nicht ausgewählt. Meine neuerliche Gelassenheit bekommt mir gut, wie ich selbst erkennen kann. „Küss mich!", ziehe ich Johann noch einmal zu mir. „Soll ich anrufen, wenn die Mädels sich davongeschlichen haben?" Sehnsüchtig blicke ich zu ihm. Johann grinst. „Nur gut, dass ich bei meinem Vater willkommen bin", betont lustig verlässt er wenig später mit Wolfi auf dem Arm unser Haus. Wie gut es mir in meiner Beziehung geht, denke ich zufrieden und mit einem Male weiß ich, was ich heute Abend tragen werde. Mein neues Kleid, das ich mir auf der Reise gekauft habe, ziehe ich über. Ein Blick in den Spiegel zeigt mir, ich sehe gut aus, für meine Verhältnisse sogar sexy.

Zurück in der Küche stelle ich das Wasser für die Bockwürstchen an. Ohne dieses Ritual zur Vorbereitung würde mir etwas fehlen für unser Abendessen beim Mädelsabend. Bis auf Petra stoße ich mit diesem Essen immer auf Zuspruch. Rasch fange ich an, für die Freundin etwas vorzubereiten, damit auch Petra zufrieden ist. Petra, so denke ich, hat sicherlich monatlich nur die Hälfte an Ausgaben für Lebensmittel wie ich.

Beim Nachtisch habe ich die Verantwortung an Lotte abgetreten. Obwohl, bisher waren wir immer mit Eis und Sahne zufrieden, ich ärgere mich nun, das nicht bedacht zu haben. Unser Lieblingsessen ist nicht als kalorienarm oder gesund einzustufen, doch wir mögen es so. Um ehrlich zu sein, mir ist ein Stück Fleischwurst lieber als Radieschen. In dem Zusammenhang denke ich erneut an Petra. So schlank wie Petra möchte ich nicht einmal sein. Nur, das stimmt leider auch, die Rollen an meinem Bauch werden größer und hartnäckiger. Johann hat vor wenigen Tagen „Specki", gesagt, als ich aus der Dusche kam. Zunächst war ich geschockt, doch dann hat er mir ein Handtuch gereicht und mich sanft abgetrocknet. Beim anschließenden Sex hat mir nichts gefehlt und soweit ich mich erinnere, war Johann sehr glücklich in meinen Armen geworden. Ob Petra wirklich so viel Freude an Tomaten, Gurken und grünen Salatblättern findet? Egal, sie wird sich an ihrem Salat erfreuen und Lotte und Karin an den Bockwürstchen und meinem Kartoffelsalat.

Ein Blick in den Flurspiegel lässt mich strahlen. Mein Outfit gefällt mir und ich bin neugierig auf die Reaktion der Freundinnen. Noch immer denke ich, es ist gewagt, so ein kurzes Kleid zu tragen, dann aber denke ich an die Worte der Verkäuferin. „Mit siebzig werden Sie gewiss dieses Kleid nicht mehr tragen und die ewige Jungend ist niemandem vergönnt. Was Sie jetzt verpassen, ist womöglich niemals mehr nachzuholen. Momente sind da, um diese zu genießen, so oft wir können." In diesem Augenblick war Lydia Lowere in meinem Kopf. Diese Frau war mir zunächst so fremd in ihrem Verhalten. Alles, was ich nach dem Tod von Lottes Tante über ihr

Leben erfahren durfte, es hat mich zunächst geschockt. Heute denke ich anders über Lydia Lowere und sehe in ihr die Frau, die stark genug war, so zu leben, wie es für sie richtig erschien. Heute sehe ich ein, diese Frau hat, zumindest ansatzweise, viel Weisheit besessen und Selbstbewusstsein. Noch einmal drehe ich mich vor dem Spiegel, schwelge in der Erinnerung an Lydia Lowere und finde, so wie ich heute aussehe, sie wäre begeistert von mir. In meine Überlegungen höre ich die Klingel meiner Haustüre.

Als Erste steht Karin vor mir, mit einer Reisetasche in der Linken. „Hat dich niemand am ICE-Bahnhof abgeholt?", mein Blick wandert beim Öffnen der Tür in den Garten. Keine Spur von Lotte oder Petra ist zu sehen. „Petra hat mich abgeholt, sie ist gerade noch zu Lotte gelaufen, um ihr ein Buch zu bringen." Karin umarmt mich lieb und kommt ins Haus. „Ein Kochbuch", fügt Karin grinsend nach. „Lotte soll, zumindest was die Ansicht von Petra betrifft, gesünder leben."

„Als ob Lotte sich darum kümmern würde", nehme ich Karin die Strickjacke ab. „In den nächsten Tagen werde ich bei Lotte übernachten und, das habe ich schon Petra versprochen, etwas auf Lottes Essgewohnheiten schauen."

Mir kommt spontan der fremde Wagen in den Kopf, den ich bei Lotte vor dem Haus gesehen habe. Leider hatte ich noch keine Zeit Sie darauf anzusprechen. „Ja, dann hoffe ich einmal, unsere Freundin hat auch Zeit für dich eingeplant." Meine Worte irritieren Karin für einen Moment. „Muss ich deine Bemerkung verstehen?" Kurz zögere ich, überlege, ob es richtig ist, Karin zu ängstigen und eventuell voreilige Schlüsse zu dem Wagen und einem neuen Freund von Lotte zu ziehen. Das Klingeln an der Tür erlöst mich aus der prekären Situation.

„Gut seht ihr aus!“ Meine Worte spiegeln das wider, was ich gerade denke. „Sexy Outfit“, lobe ich Lotte, die mich verwundert ansieht. „Oh, ja, danke“, stottert sie verlegen. Dann mustert sie mich „Du trägst kniefrei? Ina? Meine Freundin ist kaum wiederzuerkennen“, fügt Lotte nach. Sichtlich erstaunt betrachtet sie mich noch einmal genauer. „Grandios, Ina! Du siehst um Jahre jünger aus. Ich dachte schon, heute bekomme ich einen Seitenhieb zu meinem kurzen Rock“, lautes Lachen folgt Lottes Worten. Petra legt mir zwei Flaschen Prosecco in die Hände. „Ina hat sich zu einem hübschen Schwan gewandelt.“ Meine Wangen glühen auf dem Weg in meine Küche. Ja, es stimmt, ich habe mich in den letzten Monaten verändert, sehr, um es auf den Punkt zu bringen. „Meine Liebe zu Johann hat mich innerlich befreit. Heute denke ich, noch vor einem Jahr habe ich in einem Kokon gesteckt und mir wenig zugetraut. Heute will ich das Leben spüren und ich habe ab und an Angst vor dem Tod.“ „Bitte!“, Karin eilt zum Kühlschrank und holt eine gekühlte Flasche Prosecco zum Vorschein. „Keine traurigen Themen, zumindest nicht ohne triftigen Grund, Mädels!“ „Karin hat Recht. Wir sollten uns den heutigen Abend mit schönen Themen versüßen und dazu passt meine Neuigkeit!“ Lottes Worte lassen uns kurz innehalten. „Darf ich noch die Gläser füllen?“ Meine Frage wird nur mit einem Nicken von Petra beantwortet. „Neuigkeiten, sehr schön! Hoffentlich nur gute!“ Karin wirkt amüsiert und ich denke, Lotte will uns von dem neuen Freund erzählen. Mal sehen, was Karin zu der Aussicht sagen wird, gemeinsam mit dem Unbekannten in Lottes Haus zu schlafen. Karin spürt, dass ich kurz nachdenke und übernimmt selbstverständlich meine Rolle als Gastgeberin. Schweigend nehme ich anschließend ein Glas von Karin entgegen.

„Prost!“, fordert Lotte uns auf zu trinken. Ich ahne schon, jetzt kommt die neue Liebesgeschichte von Lotte auf den

Tisch. „Hat der Wagen, den ich vor deinem Haus habe stehen sehen, damit zu tun? Wenn ich nicht so mit Wäschewaschen, Bügeln und Einkaufen von Lebensmitteln beschäftigt gewesen wäre, ich hätte schon bei dir geklingelt." Karin und Petra haben meine Worte nicht aufgenommen, sie sind in ein Gespräch vertieft. Lotte verdreht ihre Augen. „So, so, das ist dir also aufgefallen?" Ohne auf meine Antwort zu warten, geht sie zu dem Esstisch. Petra und Karin haben ebenso den Tisch angesteuert und daher tue ich es den Freundinnen gleich.

„Wir könnten uns zunächst dem Kartoffelsalat widmen, du hast uns doch eine Schüssel vorbereitet?" Karin leckt sich schon mit der Zunge über die Lippen. „Wie hübsch du für uns den Tisch eingedeckt hast", wirft sie zufrieden nach. Vielleicht sollte Petra auch ihr ein Kochbuch schenken, grinse ich in mich hinein. „Natürlich werde ich euch heute Abend mit Kartoffelsalat à la Ina verwöhnen! Jetzt, wo die Frauen überall in unserem Land mein Rezept haben und nachkochen, sollen wir doch nicht darauf verzichten müssen", grinse ich meine Mädels an. „Ich muss nur kurz in meine Küche." „Ich helfe dir", eilt Petra mir nach. Aus dem Augenwinkel sehe ich, Karin und Lotte stoßen mit ihrem Prosecco an und unterhalten sich angeregt. „Was kann ich heute Abend essen?" Auf diese Frage habe ich schon gewartet und grinse die Freundin an. „Kartoffelsalat und Würstchen?" Kurz hält Petra inne, blickt mich traurig an. „Oh", höre ich die gehauchten Worte aus Petras Mund als Antwort. Länger kann ich die Freundin nicht auf die Folter spannen, daher öffne ich schwungvoll den Kühlschrank und gewähre Petra einen Blick auf den Inhalt. „Tomatensalat!" Mit einem Male strahlen die Augen von Petra wieder, ihre Stimme hat wieder an Stärke gewonnen. „Du bist ein Schatz", haucht sie mir einen Kuss auf die Wange und nimmt im Anschluss ihre Schüssel aus dem Kühlschrank heraus. Kaum, dass ich den Kartoffelsalat auf den Tisch gestellt habe, die Würstchen ebenfalls, breitet sich ein Klappern von Geschirr aus und übernimmt kurz den Ton.

„Köstlich, Ina! Wie gut es uns nur geht", schmatzt Lotte versonnen. Mit strahlenden Augen greift sie beherzt zu. Mein Blick wandert zu Karin, sie ist ebenfalls sehr zufrieden, was ich an ihrem Lächeln erkennen kann. „Gibt es nun Pläne für die Hochzeit, Ina?" Petra zieht mit ihrer Frage die Aufmerksamkeit auf sich. Kurz lege ich mein Besteck zur Seite, atme tief ein. „Habe ich jetzt etwas Falsches gefragt?", Petra tupft mit ihrer Serviette den Mund ab. Ihren Kopf leicht auf die Seite gelegt, ruht ihr Blick auf mir, der von Lotte und Karin ebenfalls. Beide haben mit dem Essen aufgehört, was mich schon beängstigt. „Gut, ich bin für den Moment etwas durcheinander", hebe ich kurz meine Hände. „Musst du auch immer so spitze Fragen stellen?", giftet Lotte in Richtung von Petra. „Stopp!", unterbreche ich die aufkeimende Anspannung. „Wir Mädels sollten nie ein Problem haben uns gegenseitig Fragen zu stellen, auch, oder gerade, wenn diese privat sind." Meine Worte haben zur Folge, am Tisch ist es jetzt wieder ruhig geworden. „Auf die Freundschaft", hebe ich mein Glas Prosecco und zu meiner Erleichterung tun es die Freundinnen auch. Gläser klirren aneinander und mit einem Male ertönt ein Stimmengewirr.

Karin berichtet von der Fahrt im ICE und von der älteren Frau, die ihr gegenübersaß. Wir können für den Moment lachen und als Lotte wieder zu ihrem Besteck greift, scheint der Abend gerettet zu sein. Petra knabbert eifrig auf den Tomaten herum, wirkt aber zufrieden. Auch sie kann uns mit einer netten Anekdote unterhalten und zumindest glaube ich zu spüren, alles ist gut. Meine kleine Welt, meine Mädelsrunde ist wie ein Anker zum Alltag für mich. „Die Hochzeit wird stattfinden“, erhebe ich das Wort, nachdem wirklich jede der Freundinnen für das Erste gesättigt zu sein scheint. „Nur eben nicht jetzt direkt. Einen festen Termin haben wir noch nicht ins Auge gefasst und um ehrlich zu sein“, kurz komme ich ins Stocken, greife noch einmal nach dem Glas Prosecco und nehme einen Schluck, „immer dann, wenn es gut läuft, habe ich Angst vor großen Veränderungen. Die Weltreise war eine Herausforderung für mich, die sich in der Tat gelohnt hat. Freier und offener fühle ich mich heute und viel stärker als noch vor einem Jahr. Innerlich bin ich unschlüssig, ob ein goldener Ring diesen Zustand noch verbessern kann oder“, meine Worte breche ich erneut ab. Petra legt ihre Hand auf meine. „Du sprichst mir aus der Seele. Mehr als nur verstehen kann ich dich, deine Ängste ebenso. Immer, wenn Marc von Hochzeit spricht, dann spüre ich ein Ziehen in meinem Magen. Mir geht es genauso wie dir, Ina. Wenn alles gut ist, dann darf es auch so bleiben.“ Erneut wird es still am Tisch.

„Der Moment schreit nach einer neuen Flasche Prosecco“, steht Lotte vom Tisch auf. „Jetzt möchte ich von meinem Leben berichten und später, nach einem Nachtisch, den ich in Inas Kühlschrank schon für uns bereitgestellt habe, seid ihr wieder an der Reihe.“ Kurz frage ich mich, warum will keine meiner Freundinnen einen Einblick in meine Reise haben? Dann aber denke ich, die Freundinnen haben mich besucht und jede Woche haben wir eine Videoschaltung gehabt. Sicherlich habe ich schon genug geschwärmt von den Erlebnissen.

„Zuerst füllst du bitte die Gläser auf“, bemüht locker wirft Karin diese Worte zu Lotte. Keine Minute später ploppt der Korken aus dem Flaschenhals heraus.

„Was ich euch zu sagen habe, ist zum einen lustig und dennoch bin ich schon jetzt auch auf kritische Reaktionen vorbereitet.“ Lottes Wangen glühen, sie ist aufgeregt, so gut kenne ich sie. Mein Glas drehe ich in meinen Händen, die Spannung am Tisch wächst. Jede von uns Freundinnen scheint schon das Kopfkino eingeschaltet zu haben. Immer dann, wenn Lotte eine Wende in ihrem Privatleben ankündigt, ist die Langeweile außen vor.

„Erinnert ihr euch an die Zeit, als ich über Kontaktanzeigen einen Mann fürs Leben gesucht habe?“ Lotte schaut uns in die Augen, sie genießt den Augenblick. Wie ein Zauber, der über den Köpfen hängt, sind wir von Lottes Lippen angezogen und können nur nicken. Unser Schweigen soll Lotte motivieren, uns nicht länger im Ungewissen zu lassen. Kurz kichert Lotte, dann aber nippt sie an ihrem Glas und redet weiter. „Wenn ich zurückdenke an die ersten Versuche, eine Kontaktanzeige zu formulieren, auf diesem Weg das große Glück, sprich die Liebe zu finden, muss ich laut auflachen. Karin, erinnerst du dich an die Zeit, als Franz in mein Haus kam? Jedes Wochenende?“ Karin rutscht in ihrem Stuhl zurück, selbstverständlich ruhen unsere Augen nun auf ihr. „Sehr gut erinnere ich mich an diese Zeit, Lotte. An die schönen Momente, ebenso an unseren kleinen Streit aber auch an die vielen lustigen Abende, an denen wir gemeinsam gekocht haben.“ Kurz hält Karin inne. „Unter der Woche haben wir alles eingekauft, um am Wochenende die Handwerker zu verwöhnen. Kulinarisch, meine ich“, Karin hebt ihr Glas und wir stoßen erleichtert an. „Soll ich den Nachtisch holen?“ Ohne auf eine Antwort zu warten, gehe ich zu meinem Kühlschrank. Petra eilt mir nach und trägt Schlüsselchen auf den Tisch. „Vanillepudding und Schokopudding“, Karin schwelgt im Glück, so meine Vermutung auf ihre Reaktion. „Sahne gibt es auch noch“, kommt Petra mit einer Schüssel an den Tisch. Der Unterton in ihrer Stimme lässt mich kurz innehalten. „Und“, ich drehe mich nach einer Weile um, eile zum Gefrierschrank, „damit ich Lottes Nachtisch noch toppen kann, Vanilleeis!“

Klatschen erklingt, zumindest von Karin und Lotte. „Was für ein herrlicher Abend. Ich liebe unsere Treffen und das gemeinsame Schlemmen.“ Unsere Karin seufzt und ich denke mir, bei Hermann Josef gibt es diese Kalorienzufuhr nicht an einem Abend, er würde Karin die Köstlichkeiten über eine Woche vorsetzen, wenn überhaupt. „Nur die beste Freundin kann verstehen, was die Seele braucht“, fügt Lotte nach. Petra steht kurz unbeholfen neben mir, dann dreht sie sich aber um und geht zurück in meine Küche. Ich höre ein Klappern, Öffnen einer Schublade, dann achte ich nicht mehr auf die Geräusche im Hintergrund und gönne mir eine große Portion Pudding, zwei Bällchen Vanilleeis und zwei Löffel Sahne obenauf. „Das sieht doch lecker aus“, trällernd greife ich zu meinem Löffel und fange an, den Nachtisch zu genießen.

„Mit dir an meiner Seite, Lotte, kann ich nicht abnehmen“, beherzt greift auch Karin nach der Schüssel mit dem Pudding und löffelt gleich zwei große Portionen auf ihren Teller. Als Petra wieder am Tisch sitzt, greift Karin schon zum zweiten Mal zum Pudding. „Coole Idee von unserer Lotte“, lächelt sie mich an. „Die Kombination aus Pudding und Eis ist grandios.“ Beseelt nicke ich Karin zu. In dem Moment, als ich ihr Lob noch unterstreichen will, bringt sich Petra ein. „Mir tun die Augen weh, wirklich. Eure Liebe zu Eis und Sahne bin ich gewöhnt, doch jetzt, die Kombination mit Pudding anzureichern, das ist nicht normal. Ihr werdet Hüftspeck bekommen und“, an dieser Stelle unterbreche ich Petra. „In deinen Augen kommen nur dünne Püppchen in den Himmel?“ Meine Stimme klingt aufgebracht, leicht aggressiv, was mich ärgert. „Willst du uns den Appetit verderben?“ Karin ist auch hellhörig geworden und kann Petras Worte nicht gutheißen. „Leben und leben lassen, schon vergessen?“ Karins Worte zeigen Wirkung. Petra lehnt sich im Stuhl zurück und knabbert auf einem Radieschen herum. „Ich musste deinen Kühlschrank, die Vorratsschränke komplett in Augenschein nehmen, um auch einen gesunden Nachtisch zu finden.“ Meine Augen verdrehe ich automatisch. Meine Freundin wird sich nicht mehr ändern, so meine Überlegung. „Du solltest dir wenigstens eine Portion von dem Eis gönnen“, füge ich sanft nach. Mir ist nicht an einem Streit mit Petra gelegen. Für den Moment kehrt Ruhe am Tisch ein. Alle Augen liegen auf Petra. Ruckartig steht sie von ihrem Stuhl auf. „Ihr nervt, wirklich! In spätestens fünf Jahren seht ihr genauso wie eure Großmütter aus. Dick, aufgedunsen und ohne jeden Pepp in der Kleidung. Die Wahrheit tut weh, das ist mir bewusst. Ich muss aber sagen dürfen, was ich denke. Wir sind doch Freundinnen.“ Petra greift nach ihrer Strickjacke, ihrer Handtasche und ist im Begriff zu gehen.

„Kannst du uns einen Vorschlag machen, Petra, wie wir ohne großen Aufwand etwas verändern können?“ Meine Worte schwingen über dem Tisch. „Ich kann auf ihre Vorschläge verzichten“, giftet Lotte los. Für den Augenblick bin ich verwundert. Warum nur, so frage ich mich selbst, gehen wir immer so hart gegen Petra und ihre Gewohnheiten an. „Was ist los mit uns Freundinnen?“ Meine Frage wird nicht angehört. „Jetzt reicht es mir!“, laut schwingt meine Stimme über den Tisch. „Bitte, Petra, setz dich wieder zu uns.“ Petra dreht sich erleichtert um und kehrt an den Tisch zurück. Karin leckt ihren Löffel ab, sie blickt mir fragend in die Augen, hebt kurz die Schultern.

„Danke, Ina! Ich freue mich sehr zu hören, du legst Wert auf meinen Rat. Vom Grunde her ist es nicht schwierig für euch.“ Petra legt ihre Strickjacke wieder über die Stuhllehne und setzt sich zu uns. „Wer sagt dir denn, dass ich mich auch verändern möchte? Bis jetzt war der Abend sehr schön, das Abendessen sehr lecker und plötzlich machst du uns Stress." Karin lehnt sich zurück und verschränkt ihre Arme vor der Brust. Ablehnung liegt in ihren Augen. Mir gefällt nicht, wie sich alles entwickelt und ich befürchte, der Abend ist gleich zu Ende.

„Behaltet eure Angewohnheit für unsere Mädelsabende bei und esst Kartoffelsalat und Würstchen bei den Treffen", nimmt Petra das Wort wieder auf. So ganz kann ich nicht verstehen, was sie sagt. „Wir sollen also so weitermachen wie bisher?" Petra lächelt auf meine Worte. „Lass mich bitte weitersprechen. Beim Hauptgang soll es keine Änderung für euch geben, jedoch beim Nachtisch. Hier können wir in der Zukunft eine Lösung finden, die für euch weniger Kalorien bringt und ich habe den Vorteil, mit euch gemeinsam essen zu können." „Oh!" Karin rückt ein Stück näher. „Du machst mich neugierig. Sollen wir auch auf Radieschen umsteigen?" Petra hebt beschwichtigend die Hände.

„Nein, soweit möchte ich nicht gehen. Mein Vorschlag ist, wir bereiten als Nachtisch eine große Schüssel mit Obst vor und für euch noch eine Portion mit Sahne, ungesüßt, selbstverständlich." Karin holt hörbar Luft durch die Nase. „Obst hört sich sehr gut an, damit kann ich mich anfreunden, bei der Sahne brauche ich aber Zucker, da gibt es keinen Kompromiss." Lotte blickt kurz zu mir, dann zu Karin. Meine Freundinnen schweigen, daher ergreife ich das Wort. „Was ist mit euch? So unrecht hat Petra nicht. Wir drei haben in den letzten Jahren zugenommen und ich will für Johann auch noch in zehn Jahren attraktiv sein, als Frau anziehend wirken und nicht in der Übergrößenabteilung einkaufen." Petra klatscht begeistert ihre Hände zusammen. „Sehr schön! Das ist doch ein Anfang, Mädels. Ich freue mich sehr! Gerne kann ich auch einmal in der Woche mit euch Sport machen", ihre Stimme klingt euphorisch.

„Stopp! Du sollst nicht gleich das volle Programm auflegen“, wirft Lotte ein. Karin klatscht und untermalt ihre Worte. Ich jedoch bitte alle, ruhig zu bleiben. „Ich zumindest nehme das Angebot von Petra gerne an. Einmal in der Woche etwas Bewegung in meinen Alltag einzubauen, kann mir nur guttun.“

So wirklich anfreunden kann sich mit meinen Worten weder Karin noch Lotte. Um keine Unruhe am Tisch zu schüren, fange ich an, den Pudding, das Eis und den Rest der Sahne abzuräumen. „Möchte noch jemand Prosecco?“ Meine Frage, die ich von der Küche aus rufe, wird gleich von allen Freundinnen mit einem lauten „Ja“ beantwortet.

Immerhin so weit sind wir uns noch einig, denke ich mir, schnappe eine neue Flasche aus dem Kühlschrank und eile beschwingt zu den Mädels zurück. Die Flasche öffne ich mit einem lauten Plopp. „Auf die Freundschaft!“ Petra hält uns ihr Glas entgegen und strahlt mich an. Die nächste halbe Stunde schaffen wir es wieder, den Alltag außen vor zu lassen und verfallen in Berichte, die uns erheitern. „Du wolltest uns doch noch etwas erzählen.“ Petra scheint heute gerne alles auf den Punkt zu bringen, so mein Gedanke auf ihre Worte. Lotte lässt sich nicht lange bitten. Wir dürfen beobachten, wie sie zunächst genüsslich einen Schluck von der Brause für Erwachsene nimmt, wie wir gerne den Prosecco nennen. Beruhigt setze ich mich wieder auf meinen Stuhl und darf sehen, die Stimmung scheint wieder gut zu sein, meine Freundinnen tragen wieder ein Lächeln auf dem Gesicht. Lotte, so kann ich sehen, will gerade anfangen zu berichten, als ihr Handy piept und den Eingang einer SMS zeigt. Neugierig fallen unsere Blicke auf ihr Handy. Kein Wunder, Lotte ist mit einem Mal so abgelenkt, das ist nicht zu übersehen. Lächelnd erhebt sie sich von ihrem Stuhl. „Sorry, ich muss kurz telefonieren“, geht sie in meinen Flur. Karin, Petra und ich wechseln Blicke und zucken mit den Schultern. „Was bitte soll das jetzt bedeuten? Sind Männer jetzt wichtiger als unsere Mädelsrunde?“ Karin klingt noch belustigt, was sich rasch ändert, nachdem wir ein bekanntes Geräusch vernehmen. „Das war jetzt aber nicht deine Haustüre?“, Karin eilt von ihrem Stuhl auf und läuft in den Flur. Erneut hören wir, meine Haustüre wird aufgerissen. Petra und ich blicken uns fassungslos an. „Heute liegt aber viel Spannung in der Luft“, haucht Petra. Als nächstes hören wir Karins Stimme, wie sie nach Lotte ruft. Kurz wird es ruhig, Petra und ich sehen uns fragend an, bis die Klingel meiner Haustüre die Ruhe unterbricht. „Ich gehe nachsehen“, eile ich davon. „Karin? Wo ist Lotte?“ Ohne auf mich einzugehen, eilt Karin in mein Esszimmer und bleibt mit den Armen in der Hüfte verschränkt stehen. „Lotte ist einfach auf und davon. Das kapiere ich nicht. Sie sagt, Klaus habe sein Kommen angekündigt. Ich fasse es nicht! Sie wollte uns doch gerade erst von der neuen Liebe berichten. Kennt jemand von euch diesen Klaus?“ Karin ist sehr aufgebracht. Petra lehnt sich in ihrem Stuhl zurück.

„Schade, die neue Liebesgeschichte von Lotte wollte ich noch hören.“ Karin verzieht sich, ohne Kommentar, auf die Toilette. Der Blick auf meine Armbanduhr zeigt gerade mal halb elf. „Das möchte ich jetzt nicht glauben! Lotte ist verrückt geworden, wahrhaft!“ Aufgebracht kommt Karin zurück in mein Esszimmer. „Wo genau haben Ina und ich den Faden verloren? Konntest du Lotte noch sprechen?“ Petra bittet Karin, sich wieder zu setzen. „Ja, allerdings bin ich davon überzeugt, wäre ich Lotte nicht nachgelaufen, wir würden die ganze Nacht hier auf eine Rückmeldung warten. Ihr neuer Lover hat angerufen und jetzt ist sie zu ihm. Er würde vor ihrem Haus stehen und sie möchte nicht unhöflich sein zu ihm“, Karin schüttelt ihren Kopf. Ihre Körpersprache und der Unterton verraten, was sie gerade über Lotte denkt. Nichts Gutes!

„Ich komme aus Dresden hierher, um euch zu sehen, und dann lässt Lotte uns sitzen. Ausgerechnet Lotte! Sie hat mich doch dazu gedrängt, ein paar Tage in ihrem Haus zu wohnen, damit wir Zeit miteinander verbringen können. Jetzt kommt ein Mann in ihr Leben und ich bin vergessen!" Überraschend für mich ist zu beobachten, Petra kümmert sich rührend um Karin.

„Möchtest du bei mir übernachten?" Ausgerechnet Petra bietet Karin eine Unterkunft an. „Sehr gerne, Petra. Das ist lieb von dir. Dein Sofa ist bequem und mir schon bekannt." Verwundert nehme ich diese Worte auf. „Du kannst auch bei mir schlafen", werfe ich ein. Karin wirkt müde. „Nein, mir ist es lieber, morgen in aller Ruhe den Kühlschrank von Petra zu plündern, nachdem sie auf der Arbeit ist, als von Kindergeschrei geweckt zu werden." Oh! Mir fehlen die Worte auf Karins Aussage. Der Mädelsabend hat sein Ende gefunden. Petra und Karin greifen nach ihren Taschen. „Gute Nacht und melde dich morgen", begleite ich Karin und Petra bis zur Tür. Mit gemischten Gefühlen räume ich die Teller und Gläser in die Spülmaschine. Noch einmal schaue ich aus meinem Wohnzimmerfenster zu Lottes Haus. Der Wagen, der allem Anschein nach zu Klaus gehört, ist vor ihrem Haus zu sehen. Ebenso kann ich erkennen, im Erdgeschoss sind die Lichter bereits ausgeschaltet, nur im Schlafzimmer brennt noch das Licht. Kurz frage ich mich, wie es nur sein kann, dass Lotte ihre Freundin Karin vergisst. Sie sollte doch bei ihr übernachten. Mir ist das Verhalten von Lotte gerade fremd. Auf meinem Handy geht in dem Augenblick eine Nachricht von Lotte ein. Ich bin von den Geschehnissen so müde, daher lege ich mein Handy, ohne die Nachricht zu lesen, zur Seite.

Ob ich mit Johann darüber sprechen soll? Er hat angerufen und wird in wenigen Minuten bei mir sein.

Karin

Der Abend fing so schön an. Ina hatte alles perfekt und liebevoll vorbereitet für unser Treffen, genauso, wie ich es mir erhofft hatte. Meine Anreise war schon stressig und jetzt noch der heutige Abend. Erst der Streit mit Petra wegen unserer Angewohnheit zu schlemmen, den Kalorien ein Zuhause zu geben, wie ich es gerne nenne. Nur wer auch über sich selbst lachen kann, ist glücklich, so meine Devise. Leider vergesse ich diese ab und an selbst. Kaum war der Frieden mit Petra wiederhergestellt und wir hörten alle gebannt Lotte zu, da lief sie einfach davon. Ohne Grund! Nein, es gibt ja einen Grund für Lotte und der trägt den Namen Klaus. Wie verrückt muss Lotte hinter diesem Mann her sein? Noch nie haben wir einen Mädelsabend abgesagt oder frühzeitig unterbrochen. Ich komme ins Grübeln. Mir fällt die Zeit ein, als Lotte mit Franz liiert war. Ihm waren unsere Treffen immer fremd und von ihm beeinflusst, hat Lotte öfter abgesagt. Männer! Mir fällt Hermann Josef ein. Mein Handy hole ich zum Vorschein, um ihn anzurufen. Auch der dritte Versuch bleibt erfolglos. Rasch schreibe ich ihm eine SMS und versuche, das bestehende Chaos in wenige Worte zu fassen. Dass Petra mir eine Übernachtungsmöglichkeit angeboten hat, finde ich lieb von ihr. Es zeigt mir auch, in der Not halten wir zusammen und tief im Herzen haben wir uns lieb. Petra war auf der Rückfahrt sehr rücksichtsvoll zu mir. Sie hat versucht, mich aufzumuntern und wollte sogar bei einem Fast-Food-Restaurant anhalten. „Bin ich so am Ende?", frage ich die Freundin nach dem liebgemeinten Angebot. „Ich weiß doch, wie sehr du dich auf die freien Tage bei Lotte gefreut hast. Jetzt kann ich dir nur mein Sofa anbieten und mein Kühlschrank wird kulinarisch gesehen eine Enttäuschung für dich offenbaren." „Wie lieb du nur zu mir bist, Petra." Meine Stimme stockt. Mir ist zum Heulen zu

Mute, ich bin so verwundert, wie lieb Petra reagiert. „Lotte hat mich heute sehr enttäuscht und mir die kalte Schulter gezeigt. Das nächste Treffen bei ihr werde ich absagen, das steht schon jetzt für mich fest. Freundschaft unter Freundinnen sollte doch stärker sein als die Sehnsucht nach Sex." Auf meine Worte reagiert Petra nicht. Sicherlich will sie nicht hetzen. Ob ich alt werde? Spielen meine Hormone mir einen Streich? Bisher war ich auch in der Lage, eine Verabredung zu vergessen, wenn Hermann Josef sich von seiner verführerischen Seite zeigte. Dieser Gedanke lässt mich nur kurz grinsen. Die Gewissheit, Hermann Josef hält seine Verführungskünste in der letzten Zeit sehr zurück, trübt den Moment.

In Petras Wohnung angekommen, richtet sie mir das Sofa für die Nacht her. „Schlaf dich morgen aus, Karin", umarmt mich Petra und geht in ihr Schlafzimmer. Marc hat sich auch kurz blicken lassen und mich lieb begrüßt. Ich falle in einen unruhigen Schlaf und mein Traum birgt Potenzial für jeden Psychologen. Ich stehe an einem Bahnhof mit meiner Reisetasche in der Hand und warte. Es wird immer wärmer und ich bekomme Durst und Hunger, doch niemand holt mich ab. Menschen, die an mir vorbeieilen nehmen keine Notiz von mir. Tränen laufen über meine Wangen und obwohl noch immer viel auf dem Gelände los ist, kümmert sich niemand um mich. Als es schon dunkel wird, stehe ich noch an der gleichen Stelle, immer noch trage ich meine Reisetasche in der Hand. Plötzlich entdecke ich meine Freundin Lotte. Ich freue mich sehr sie zu sehen und bin in der Gewissheit, jetzt abgeholt zu werden. Mein Magen schreit nach Essen und ich habe Durst. Meine Lippen sind trocken und es hilft mir nicht, mit der Zunge über die spröden Stellen zu lecken. Lotte kommt näher. Sie sieht blendend aus und trägt ein hübsches Kleid. Voller Freude sehe ich Lotte näherkommen. Meinen Mund öffne ich und will die Freundin rufen, doch kein Ton kommt heraus. Lotte, so beobachte ich, kommt zwar noch näher, sie scheint mich aber nicht zu bemerken. Wieder versuche ich zu rufen, ohne Erfolg. Lotte geht mit einem Lächeln im Gesicht an mir vorbei in den Bahnhof. Meine Hoffnung liegt nun auf dem Moment, wo Lotte wieder zurückkommt. Ungeduldig schiele ich immer wieder auf meine Armbanduhr.

Nach vielen endlos scheinenden Minuten kommt Lotte aus dem Bahnhof und ich strahle über das ganze Gesicht. Hoffnungsvoll sehe ich Lotte abermals entgegen, sie aber reagiert nicht auf mich. Wieder will ich die Freundin auf mich aufmerksam machen und rufe verzweifelt nach ihr. Meine Stimme ist jedoch so leise, Lotte kann mich nicht hören. An ihrer Seite entdecke ich einen Mann, den ich nicht kenne. Beide lachen und albern, ich beobachte, wie er seinen Arm um Lottes Schultern legt. Als beide ganz nah an mir vorbeigehen, habe ich die Hoffnung, jetzt muss Lotte mich sehen und sie wird mir helfen. Ausgerechnet in dem Augenblick, als Lotte mir ganz nahekommt, zieht der Mann die Aufmerksamkeit von Lotte auf sich. Verliebt blickt sie in sein Gesicht und geht an mir vorbei, ohne mich zu bemerken. Aufgelöst blicke ich den beiden nach und sehe, wie Lotte mit dem Mann in ihrem Wagen davonfährt. Sie wollte doch mich abholen, hämmert es in meinem Kopf. Eine Gruppe mit Japanern kommt auf das Gelände zu, meine Kraft ist am Ende und ich stürze auf den Boden. Mit lautem Schrei eilen einige der Japaner zu mir. Leider kann ich nicht verstehen, was sie sagen. Meine Augen sind so schwer, ich kann sie kaum offenhalten. Erschöpft gebe ich dem Drang nach zu schlafen, in mir ist die Sehnsucht nach Ruhe. Langsam verschwimmen die Gesichter der Menschen in meiner Nähe und alles wird dunkel um mich herum.

Der nächste Morgen

Mein Blick fällt auf meine Armbanduhr und ich bin überrascht zu sehen, es ist schon halb zehn. Mein Kopf schmerzt. Ich denke kurz an den Traum, den ich in der Nacht hatte und frage mich selbst, hat er eine Bedeutung?

Auf meiner Tasche, die neben dem Sofa liegt, entdecke ich einen kleinen Brief.

Liebe Karin,
Marc hat Brötchen geholt für dich, ebenso Marmelade und Schokoaufstrich aus der Bäckerei mitgebracht. Fühl dich bei uns wie zu Hause und wenn du Lust hast, kauf im Supermarkt ein, worauf dein Herz sich freut.
Im Badezimmer liegen Handtücher für dich, die Kaffeemaschine ist gefüllt. Sollen wir zwei am Abend zum Italiener gehen?

Bis später!
Petra

Gerührt gehe ich in die Küche und wie angekündigt, finde ich dort die süßen Köstlichkeiten, ebenso ein Croissant und ein Nusshörnchen sowie zwei Brötchen. Die Köstlichkeiten ringen mir ein Lächeln ab. Noch vor dem Duschen klingelt mein Handy. Hermann Josef, erkenne ich sogleich den Anrufer. Endlich, denke ich und nehme das Telefonat rasch an.

„Ja, ich denke, du hast Recht. Es ist lieb von dir, dein Vorschlag gefällt mir."

Nach dem Telefonat bin ich aufgedreht. Hermann Josef kommt nach Limburg. Er hat sich Sorgen um mich gemacht und will mich abholen. Mit seinem Onkel Vincenz hat er telefoniert und wir können zwei Nächte bei ihm schlafen. Das Haus von Vincenz bietet in der Tat viel Platz und Komfort.

So besorgt war Hermann Josef lange nicht mehr und ich bin umso erfreuter über sein Verhalten.

Das leckere Frühstück von Petra und Marc genieße ich in der Gewissheit, in den nächsten Tagen weniger essen zu können. Wie gut es mir doch geht, sind meine Überlegungen auf dem Weg ins Badezimmer. Petra ist an meiner Seite, Ina ebenso und jetzt kommt Hermann Josef noch aus Dresden angereist. Glücklich gehe ich unter die Dusche, halte ich mein Gesicht unter das Wasser.

Ein paar Tage später

Lotte

Bei meinen Freundinnen habe ich mich telefonisch schon entschuldigt. „Du bist verrückt, dein Verhalten war wie eine Ohrfeige gegenüber uns“, hat Petra mir an den Kopf geworfen. „Selbst bei Franz warst du nie so unberechenbar in deinem Verhalten“, durfte ich von Ina hören. Meine Freundin Karin hat den ersten Versuch, mit ihr zu sprechen, unterbunden und meinen Anruf weggedrückt. Kein Wunder, sie habe ich auch am meisten enttäuscht. Meine Einladung für einige Tage bei mir zu übernachten, war aus dem Herzen gekommen. Im Nachgang habe ich sie vergessen. Karin war aus meinem Kopf und ich habe im Beisein von Klaus nicht mehr an die Freundin gedacht. Wobei, mit Klaus war dann doch alles anders gelaufen als erhofft.

Für den Moment war ich gerührt, als Klaus anrief und mir mitteilte, er stehe vor meinem Haus und möchte mich sehen. Zunächst wollte ich ihm auch nur die Tür öffnen und ihm anbieten, mit einem Bier auf mich zu warten. Für mich war alles so selbstverständlich und mein spontanes Handeln hatte sich nicht falsch angefühlt. Heute aber weiß ich, mein Verhalten war für die Freundinnen wie ein Schlag ins Gesicht. Klaus stand mit einer Rose in der Hand an sein Auto angelehnt vor meinem Haus. Die Reisetasche, die auf dem Boden, neben seinem Auto lag, hatte ich gleich gesehen. Mein Herz hat Sprünge gemacht vor Freude. In meinem Kopf hatte ich schon Bilder von einem harmonischen Abend und einem gemeinsamen Frühstück mit Klaus. Die Tatsache, dass ich nichts von dem Mann weiß, habe ich zunächst verdrängt. Als Klaus mir die Rose entgegenhielt und sagte: „Für mein Röschen“, wurden meine Knie weich. Wie lange schon warte ich auf einen ganz normalen Mann? Einen, der mir mal sagt: „Du bist hübsch, ich mag dich“ und der mir Blumen schenkt. „Früher fandest du solche Männer spießig“, hat Petra mir entgegengehalten. Die Gespräche mit ihr und Ina waren aufreibend. Zu meiner Erleichterung haben beide wieder eingelenkt und mir zugesagt, ich erhalte meine gewünschte Chance, mich persönlich zu entschuldigen. „Dann treffen wir uns am Donnerstag zu einem Mädelsabend bei mir?“ Meine Frage habe ich mit Herzrasen über die Lippen gebracht. Ina und Petra haben nach einigem Zögern ihr Kommen zugesagt. „Beim Nachtisch will ich aber spüren, dir liegt etwas an mir“, gab Petra mir mit auf den Weg. „Obstsalat anstelle von Eis und Pudding“, stöhnend habe ich das Telefonat beendet. Im Herzen aber mit einer großen Erleichterung, meine Freundin bald wiederzusehen.

Die wenigen Tage bis zum heutigen Donnerstag habe ich mich unwohl gefühlt. Zum einen hatte Klaus ab Sonntagabend keine Zeit mehr für mich, was mich wunderte. Seine Reisetasche hatte auch nichts mit dem spontanen Treffen mit mir zu tun. Klaus hatte noch eine andere Verabredung. „Und dann schenkst du mir eine Rose?“, habe ich verwundert gefragt, als er wieder ging. Für Klaus war die Rose ein Dankeschön für meine Unterstützung. „Unter Freunden ist das doch normal“, habe ich mir abgerungen zu sagen. Bis jetzt habe ich nicht richtig über die Worte von Klaus nachgedacht, weil ich es noch immer nicht möchte und lieber eintauche in meine Welt der Träume. Kein Mann schenkt Rosen, ohne verliebt zu sein.

„Wieso bleibst du nicht bei mir?“, bedrängte ich Klaus. Wie ein Klammeräffchen habe ich mich Klaus gegenüber verhalten. Der Blick von Klaus sprach Bände, obgleich er schwieg.

„Nächste Woche können wir doch zusammen ausgehen", lief ich ihm auf seinem Weg zum Auto nach. „Wir werden telefonieren, Lotte", war seine Antwort. Für mich war der Abschied so rasch, so unerwartet und unbefriedigend. Mein Versuch Ina zu schreiben, mich noch ein wenig auszutauschen, fruchtete nicht.

Traurig habe ich den restlichen Abend mit einem Liebesfilm vor dem Fernseher verbracht. Verweint bin ich gegen Mitternacht in mein Bett. Nicht einordnen konnte ich das Verhalten von Klaus. Traurig habe ich mein Gesicht in mein Kissen gedrückt. Ob er mein Märchenprinz wird? Leichte Zweifel keimen auf und doch schaffe ich diese aus meinen Gedanken zu verdrängen. Stattdessen bin ich froh über die Gewissheit, endlich Einblicke in sein Leben erhalten zu haben. Als Dachdecker scheint Klaus seine Berufung gefunden zu haben und gemeinsam mit seinem Bruder führt er den elterlichen Betrieb. Für mich war der Moment, als Klaus mir sagte, er ist Dachdecker, wie ein weiterer Wink des Schicksals. „WW KK ist unterwegs", hatte er mir lachend sein Nummernschild am Auto erklärt. „WW steht für den Westerwald", gab er fröhlich Auskunft. „KK für meinen Namen." Euphorisch hatte ich seine Worte aufgenommen. „Die letzten zwei Jahre war ich im Ausland, ich musste einmal raus, etwas anderes sehen." Zwei Jahre, habe ich noch gedacht. Wie lange nur habe ich meine Tasche unachtsam in meinem Flur hängen gehabt? So lange also lag schon der Brief von Klaus in meinem Haus. Mein Ordnungssinn ist nicht zu 100 Prozent ausgeprägt. Wo Klaus im Ausland war, ich habe nicht nachgefragt, was ich jetzt für einen Fehler halte. Stattdessen habe ich von der Zeit berichtet, als die Handwerker in mein Haus kamen. War mein Verhalten falsch? Für Klaus sollte es so klingen, als sei es damals nur um die Renovierung gegangen. „Mein Bruder hat auch einmal auf diese Weise eine Frau kennengelernt“, gab er belustigt Auskunft. „Leider habe ich die Frau nie kennengelernt. Immer dann, wenn es so weit war, kam die Rückmeldung meines Bruders, die Beziehung sei beendet.“ So ganz hat mich das Liebesleben seines Bruders nicht interessiert. Erneut habe ich das Gespräch übernommen und von den Handwerkern berichtet, die damals in mein Haus kamen.

„Hier haben meine Mitstreiter gute Arbeit geleistet“, so sein Kommentar beim Rundgang in meinem Haus. Später hat Klaus noch ein Bier getrunken, die Unterhaltung kreiste jedoch auch weiterhin über die geleistete Arbeit der Handwerker an meinem Dach und im Haus. Gescheitert war auch mein Bemühen, mit ihm zu flirten. Dabei habe ich für uns schon die ganz große Liebe vorhergesagt.

Weder in dieser Nacht noch in den letzten beiden Nächten konnte ich gut schlafen. Klaus hat sich seit Sonntag nicht mehr bei mir gemeldet, auch nicht angerufen und keine SMS geschrieben, was mir zusetzt. Mein Trost ist, heute ist endlich Donnerstag und die Aussicht auf meine Freundinnen, die mir zur Seite stehen, lässt mich hoffen. Karin konnte ich gestern nur kurz erreichen. Sie war auf der Rückreise nach Dresden, wie ich erfahren musste. „Hermann Josef hat mich abgeholt.“ Diese Nachricht hat mich verwundert. Meine Frage, wo sie übernachtet hat, wurde nicht beantwortet. „Wir sehen uns, mach es gut“, mit diesen Worten hatte Karin das Telefonat beendet. Sie ist noch enttäuscht von mir. Mein Versuch, mit ihr über Klaus zu reden, hat nicht gefruchtet. „Lotte! Sei nicht so egoistisch!“ Mehr musste Karin mir nicht sagen, ich habe verstanden.

Am heutigen Abend wird Karin nicht bei der Mädelsrunde anwesend sein, was ich schade finde. Mir liegt viel daran, meine Freundinnen wieder milde zu stimmen und somit zumindest eine Konstante in meinem Leben zu finden. Entsprechend nervös fing der heutige Donnerstag an und seit ich wieder zu Hause bin, meine Schicht im Café beendet ist, weiß ich nichts mit mir anzufangen. Immer wieder blicke ich auf die Uhr. Um die Zeit zu überbrücken, gehe ich an meinen Schreibtisch und öffne meinen Laptop.

Überrascht darf ich sehen, gleich elf Reaktionen auf meine ersten Zeilen zu der neuen Kolumne sind eingegangen. Meine Auswahl fällt gleich auf die erste Antwort, die ich mit zittrigen Fingern öffne.

Liebe Lotte,
mit der Liebe ist es wie in der Lotterie. Die einen haben den Hauptgewinn gezogen und für die Mehrzahl der Frauen bleibt nur der Trostpreis. Wissen Sie, auch ein kleines Stück vom Glück kann Freude schenken. Oft liegt es auch an uns, wie wir eine Situation oder die neue Liebe betrachten und bewerten. Welche Ansprüche haben wir? Sie, liebe Lotte, sind oft schon enttäuscht worden und ich bewundere Ihre Offenheit, sich alles von der Seele zu schreiben, um auch den Schwestern, wie Sie uns Leserinnen ab und an liebevoll nennen, neue Wege zu zeigen. Sie nehmen uns mit bis in Ihr Schlafzimmer, diese Offenheit ist außergewöhnlich. Meine Liebe kam tatsächlich über Nacht und völlig unerwartet in mein Leben. Eine Eisenbahnfahrt von Köln nach München brachte mir den Mann an die Seite, mit dem ich nun seit über acht Jahren zusammenlebe. Romantisch? Ja! In jedem Fall! Trotzdem ist nicht jeder Tag von Sonnenschein gefüllt und auch in unserem Haushalt kommen Tränen vor. Die Liebe, zumindest in meinen Augen und egal ob diese über Nacht in unser Leben kommt oder wir uns unerwartet und nach vielen Jahren des Kennens in den Nachbarn verlieben, ist immer wieder voller Höhen und Tiefen.

An meiner Liebe finde ich so einmalig, sie ist in mein Leben getreten, als ich keinen Mann suchte und mir vorgenommen hatte, für mindestens ein Jahr auf einen Partner zu verzichten. Für die Liebe gibt es keine Gebrauchsanweisung, kein Rezept, wie man sich verhalten muss.
„Lerne, dich zu lieben und du bist offen für die Liebe!" Meine Oma hat diese Weisheit gerne von sich gegeben. Als Kind habe ich mit den Worten wenig anzufangen gewusst. Heute kann ich sagen, in diesen Worten steckt ein großes Stück Lebensweisheit.
Neugierig bin ich auf die nächsten Zeilen von Ihnen, liebe Lotte! Langweilig wird es mir beim Lesen von Ihren Kolumnen nie, das ist aber sehr schön so!

Mit herzlichen Grüßen
Britta

Kurz lehne ich mich nach dem Lesen der Nachricht von Britta zurück. Wirklich zufrieden bin ich im Anschluss nicht und meine Neugierde, eine weitere Rückmeldung zu lesen, ist geweckt.

Liebe Lotte,
heute also denken Sie an die Liebe, die über Nacht in Ihr Leben kommt und vor einem Jahr dachten Sie an die alte Liebe, die wieder am Aufkeimen war. Verrückt und doch auch interessant finde ich Ihre Berichte. So, wie Sie die Liebe aufnehmen, mir sind das Verhalten von Ihnen und auch die dazugehörenden Gedanken fremd. Sprunghaft finde ich Sie, was jetzt keine Verletzung Ihrer Person darstellen soll. Jede von uns Frauen soll ihren eigenen Weg finden, mit oder ohne den Traummann für das Leben. Oder wie bei Ihnen, liebe Lotte, für wenige Monate und mit wechselnden Bekanntschaften.

Ja, ich bin sarkastisch, aber auch ehrlich zu Ihnen. Sollte es für Sie den Glücksmoment der unverhofften Liebe geben, umso schöner! Nichts auf der Welt ist so wichtig wie glücklich zu sein. Genießen Sie den Moment ohne Reue und ohne an das nächste Drama zu denken, das in meinen Augen bei Ihnen kommen wird. Sie, Lotte Wolke, sind eine starke Frau, kein Frauchen, an das sich ein Mann anlehnen kann. Doch gerade die sanften Wesen unter uns Frauen haben die beständigsten Ehen. Zu einer guten Partnerschaft gehört auch die Erkenntnis über das eigene Verhalten. Sich einmal für den Partner anzupassen, seine Ideen mitzutragen, nicht immer mit dem Kopf durch die Wand zu wollen, ebenso. Mir erscheint, Lotte Wolke ist zu eigenständig, um sich dauerhaft an einen Mann zu binden. Gerne erfahre ich aber in den nächsten Monaten von Ihnen, dass ich mich geirrt habe.

Zum Abschluss meiner Zeilen wünsche ich Ihnen viel Glück mit der neuen Liebe und vielleicht ebenso acht schöne Jahre mit der neuen Liebe, wie ich sie erleben konnte bis zum heutigen Tag. Heute am Abend gibt es Kartoffelsalat und Würstchen für meinen Freund und mich. Beim Genießen der traditionellen Speise werde ich auch an Sie denken! Über das Rezept von Ina habe auch ich mich sehr gefreut.

Bis bald und liebe Grüße
Ihre Inge

So ganz gefallen mir auch diese Worte nicht. Inge, so denke ich, sie wird schon älter sein und hat daher eine andere Sichtweise auf das Leben als ich sie habe. Bin ich für die meisten Frauen zu sprunghaft? Oder sind die anderen Frauen zu angepasst? Zu leise und ohne Rückgrat unterwegs? Eigentlich will ich nach dem Lesen der zwei Rückmeldungen mit den Vorbereitungen für den Mädelsabend beginnen, doch dann überfällt mich die Neugierde und ich öffne eine weitere Nachricht.

Liebe Lotte,
wie schön ist es für mich und meine Freundin, regelmäßig Ihre Kolumne zu lesen. Wir warten auf jede neue Nachricht aus Ihrer Feder und können oft richtig mitfiebern und nachempfinden, wie Lotte fühlt. Ja! Bei unseren Treffen sprechen wir schon von Lotte wie von einer Freundin, die gleich klingelt und zu uns stößt. Hiermit verbunden sind Sie eingeladen und natürlich gibt es auch Kartoffelsalat und Bockwürstchen, in Anlehnung an Inas Originalrezept.

Die Liebe ist auch bei uns zu Hause nicht durchgängig stabil oder als dauerhaft glücklich zu bezeichnen. Wenn wir über Ihre Kolumne sprechen, liebe Lotte, dann ziehen wir auch Vergleiche von unserem Leben zu Ihrem. Eines darf ich zugeben, so selbstbewusst oder nennen wir es mutig, wie Sie es schildern, kann ich nicht eine Beziehung beenden und die nächste wenige Tage später anfangen. Meine Empfindungen sind sehr tief und ehrlich. Bisher habe ich immer über Monate gelitten, nachdem eine Freundschaft zerbrochen war. Eine Liebe aufrechtzuhalten, bedeutet für mich und meine Freundin, auch zu kämpfen. Nicht immer mit dem Kopf durch die Wand zu wollen. Natürlich ist dies nur unsere Auffassung zum Leben, der Liebe und den Männern.
Gewiss ist mit Ihren Kolumnen unser Leben reicher geworden, lebendiger ebenfalls. Schon heute freue ich mich auf die nächsten Zeilen von Lotte Wolke, die ich gemeinsam mit meiner Freundin lesen und besprechen werde. Sie sind für viele Frauen ein Beispiel, daher haben Sie auch Verantwortung.

Von Herzen wünsche ich Ihnen, liebe Lotte, dass sie endlich den Prinzen gefunden haben. Gewiss bin ich aber, sollte dieser Mann noch nicht der gesuchte Mann für die nächsten Jahre sein, dann kommt ein neuer Held in Ihr Leben!

Mit lieben Grüßen
Ilse

Die Zeilen von Ilse bringen mir die nötige Ruhe zurück, um an die Vorbereitungen für mein Treffen zu denken. Den Laptop schalte ich jedoch mit gemischten Gefühlen aus. Wie so oft schon in den letzten Jahren, denke ich, die Liebe ist ein seltsames Spiel. So, wie in einem Lied beschrieben, wechselt sie häufig, zeigt sich wie das Wetter von verschiedenen Seiten. Ob ich eine Frau bin, der eine beständige Beziehung ausreichen würde? In der Küche bleibe ich stehen und ermahne mich selbst, endlich an die Vorbereitungen für das Treffen am Abend zu denken. Klaus kommt mir erneut in den Sinn. Die wenigen Tage, die wir zusammen verbringen durften, ich habe sie genossen. Wenn auch die Stunden mit Klaus anders in ihrem Ablauf waren als ich es erhofft hatte.

Jede kleine Berührung von Klaus hat für Kribbeln auf meiner Haut gesorgt. Komisch finde ich nur sein Verhalten, diese Zurückhaltung bei einem Mann ist mir fremd. Ob es an mir liegt? Offen habe ich davon berichtet, dass meine Tasche mit seinem Brief zwei Jahre im Flur gelegen hat. Vielleicht mag Klaus keine Lebenskünstler, wie ich mich nenne. Mit einem Male hat Klaus seine Jacke geholt und war gegangen. In meinem Haus blieb nur sein Duft hängen, leider auch nur für wenige Stunden. Gibt es ein dunkles Geheimnis bei Klaus?

Mein Blick streift meine Küchenuhr. Ich ermahne mich erneut, endlich mit den Vorbereitungen zu beginnen. Sorge bereitet mir der Nachtisch. Mein Bauch grummelt, mir fallen Petras Worte dazu ein. Unter keinen Umständen möchte ich Petra verletzen oder den heutigen Abend in seinem Ablauf gefährden. Viel zu dankbar bin ich, dass Ina und Petra zu mir kommen. Meine Handgriffe verlaufen routiniert und ich bin um zehn vor sieben bereit für meine Gäste.

Pünktlich um 19 Uhr ist alles vorbereitet. Nervös blicke ich aus dem Küchenfenster auf die Straße, von meinen Freundinnen ist noch nichts zu sehen. Mein Handy hole ich hervor und tatsächlich ist eine neue Nachricht eingegangen, nicht von Ina oder Petra, sondern von Klaus. Meine Hände zittern beim Öffnen und gerade, als ich die Zeilen lesen möchte, klingelt es an meiner Tür.

„Ist alles in Ordnung? Du wirkst zerstreut", begrüßt Petra mich. Ihre lockere Art gibt mir Kraft. „Ich habe gerade eine SMS bekommen", bitte ich sie in mein Haus. „Ohhh", trällert Petra. „Der Abend wird allem Anschein nach interessant werden", kurz bleibt sie stehen. „Oder muss ich schon wieder dein Haus verlassen? Kommt der Unbekannte jetzt zu dir?", mit diesen Worten geht sie an mir vorbei in meine Küche. Kurz will ich eine pampige Antwort geben, zum Glück kann ich mir diese selbst verbieten. Die Zeit nutze ich und öffne rasch die SMS.

Liebe Lotte,
du bist für mich wie ein strahlender Stern, oft weit weg in einem Universum, das für mich nicht erreichbar erscheint. Dann aber sehe ich in dir ein Butterblümchen, das sich leicht pflücken lässt. Leider ist die Haltbarkeit im Anschluss, in der Vase, nicht beständig. Die Wahrheit ist aber auch, du bist eine faszinierende Frau und ich fühle mich in deiner Nähe sehr wohl, auch, oder gerade, weil ich dich noch immer nicht einschätzen kann. Dein Wesen ist mir noch zu geheimnisvoll, vom kleinen Mädchen bis zum Luder finde ich alles in dir. Für einen Mann, der nur im Bett die Liebe

sucht, bist du spitze. Mir jedoch liegt an einer festeren Beziehung. Ob das Butterblümchen dafür die richtige Frau ist? Lass uns in Ruhe finden, was für uns gut ist.
Verzeih mir, ich habe mich für wenige Tage zurückgezogen, um nachzudenken. Jetzt kennst du auch diese Seite an mir. Hoffentlich habe ich dich nicht verletzt, mein Butterblümchen!

In Freundschaft
Klaus

Zwei Mal lese ich die Nachricht von Klaus und mir entgeht der Moment, als Ina mein Haus betritt und Petra ihr geöffnet haben muss. „Falls du Lust hast, mit uns gemeinsam das Abendessen zu genießen, dann solltest du bitte kommen.“ Petras Stimme holt mich zurück in die Wirklichkeit. „Du bist einmal mehr verknallt wie ein Teenager“, sagt Ina, kaum dass ich ihr gegenübersitze. Meine Freundinnen haben meinen Part übernommen. Kartoffelsalat und Würstchen stehen auf dem Tisch, der Tomatensalat für Petra ebenfalls. „Ihr müsst mir gut zuhören und“, an dieser Stelle muss ich kurz innehalten, „keine voreiligen Einwände, bitte!“

Ina blickt mich skeptisch an. „Oh, weh!“, huscht über ihre Lippen. Im Anschluss nippt sie erneut an ihrem Prosecco und scheint voller Vorfreude darauf, was ich gleich sagen werde. Petra ist die Coole in unserer Runde, das bin ich bereits gewöhnt. Ihren Blick kann ich nicht deuten. „Gut, wo fange ich nur an?“ Kurz lege ich meine Hände vor mein Gesicht und muss mich sammeln. „Ihr erinnert euch an die Zeit, als ich einen Mann per Internet gesucht habe?“

Petra lacht laut. „Suche Mann zum Renovieren?“ Ich nicke ihr zu. „Franz“, wirft Petra tonlos ein. Meine Aufmerksamkeit gilt ihr. „Ja, Franz kam in mein Leben und mit ihm habe ich viel Freude erlebt“, sage ich ihr. Petras Blick im Anschluss spricht Bände. Ihr gefällt nicht zu hören, was ich sage. Mir ist es gerade egal. Ina, so sehe ich verwundert, klaut sich noch eine Bockwurst auf ihren Teller und scheint den Appetit nicht verloren zu haben. „Bisher konnten wir uns immer sagen, was uns auf der Seele liegt.“ Mit gewichtiger Stimme werfe ich diese Worte in die Runde. Die anschließende kleine Pause am Tisch nutze ich und nehme mir noch einen Löffel Kartoffelsalat auf meinen Teller. Der erste Bissen landet in meinem Mund, als ich hören darf: „Lotte, es stimmt, ich bin auch sehr glücklich, euch Freundinnen zu haben, mit denen ich reden kann, wann immer ich ein Problem habe.“ Gerade von Petra habe ich diesen Tiefgang nicht erwartet. Erneut greife ich zu meinem Glas. „Ich bin einmal mehr aufgewühlt.“ „Sprich doch weiter!“, fordert nun Ina von mir. Zunächst muss ich tief Luft holen. „Sehr gerne denke ich an die Zeit zurück, in der ich gemeinsam in meinem Haus mit Karin leben durfte. Jedes Wochenende haben wir zwei uns um die Anwärter meiner Kontaktanzeige ‚Suche Mann zum Renovieren‘ gekümmert und die Männer auch bekocht.“

Ina lacht laut. „Verrückt war diese Zeit. Eines habe ich aber gelernt. Dein Leben, liebe Lotte, verläuft auch in 100 Jahren noch rasanter als meines. Für mich war es zu dem Zeitpunkt mehr als befremdlich, die vielen Männer bei dir ein- und ausgehen zu sehen. Karin und du, ihr wart überdreht und für normale Gespräche nicht mehr zu gebrauchen. Erst nach dem Streit um Franz kehrte wieder Normalität ein.“

Unvermittelt nicke ich. „Eins habe ich auch gelernt, einen Streit zwischen uns Freundinnen ist kein Mann dieser Welt wert“, kaum dass ich meine Worte ausgesprochen habe, hebt Petra ihr Glas zum Zuprosten hoch. „Na, dann, vergessen wir dein Verhalten von letzter Woche." Ina nickt und grinst in sich hinein. Woran sie nur gerade denkt, frage ich mich, doch dann stoßen wir die Gläser aneinander und mit einem Male ist die Stimmung gelöst und locker. So, wie ich es mir gewünscht habe.

„Für mich seid ihr meine Familie", stoße ich hervor. Um meine aufsteigende Sentimentalität zu unterdrücken, nippe ich erneut an meinem Prosecco. „Ohne euch kann ich mir mein Leben auch nicht mehr vorstellen", höre ich aus Inas Mund. Kurz blicken wir uns tief in die Augen. „So schade, dass Karin nicht bei uns ist. Karin und ich sind uns sehr ähnlich und ich kann mich sehr gut in sie hineinfühlen." „Wir möchten jetzt mehr von deinem Geheimnis wissen", wirft Petra über den Tisch. „Ja, ich möchte auch wissen, wem der Wagen gehört, den ich vor Lottes Haus gesehen habe", Ina wirkt mit einem Male nervös. „Letzte Woche, nach dem Mädelsabend stand der Wagen noch am nächsten Morgen vor deinem Haus", fügt sie nach. Kurz runzele ich meine Stirn. Petra gibt mir unter dem Tisch mit ihrem Fuß einen kleinen Stups. „Bleib locker, Süße!" Ich hole kurz Luft. „Gut, Ina hat die Wahrheit gesagt, aber ich möchte doch bitten, die ganze schöne und verrückte Geschichte von Anfang an erzählen zu dürfen. Danach wird Ina mich nicht mehr tadeln und sicherlich Verständnis für mich zeigen."

Ina lehnt sich etwas nach vorne in ihrem Stuhl. „Mir ging es doch nicht um einen Vorwurf, Lotte! Zugeben darf ich, mir war es befremdlich, als ich am nächsten Morgen noch das Auto vor deinem Haus stehen sah, den nächsten Tag erneut oder noch immer, keine Ahnung. Ja, ich habe immer wieder rüber gesehen und mich gefragt, was macht Lotte und wer ist der Besucher? Das Auto gehört doch zu einem Mann?"

Schmunzeln muss ich auf die Worte von Ina. Meine Freundin ist so ehrlich und entwaffnend, da kann ich nicht böse sein. „Vincenz hat mich auch schon kontaktiert und mir mitgeteilt, unser lieber Briefträger habe schon von dem Fremden geplaudert."

Petra lacht und hebt ihr Glas: „Das ist doch das Schöne am Landleben!" Kurz werfe ich ihr einen fragenden Blick zu. „Schenke uns doch weitere Einblicke in deine neue Liebe", fordert mich Ina auf, zeitgleich erhebt sie sich von ihrem Stuhl. Bevor ich weiterreden kann, fangen die Freundinnen an, den Tisch abzuräumen.

„Dürfen wir mit einem gesunden Nachtisch rechnen?" Kurz möchte ich Petra auf ihre Frage eine bissige Antwort geben, dann aber besinne ich mich und sage: „Natürlich. Wir haben für den Abschluss des Abendessens einen Obstsalat. Ich habe alle Früchte vor dem Treffen frisch geschnitten und mit frischem Orangensaft beträufelt."

Ina kichert. „Meinen Hüften wird es guttun." Mir ist mehr nach Eis und Sahne, jedoch unterlasse ich diese Bemerkung, verteile Schälchen und stelle den Obstsalat auf den Tisch. „Richtig lecker", kommt ein Lob von Petra. Zugeben darf ich, auch ein Obstsalat kann als Nachtisch munden. „Die Briefe von den Handwerkern, die damals in mein Haus gekommen sind, waren reichlich." Ich nehme meine Worte von vorhin wieder auf.

„Die Männer ebenfalls", kommt aus Inas Mund. Erschrocken blicke ich die Freundin an. „Das ist uns ja bekannt", Petra bringt sich ein. „Ok, ok! Ich bemühe mich ab jetzt um etwas mehr Zurückhaltung", wirft Ina amüsiert ein.

„Gut", starte ich noch einmal. „Wie euch bekannt sein dürfte, hängen in meinem Flur meine Taschen herum, einige stehen auf dem Fußboden. Vor drei Wochen habe ich mich dazu durchgerungen, Ordnung im Flur zu machen.

Einige der Taschen sollten entsorgt werden und zum Altkleidercontainer kommen. Selbstverständlich habe ich zuvor die Taschen ausgeräumt und nachgesehen, ob noch persönliche Dinge darin liegen.“ Mir ist nach einem Schluck Prosecco und ich mach eine Pause. Petras Handy vibriert. „Marc kommt mich in einer halben Stunde abholen, also beeile dich bitte, Lotte.“ Puh, schiele ich auf meine Armbanduhr und muss feststellen, es ist bereits 22 Uhr. „Wie die Zeit heute Abend verstrichen ist. Mit euch gibt es keine Langeweile.“

Ina und Petra nicken, bleiben aber schweigend was mir sagen soll, sprich bitte weiter von dem fremden Mann. Die Neugierde scheine ich bei Petra und Ina geweckt zu haben. Kurz grinse ich in mich hinein, bevor ich weiterspreche. „Dabei hatte ich einen Umschlag gefunden, in einer der Taschen. Es war eine Antwort auf eine Kontaktanzeige von mir vor... so ganz genau weiß ich selbst nicht mehr, wann ich mit dem Verfassen von Kontaktanzeigen angefangen habe.“ „Oh!“ Ina hält die Hände vor den Mund. Petra zieht eine Augenbraue hoch. Mir fehlen Karin und ihre emotionalen Reaktionen in diesen Augenblicken. „Wirklich sehr schade, dass Karin nicht bei uns ist“, werfe ich kurz ein. Ina und Petra blicken sich an. „Wir genügen der Dame nicht?“ Petras Bemerkung klingt locker, was mich lächeln lässt. „Natürlich genügt auch ihr mir zum Reden. Trotzdem, mit Karin kommen noch Reaktionen in die Runde, die anders sind.“ Ich versuche, meine Gedanken zu ordnen und kann beobachten, Ina schielt auch auf ihre Uhr und wird ungeduldig. „Gut, dann berichte ich noch zu Ende.“ Meine FreundInnen nicken mir aufmunternd zu. „Den Brief habe ich hier liegen, soll ich ihn euch vorlesen?“ Meine Frage ist rasch mit einem Ja beantwortet und so ziehe ich den Brief zum Vorschein.

„Liebe Unbekannte,

deine Anzeige habe ich gleich drei Mal hintereinander gelesen und mir kamen immer neue Fragen in den Kopf. Suchst du wirklich nur einen Handwerker für dein Haus oder auch einen Mann für dein Leben? In den letzten Tagen habe ich immer wieder an deine Anzeige gedacht und bei mir selbst gemerkt, ich bin neugierig auf die Frau geworden, die so ungewöhnliche Kontaktanzeigen entwirft. Schon heute denke ich, du bist eine faszinierende Persönlichkeit, das Wort Langeweile passt nicht in dein Leben. Liege ich mit meiner Vermutung richtig? Oder aber du wurdest enttäuscht und kannst und willst dich nicht mehr öffnen? Das Rätsel möchte ich lösen und daher bewerbe ich mich als Kandidat zur Rettung deines Hausdachs. Als gelernter Dachdecker mit Meisterbrief bin ich prädestiniert, deine Nähe zu erreichen, um dich persönlich von mir zu überzeugen. Offen zugeben kann ich, mit mir kommt ein begnadeter Handwerker und ein ehrlicher Mann in dein Haus. Um nicht den Eindruck zu hinterlassen, ich müsse mich anpreisen, möchte ich betonen, nur, wirklich nur, wenn ich beim ersten Moment ein Kribbeln verspüre, werde ich in deinem Haus bleiben. Ansonsten biete ich dir meine Hilfe als Handwerker an. Du merkst, ich bin in jeder Hinsicht ein Gewinn für dich und daher hoffe ich auf eine rasche Antwort von dir. Zücke noch heute deinen Füller und schreibe mir zurück. Entweder auf die altmodische Weise mit einem Brief, so wie du es von den Herren verlangst, gerne aber auch direkt als E-Mail an mich.

Klaus

Kurz lehne ich mich in meinem Stuhl zurück. „Keine Reaktion? Warum sagt ihr nichts zu dem Brief von Klaus?" Ina spielt mit der linken Hand an ihren Haaren. „Klaus ist somit der Mann, der dich jetzt öfter besucht? Du hast ihm jetzt, nach all der langen Zeit noch geantwortet?" Jetzt liegt es an mir, nur mit einem Nicken zu antworten. Petra nippt an ihrem Prosecco. „Wie hast du ihm geantwortet?“ „In Anbetracht der Zeit, die inzwischen vergangen war, mit einer E-Mail. Klaus hatte noch in der Nacht geantwortet und am nächsten Morgen kam er schon in mein Café.“ An dieser Stelle werde ich von Ina mit einem „Oh!“ unterbrochen. „Wann immer ich glaube, mein Leben dreht sich schnell, hältst du mir einen Spiegel vor mein Gesicht und ich spüre, ich bin im Vergleich zu dir nur eine Schildkröte.“ Kurz denke ich über Inas Worte nach. „Ihr Lieben, ich muss mich verabschieden“, steht Petra auf. Erschrocken sehe ich sie an. „Du kannst doch jetzt nicht so einfach ‚Gute Nacht‘ sagen.“ Ich bin aufgebracht und spüre, Unruhe kommt in mir auf. „Bleib locker, Süße! Ich werde nachdenken über die Neuigkeiten in deinem Leben und mich morgen melden, versprochen. Morgen klingelt um sechs Uhr mein Wecker und ebenso der von Marc. Gönn deiner Freundin ein paar Stündchen Schönheitsschlaf.“ Petra umarmt mich zum Abschied.

„Ich komme mit“, steht auch Ina auf. „Nein! Ihr dürft nicht beide gehen. Mit wem kann ich jetzt noch reden?“ Missmutig gehe ich beiden nach bis zu meinem Flur. Petra dreht sich noch einmal um. „Telefoniere mit Klaus oder du legst dich jetzt auch in dein Bett. Für den Moment wird sich in deinem Liebesleben nichts ändern.“ „Euch interessiert nicht zu hören, Klaus war schon vier Tage nicht bei mir?“

Mit der Hand an der Tür dreht sich Petra um. „Vier Tage, liebe Lotte? Das ist keine Ewigkeit und sicher muss der Mann auch Geld verdienen? Nur von Sex wird er sich nicht ernähren können“, ein Lachen folgt und meine Freundinnen haben mein Haus verlassen. Gut, inzwischen ist es 22.40 Uhr und ich weiß, Ina hat ein kleines Kind und Petra einen Job, der sie zum frühen Aufstehen zwingt. Ob ich mich bei Klaus melden soll? Ich kann von dem Mädelsabend berichten. Karin kommt mir beim Aufräumen und Wegstellen der Gläser meiner Freundinnen erneut in den Sinn. Nur leider fehlt mir der nötige Mut, die Freundin noch anzurufen. Jetzt, wo Petra weg ist, gönne ich mir noch ein frisches Glas Prosecco und eine kleine Schale mit Vanilleeis. Mir kommt beim Schlemmen die Bemerkung von Ina in den Sinn, dass das Auto von Klaus hier im Dorf schon ein Gesprächsthema ist. Eine Alarmanlage muss ich zumindest nicht anbringen lassen. Hier im Dorf scheinen sich genügend Menschen für mein Leben zu interessieren und mich zu beobachten. Mein Handy klingelt und ich eile so schnell von meinem Sofa auf, fast werfe ich mein Glas dabei um. „Ja, hallo?"

„Du klingst noch sehr munter. Sind Ina und Petra noch bei dir?" Karin, wie sehr freue ich mich, ihre Stimme zu hören.

„Du fehlst mir, wirklich! Ina und Petra sind nach Hause, leider." „Ich habe mir das gedacht und auch, dass du noch Redebedarf hast. Liege ich richtig?" Karin, sie kennt mich von den Freundinnen am besten. Kurzentschlossen berichte ich Karin, was ich zuvor Ina und Petra von Klaus und dem verrückten Kennenlernen auf Umwegen berichtet habe. „Lustig, wirklich, Lotte. Du hast nicht zufällig noch einen Brief, also einen Kandidaten, für mich in deinen Handtaschen schlummern?" Die Stimme von Karin klingt belustigt und doch glaube ich, einen ernsteren Unterton zu hören und werde hellhörig. Ob sie sich über meine Erzählung auch ein anderes Leben, einen neuen Mann erhofft? Kurz blicke ich auf den Boden, vor Scham. Wieso denke ich mit einem Male so schlecht von Karin? Gut, damals hat sie mir Franz ausgespannt, jedoch sich später dafür entschuldigt.

„Lotte? Hörst du mir noch zu?" Die Stimme von Karin holt mich aus meinen Gedanken heraus. „Ich komme nächstes Wochenende zu dir, was sagst du zu meinem Plan?" Erschrocken drehe ich eine Haarsträhne um meinen Finger.

„Lotte?“ „Ich freue mich natürlich sehr!“, sage ich hastig. „Prima! Ich suche mir eine Zugverbindung und melde mich wieder. Jetzt muss ich Schluss machen, Hermann Josef kommt nach Hause.“ Das ging aber schnell, denke ich und blicke auf mein Handy. Warum, so frage ich mich, kommt Hermann Josef erst jetzt nach Hause? Gähnend lege ich mein Handy neben mir auf das Sofa. Noch immer weiß ich nicht, wo Karin letztes Wochenende geschlafen hat. Bei Ina oder bei Petra? Am heutigen Abend habe ich vergessen nachzufragen, was mich jetzt ärgert.

Kaum, dass ich in meinem Bett liege, falle ich in einen unruhigen Traum.

Mit einer Rose in der Hand stehe ich auf meinem Hausdach und winke unentwegt in Richtung Garten. Unten, so kann ich sehen, steht Klaus. Ich will ihn motivieren, zu mir zu kommen. Plötzlich sehe ich Karin. Sie kommt aus meiner Küche in den Garten und trägt ein Tablett in den Händen. Vom Dach aus sehe ich, sie hat Käse, Schinken und Brot auf dem Tablett, ebenso Wein und zwei Gläser. Ich rufe, winke immer heftiger. Klaus aber scheint mich nicht wahrzunehmen und sein Interesse gehört nur Karin. Aufgewühlt beobachte ich, wie Karin die Gläser auf den Tisch stellt und Klaus galant die Flasche mit Wein öffnet. Beide lächeln sich an, albern herum. Wortfetzen dringen bis an meine Ohren. „Lotte ist so überdreht“, schnappe ich aus dem Mund von Klaus auf. „Sie ist so sprunghaft. Ich suche eine Frau, die zuverlässig ist“, muss ich als nächstes hören. Unruhig laufe ich über meine Dachziegel. Meine Bewegungen sind so leicht, als schwebe ich über dem Dach hinweg. Klaus stößt sein Glas mit dem von Karin an, er gibt ihr einen Kuss auf die Wange. Entnervt schreie ich erneut seinen Namen, meine Bewegungen werden heftiger. Die von mir gewünschte Reaktion bleibt aus. Stattdessen muss ich zusehen, wie Klaus inzwischen mit Karin an meinem Gartentisch sitzt.

Beide kosten den Käse und nippen an ihrem Wein. Ungeheuerlich für mich, beide lachen, ihre Gesichter wirken gelöst und voller Sympathie zueinander. Über die Dächer der Nachbarn sehe ich bis zum Haus von Ina. Sie sitzt auch in ihrem Garten, mit Johann und dem kleinen Wolfi. Pure Harmonie kommt in meine Augen und ich fange an zu weinen.

„Klaus!" Erneut bleiben meine Rufe unbeantwortet. Unruhe wächst in mir, da ich zusehen muss, wie Karin von ihrem Stuhl aufsteht, um Klaus Wein nachzugießen. Mir entgeht nicht, sie legt dabei ihre Hand auf seine Schulter. Der Höhepunkt meiner Qualen ist, als ich sehe, Klaus steht von seinem Stuhl auf und küsst meine Freundin Karin. Die Wut und die Angst, meinen Freund aber auch die Freundin zu verlieren, nehmen Überhand von mir und ich bewege mich unkontrolliert auf den Dachziegeln, die mit einem Male von Moos bedeckt und rutschig sind.

Sekunden später komme ich ins Schleudern. „Klaus! Rette mich!" Der Schrei hallt über die Dächer meines Dorfes hinweg, jedoch ohne dass ich von einem Menschen Aufmerksamkeit geschenkt bekomme. Erneut komme ich ins Schleudern, mit meinen Armen versuche ich Halt zu finden, vergeblich. Stattdessen komme ich immer näher auf das Ende des Daches zu, sehe schon die Regenrinne vor meinen Augen. Mein Gedanke, ich halte mich an dieser fest, lässt mich kurz hoffen. Von Weitem dringen die Stimmen von Karin und Klaus an meine Ohren, beide lachen und scheinen sehr vergnügt zu sein. Die Regenrinne bekomme ich in dem Augenblick zu fassen, als mein Körper über das Dach hinweg rutscht und ich den Abgrund vor Augen habe. Fest zupackend erhoffe ich mir meine Rettung. Noch einmal schreie ich verzweifelt nach Hilfe. Weder Klaus noch Karin scheinen mich zu hören oder meine missliche Lage zu bemerken. Panik spüre ich, als die Regenrinne nachgibt, sich von meinem Haus löst und mir keinen Schutz mehr bieten kann. Meinen unaufhaltsamen Absturz vor Augen schreie ich mir die Seele aus der Brust.

Realität

Mit einem Schlag lande ich unsanft auf dem Boden. Meine Augen öffne ich langsam und dann verstehe ich, es war nur ein Traum und ich bin nicht von meinem Dach gefallen, sondern aus meinem Bett. Auf mir liegt meine Bettdecke, die ich im Traum mitgerissen habe.

Elendig fühle ich mich, verschwitzt schleppe ich mich in mein Badezimmer und der Anblick, den mir mein Spiegel bietet, lässt mich zweifeln. Was, so frage ich mich, hat dieser Traum zu bedeuten? Meine Freundin Karin habe ich in mein Herz geschlossen und jetzt spüre ich, tief in meinem Inneren sitzt eine Angst, erneut von ihr hintergangen zu werden. Das ist doch nicht normal. Freundinnen sollten so nicht empfinden, tadele ich mich selbst.

Mein Blick auf die Uhr zeigt, es ist vier Uhr in der Frühe. Zum Weiterschlafen bin ich zu aufgewühlt und daher gehe ich runter in meine Küche. Mit einer Tasse Milch und einem Stück Käse setze ich mich an meinen Laptop. Ablenkung wird mir guttun, so meine Gedanken. Mit einem Male habe ich eine Idee im Kopf, der ich rasch nachgebe. Wieso soll ich nicht einmal den neuen Freund googeln, heutzutage ist das doch ganz normal und auf diese Weise erfahren etliche Menschen das halbe Leben der Nachbarn und Freunde. Mein Vorhaben ist rasch umgesetzt und verwundert kann ich mit einem Mal das Konterfeit von Klaus auf meinem Bildschirm sehen. Wie gut er aussieht, so männlich, denke ich spontan und fange an, ihn zu vermissen. Bei der Überschrift Keiler vom Westerwald unter seinem Namen komme ich ins Grübeln. Rasch öffne ich den dazugehörigen Link, um mehr zu erfahren über den Mann, in den ich mich gerade verliebt habe. Plötzlich bin ich mir nicht mehr sicher, ob es richtig ist, ihn auf diese Weise auszuspionieren. Was, so frage ich mich, kann es mir bringen? Ein kleines Teufelchen in meinem Kopf sagt: Lotte hat Angst vor der Wahrheit und sie möchte lieber in ihrer Traumwelt bleiben. Ja! Das ist ein Teil der Wahrheit, wie ich unvermittelt zugeben darf. Unruhig verlasse ich meinen Schreibtisch und eile zurück in meine Küche. Jetzt ist mir nach einer Tasse Kaffee. Während das schwarze Gold durch meine Maschine läuft, lehne ich an der Küchenfront und denke nach. Auf der einen Seite möchte ich natürlich wissen, wer hinter dem Namen meines neuen Freundes steckt. Andererseits habe ich Angst, etwas zu erfahren, das mir nicht gefallen wird. Komisch, so mein Gedanke, beim Befüllen meiner Tasse, Liebe sollte doch stärker sein und somit braucht es keine Vergangenheit, nur die Zukunft. Ina fällt mir ein, sie würde mich jetzt ermahnen und mir raten, alles zu lesen, was ich über Klaus herausfinden kann. Ja, ich bin oft sehr vertrauensvoll und glaube gerne an das Gute im Menschen. Auf dem Weg zurück zu meinem Schreibtisch fällt mir Karin wieder ein. Ich habe ein schlechtes Gewissen und nehme mir vor, die Freundin später anzurufen.

Vincenz

Meine Rosalinde ist überrascht über meinen Tatendrang und dem Wunsch, mein Haus zu renovieren. „Soll ich warten, bis ich im Altenheim sitze oder unter der Erde liege? In beiden Fällen wäre kein Handwerker mehr von Nöten!“ Meine Worte klingen barsch, dafür muss ich mich entschuldigen. „Mir macht der Gedanke Angst, eines Morgens keine Kraft mehr zu haben, Dinge auf den Weg zu bringen, die mir wichtig sind“, sage ich zu Rosalinde. Sie bereitet für uns das Frühstück vor. „Ich verstehe dich“, trägt sie den Kaffee auf den Tisch und nimmt mir gegenüber Platz. „Dann kann ich meine Idee in die Tat umsetzen?“ Euphorisch blicke ich Rosalinde an. „Selbstverständlich. Bevor ich befürchten muss, du wirst alt und leise, setze deine Ideen um.“ Rascher als gewollt, springe ich von meinem Stuhl auf, meine Tasse kippt zur Seite. „Lass gut sein“, beruhigt mich Rosalinde und kümmert sich um den verschütteten Kaffee. Wie sehr ich diese Frau doch liebe, für ihr Verständnis und die Art, wie sie mich so sein lässt, wie ich sein möchte. Mir ist aber auch bewusst, Rosalinde hat eine zarte Seele, der ich nicht zu viel zumuten darf. In meinem Arbeitszimmer wähle ich die Nummer, die ich schon vor Tagen herausgesucht habe. „Sehr schön. Sie kommen heute am späten Nachmittag, sehen sich alles an und wir sprechen über ein Angebot“, beende ich mein Telefonat nur wenige Minuten später. Zufrieden gehe ich zurück zu Rosalinde und weihe sie in die Neuigkeiten ein.

„Das Dach soll neu eingedeckt werden?“ Ihre Augenbraue, so kann ich sehen, geht nach oben. Immer, wenn Rosalinde nachdenkt, kann ich diese Züge beobachten. „Dich beschäftigt doch etwas?“ Rosalinde kaut auf ihrem Brot. „Nenn es Zufall“, mehr höre ich nicht, Rosalinde kaut erneut auf ihrem Brot, was mich ungeduldig werden lässt.

„Meine Idee ist vom Grunde noch nicht ausgereift und ich denke, wir sprechen lieber ein anderes Mal darüber“, lässt sie mich im Anschluss wissen. Verstehe einer die Frauen, so mein Gedanke, den ich für mich behalte. Zufrieden mit dem Beginn des neuen Tages widme ich mich der Tageszeitung und die kurze Unterhaltung mit Rosalinde ist rasch vergessen.

„Dein Besuch ist jetzt hier“, höre ich Rosalinde am Nachmittag rufen. Beschwingt eile ich in den Flur. Kurz halte ich inne, mir ist, als würde ich den Mann kennen, der von Rosalinde begleitet auf mich zukommt. „Sie erinnern mich an jemanden, den ich kenne“, muss ich sagen.

„Hoffentlich haben Sie nur gute Erinnerungen“, ein fester Händedruck folgt den Worten. Stark und groß ist die Hand, rau denke ich im Anschluss ebenfalls. Kurz blicke ich beim Lösen der Hände auf meine Hand. „Ich sollte ab und zu Handcreme benutzen, tut mir leid, meine Hände sind von der Arbeit so rau“, lacht er mir entgegen. Mein neuer Dachdecker wirkt offen und ehrlich auf mich. Trotzdem gibt es tief in meinem Inneren einen Punkt, der mich vor diesem Mann warnt. Rosalinde bringt uns Kaffee und Plätzchen. „Lassen Sie mich zunächst mal das Dach ansehen“, unruhig steht der Mann auf. „Danach kann ich besser mit Ihnen planen“, lässt er mich wissen.

„Der Mann erinnert mich an Franz“, sage ich zu Rosalinde, kaum dass er den Raum verlassen hat. Rosalinde grinst. „Frage ihn doch einmal, vielleicht kennt er Lotte schon.“ Über diese Bemerkung von Rosalinde bin ich verärgert. „Du sollst nicht so schlecht von Lotte denken, bitte. Sie ist für mich wie eine Tochter geworden. Es kann sein, Lotte ist in einigen Punkten von ihrem Verhalten her sehr eigen, da stimme ich dir zu. Jedoch mag ich sie."

Rosalinde zupft an ihrer Bluse. Sie wirkt verlegen auf mich. „Es mag ja ein Zufall sein, jedoch hast du mir gesagt, Lotte hat wieder einen neuen Freund und der würde einen Mercedes Kombi fahren." Ich sehe Rosalinde fragend an. „Vor dem Haus steht ein solcher Wagen. Und als ich die Tür geöffnet habe, mir ist die Ähnlichkeit zu Franz auch direkt ins Auge gefallen."

Für eine Antwort bleibt mir keine Zeit, der Dachdecker kommt zurück in mein Wohnzimmer. Er strahlt über das ganze Gesicht. „Wir können nächsten Monat mit der Arbeit anfangen. Ich lege Ihnen gleich noch Muster heraus und dann, wenn Sie sich entschieden haben, mache ich ein Angebot." Kurz bin ich dazu verleitet, ihn nach Lotte zu fragen, dann aber finde ich die Idee kindisch und lehne mich im Sessel zurück. „Sie rauchen?" Grinsend greift der Mann ebenfalls in seine Tasche, zieht ein Päckchen mit Zigaretten hervor, nachdem ich meine Zigarre entzündet habe. „Schön haben Sie es hier", darf ich hören. „Sagen Sie doch einfach Klaus zu mir", fügt er zufrieden nach. Ich puste eine Rauchwolke in die Luft. Erneut flammen die Worte von Rosalinde in mir auf.

Lotte

Der Kaffee hat mir gutgetan und meine Neugierde, mehr über Klaus zu erfahren, hat mich dazu bewogen, wieder an den Laptop zu gehen. Inzwischen ist es halb acht und ich bin noch immer nicht geduscht, was mich nur kurz innehalten lässt. Meine Schicht im Café fängt erst um 12 Uhr an, daher bleibe ich gelassen. Rasch habe ich die Seite wieder geöffnet, die mir neue Einblicke in den Mann geben soll, in den ich mich gerade verliebt habe. Fotos von Klaus erscheinen, auch in seiner Arbeitsmontur.

Männlich wirkt er auf mich. Tief in meinem Inneren keimt die Erinnerung an Franz auf. Wieso nur komme ich nicht von diesem Mann los? Immer wieder vergleiche ich Männer, die neu in mein Leben kommen mit Franz. Zufrieden lächele ich in mich hinein. Mit Klaus kommt zumindest ein Mann in mein Leben, den ich nicht verstecken muss, auch nicht vor Franz. Er ist ebenso männlich, gut gebaut und so, wie ich ihn kennenlernen durfte, sehr abwechslungsreich.

Erneut klicke ich auf den Link: Der Keiler vom Westerwald

Aus den Zeilen, die ich im Anschluss lese, kann ich mir keinen Reim zur Überschrift machen. Er muss wohl, so glaube ich es verstanden zu haben, ein knallharter Geschäftsmann sein. Das wiederum finde ich nicht negativ.

Eine SMS von Karin geht auf meinem Handy ein und nimmt meine Aufmerksamkeit in Anspruch.

Liebe Lotte,
ich komme am nächsten Freitag nach Limburg. Petra lädt uns zu einem Mädelsabend ein. Ich freue mich sehr auf unser Wiedersehen und hoffentlich kommt kein Mann dazwischen.
Gruß Karin

Upps, der kleine Seitenhieb in der Nachricht ist angekommen, denke ich mir. Freitag also will Karin kommen. Dann ist mein nächstes Wochenende durcheinandergebracht, so der zweite Gedanke. Natürlich freue ich mich auf Karin, jedoch habe ich gehofft, ich habe Zeit für Klaus. In meine Überlegung, soll ich zuerst Karin schreiben oder den Artikel zu Ende lesen, geht eine zweite SMS von der Freundin ein.

Liebe Lotte,
Vincenz hat mich eingeladen, bei ihm und Rosalinde zu übernachten, das Angebot habe ich gerne angenommen, nur zu deiner Information.
Ich denke, meine Freundin wird über das Wochenende Besuch haben? Somit komme ich dir nicht in die Quere. Über eine Einladung zu einer Tasse Kaffee in deinem Haus oder einem Sekt freue ich mich trotzdem sehr.

Karin

„Das ist doch!“, kurz fahre ich sozusagen aus meiner Haut. Wie nur kann Karin sich so dreist verhalten? Sicherlich spricht sie auch mit Vincenz und Rosalinde über mich, auch über das letzte Mädelstreffen bei Ina? Ich bin aufgebracht. Das ganze Dorf scheint schon informiert zu sein über meine neue Bekanntschaft, befürchte ich. Mir graut davor, mein Haus zu verlassen und wieder angesprochen zu werden. Ob ich mit Klaus darüber sprechen kann? Heute Abend wird er endlich zu mir kommen. Ich habe ihn so lange nicht mehr gesehen. Auf meine Frage, soll ich für uns kochen, hat er freudig reagiert. Ausgerechnet Bratkartoffeln hat Klaus sich zum Abendessen gewünscht. Meine Erinnerungen an ein Abendessen mit Franz kochen wieder auf und ich fühle mich schlagartig zu dem Abend zurückversetzt. In roter Unterwäsche habe ich Franz den Teller serviert. Und was macht der Mann? Er fängt tatsächlich an zu essen und trinkt in Ruhe sein Bier. So verletzt wie er an diesem Abend hat mich noch kein Mann. Ziehe ich das Chaos magisch an? Es soll Menschen geben, die immer das falsche Los ziehen, sprich eine Niete erwischen. Nein, ganz so dramatisch möchte ich mein Leben nicht sehen.

Der Kaffee ist ausgetrunken und meine Neugierde noch immer hoch, endlich mehr über Klaus zu erfahren. Mein Augenmerk lenke ich wieder auf den Bildschirm. Klaus K. aus dem Westerwald hat die größte Dachdeckerfirma der Region. Nach seiner Rückkehr aus dem Ausland hat er den Betrieb von seinem Vater übernommen. Sein Bruder hält nur 30 Prozent an der Firma.

Für den Moment lehne ich mich im Stuhl zurück. Das Internet offenbart sehr viel über uns Menschen. Die weiteren Einträge, die ich finden kann, sind lobende Kommentare seiner Kundschaft, die ihn weiterempfehlen. Soweit scheint mit Klaus alles stimmig zu sein.

Innerlich beruhigt, denke ich wieder an Karin. Mein Handy zücke ich und melde mich bei meiner Freundin. „Süße, du sendest mir ja Nachrichten", unbekümmert starte ich das Telefonat. Karin lacht herzlich und im Hintergrund höre ich Stimmen. „Bist du im Kunstmuseum?" Kurz muss ich warten, Karin wird von einem Mann angesprochen und ich kann die Unterhaltung mitverfolgen. „Lotte, ich bin im Zeitdruck. Mein Chef braucht mich noch für die Vorbereitung einer neuen Vernissage und rate mal, wer der Künstler sein wird, für den ich alles am Vorbereiten bin?"

Kurz überlege ich und werfe die Namen einiger namhafter Menschen in den Raum, die mir bekannt sind. „Warum in die

Ferne schweifen, wenn das Gute liegt so nah?“ Karins Bemerkung kann ich erst nicht einordnen, dann aber rufe ich: „Anton Wall!“

„Der Kandidat hat 100 Punkte“, höre ich meine Freundin antworten.

„Oh, ich freue mich für Anton. Er hat mir noch nichts verraten“, lasse ich Karin wissen. „Anton weiß auch erst seit heute Morgen davon. Es ist alles noch top-secret. Dieses Wochenende werde ich durcharbeiten und nächste Woche Freitag werde ich deinen Klaus in Augenschein nehmen“, fröhlich klingt Karin und ich spüre, wie sehr ich mich auf sie freue.

„Ich habe geträumt, du nimmst mir Klaus weg“, muss ich gestehen. Abgehackt sind die Worte aus meinem Mund gekommen.

„Du hast was?“ Schweigen breitet sich aus. „Ich bin geschockt, Lotte. Wieso nur denkst du so schlecht von mir? Spürst du denn nicht, wie sehr ich dir dein Glück wünsche? Immer habe ich mitgezittert, sobald ein neuer Mann in dein Leben kam. Der Ausrutscher mit Franz war dumm. Außerdem habe ich ein ganz anderes Beuteschema als du“, erneut klingt ihre Stimme locker und damit steckt Karin mich an. Ihre optimistische Ader liebe ich. „Lydia Lowere war selbstsicher und hat sich überall galant bewegt, auf jedem Parkett.“

Kurz lacht Karin auf. „Darüber sprechen wir nächste Woche, ich muss mich jetzt wirklich um die neue Ausstellung kümmern. Grüße mir Anton herzlich. Sicherlich wird er am Nachmittag in deinem Café auftauchen.“

Nach Karins Worten fällt mein Blick auf die Uhr. Ich muss mich jetzt beeilen und rasch duschen. Die Zeit ist nur so gerannt. Meinen Laptop verschließe ich, obgleich ich neugierig bin auf weitere Reaktionen meiner Leserinnen. Ich ermahne mich selbst, in Zukunft mehr an meine Arbeit zu denken. Den ganzen Vormittag habe ich mit der Internetrecherche nach Klaus und seiner

Vergangenheit verbracht. Um ehrlich zu sein, wirklich viel Neues habe ich nicht erfahren.

Anton

In zwölf Wochen findet meine neue Vernissage in Dresden statt. Karin ist ein Schatz, sie hat sich bei ihrem Chef für mich eingesetzt und die Werbetrommel gerührt. Nicht, dass meine Bilder oder ich als Künstler dies nötig hätten, jedoch ist die Konkurrenz wachsam und nicht zu unterschätzen und vieles lässt sich nur noch über Vitamin B erreichen. Vincenz habe ich schon in Kenntnis gesetzt, er, als mein Mäzen wird selbstverständlich anwesend sein, wie er mir sogleich versichert hat.

In den letzten Tagen bin ich wieder zu alten Kräften gekommen. Seit dem Moment, als Karin mir sagte, sie setze sich für mich ein. Gut, erst heute Morgen habe ich die Zusage erhalten und doch war ich schon in den letzten Tagen viel motivierter bei der Arbeit. Inspiriert von dem neuen Arrangement, fühle ich mich beflügelt und die Ideen sprühen nur so aus mir heraus. Aktuell arbeite ich an einem Bild mit blauen Nuancen, meiner Lieblingsfarbe. Im Hintergrund ist für den Betrachter Lydia Lowere erkennbar. Wie durch einen Schleier ist sie zu sehen und für den Betrachter offenbart sich die unverkennbare Schönheit dieser Frau. Kurz denke ich an meine Zeit in der alten Villa in Frankfurt. Wie glücklich ich nur war in den Räumlichkeiten, die alle sehr große Fenster hatten und mir somit ein perfektes Licht schenkten. Für meine Arbeit an den Gemälden war dies von Vorteil und darüber hinaus wirkte es auch beflügelnd auf meinen Geist.

Das liebe Geld war mir in den Monaten, als ich in der Villa lebte, nur so aus den Händen geglitten. Meine Einnahmen im Vorfeld investierte ich, neben dem Kauf der Villa, in teure Kleidung, einen edlen Wagen mit Chauffeur. Aber auch Reisen in einem Privatjet standen auf meinem Programm. Atemberaubend waren diese Monate für mich. Gekostet habe ich von den süßesten Früchten der Erde. Partys habe ich organisiert und die Freunde und Kunstkenner kamen in Scharen in meine Villa. Für meine Gemälde waren die Wände mehr als prädestiniert. Leider, so muss ich eingestehen, habe ich jetzt in dem alten Fachwerkhaus nur sehr bescheidene Möglichkeiten, meine Gemälde herzustellen und zu präsentieren. Die Ausstellungen in Lottes Café werden gut besucht, ich verkaufe auch regelmäßig meine Kunstwerke. Die Wahrheit aber ist, meine Gemälde sind viel zu groß, um sie richtig in den kleinen Räumen zu präsentieren und wirken zu lassen. Kurz halte ich inne und hole tief Luft. Erst jetzt bemerke ich, den Pinsel habe ich noch in meiner Hand und einige Farbklekse sind bereits auf meiner Arbeitshose gelandet. Nicht zurücksehen, ermahne ich mich selbst, immer den Blick nach vorne richten. Für mich soll jetzt nur Dresden als Anhaltspunkt wirken und mich über die nächsten Wochen begleiten, beflügeln und antreiben zu arbeiten.

Von Lotte kommt eine Nachricht auf mein Handy, als ich gerade eine Schaffenspause einlege. Vier Stunden habe ich gemalt und jetzt fühle ich mich müde und leer. All meine Energie habe ich in den letzten Stunden in mein neues Werk fließen lassen. Glücklich stehe ich am Fenster und blicke zu dem Kunstwerk, das in meinen Augen Form annimmt und sich in die Richtung bewegt, die mir vorschwebt. Meine Pinsel wasche ich mit einem Lächeln im Gesicht aus und erst, als ich auch meine Hände reinige, fällt mir auf, ich summe vor mich hin.

„Anton! Ich freue mich, dich zu sehen!" Lotte ruft mir vom Tresen aus zu, sie hantiert gerade an ihrer legendären Marzipantorte. Für mich wähle ich einen Tisch am Fenster. Liebend gerne beobachte ich die vorbeieilenden Menschen und denke darüber nach, was sie zu dieser Unruhe bewegt, eilig über die Straßen zu laufen. Welche Ziele sie verfolgen und eventuell, ob sie einer Verabredung entgegeneilen.

Mein eigenes Privatleben kommt zu kurz. Kurz stöhne ich. „Anton? Ist alles gut bei dir?“ Lotte steht neben mir und legt kurz ihre Hand auf meine Schulter. „Die Liebe“, schaue ich sie an. „Sie geht oft Umwege und bei mir hat sie schon viel zu lange nicht mehr vorbeigeschaut“, lasse ich die Freundin wissen.

„Ohh“, Lotte lässt sich auf dem Stuhl mir gegenüber nieder. „Essen wir gemeinsam ein Stück Marzipantorte?“ Als Antwort schenke ich ihr ein zufriedenes Nicken. „Mit einem Cappuccino für mich“, werfe ich nach. Jetzt ist es Lotte, die grinst. „Natürlich mit einer Extraportion Sahne.“ Beim ersten Bissen in die Marzipantorte halte ich kurz die Augen verschlossen. „Grandios!“ Lotte behält mich im Blick. „Was die Liebe betrifft“, höre ich Lottes Stimme sagen, „es gibt wieder einen Mann in meinem Leben.“ Hektisch wirft mir Lotte diese Worte entgegen. Kurz hole ich Luft, lege meine Gabel zur Seite. „So, wie deine Worte aus dem Mund kamen, hast du Redebedarf.“

In den folgenden zehn Minuten gewährt mir Lotte die nötigen Einblicke, um mir vorstellen zu können, wie es ihr geht. „Deine Schilderungen klingen aufregend. Trotzdem höre ich heraus, der Mann ist noch nicht der Richtige für dich“, an dieser Stelle werde ich unterbrochen. „Du bist pessimistisch“, wirft Lotte mir über den Tisch ihre Reaktion zu.

Zum Glück sind heute Nachmittag nur wenige Gäste auf der Suche nach einem guten Kaffee und einem Stück Kuchen. Ansonsten hätte Lotte schon wieder aufspringen und Gäste bedienen müssen. So aber hat die Aushilfe alles im Griff. „Mich erinnert alles an deine Anfänge mit Franz. Die Kontaktanzeige, die Art, wie sich dein neuer Bekannter gibt. Klaus scheint ein geklonter Franz zu sein, wenn ich das sagen darf." Meine Freundin nickt. „Lass uns den Kuchen genießen", greife ich wieder zu meiner Gabel.

„Kann ich Klaus mit zu deiner neuen Vernissage bringen?" Jetzt bin ich erstaunt. „Woher weißt du?" Meine Worte breche ich ab. „Karin?"

Lotte strahlt mich an und steckt ein Stück Marzipantorte in ihren Mund. „Ja! Sie hat mir davon am Telefon erzählt und ich freue mich sehr für dich. Es gibt kaum schöne Räumlichkeiten, um deine Gemälde zu zeigen. Hier", Lotte blickt sich in ihrem Café um, „ich gebe mir wirklich Mühe, deine Bilder zu zeigen, jedoch sind die Räume zu klein, um deine Kunstwerke richtig zu präsentieren. Nur die Gemälde von Lydia Lowere dürfen niemals abgehangen werden." Lotte hebt ihr Gesicht. „Noch immer fühle ich die Kraft, die von den Bildern ausgeht. Lydia war oft schon am Morgen mit einem Mann zum Frühstücken in einem Café, es gab Champagner und später Austern oder Kaviar." Das letzte Stückchen Marzipantorte verschwindet in meinem Mund. Die Gabel lege ich zurück auf den Teller. „Heute habe ich auch an Lydia gedacht und an meine wunderschöne Zeit in der alten Villa." Ich falle in Schweigen und Lotte sagt auch kein Wort. Allem Anschein nach hängen wir beide der Erinnerung nach. „Wenn wir doch gemeinsam die alte Villa zurückkaufen könnten", höre ich Lotte nach einer gefühlten Ewigkeit sagen. „Wir beide?" Ich bin verwundert. Wir leben hier in Limburg unter einem Dach, zumindest liegt das Café von Lotte unter meiner Wohnung und somit sind wir räumlich verbunden. Lotte nickt. „Es kann funktionieren, Anton. Inzwischen kenne ich dich sehr gut und ich kann mir ein Leben ohne dich nicht mehr vorstellen." Ich lache laut. „Aber den Sex mit Klaus oder Franz kannst du auch nicht lassen?" Vom Nachbartisch kommt eine spitze Bemerkung einer älteren Dame. „In meiner Jugend hat es solche Verhältnisse nicht gegeben. Meine Eltern hätten mich aus dem Haus geworfen." Lautes Lachen schenke ich der Dame als Antwort. Lotte tut es mir gleich. Erbost steht die Frau von ihrem Stuhl auf. „In dieses Café werde ich nicht mehr kommen. Ein Publikum trifft man hier, fürchterlich!"

Kaum, dass die Dame das Café verlassen hat, fallen Lotte und ich erneut in lautes Lachen. „Wir sind albern, Anton", tadelt Lotte etwas später. „Als Besitzerin sollte ich mich den Gästen gegenüber besser benehmen", fügt sie nachdenklich nach.

„Wir haben aber über das ganz reale Leben gesprochen, damit muss die Frau auch leben können. Habe ich mit einem meiner Worte gelogen?" Meine Frage bringt Lotte kurz zum Schweigen. Dann steht sie unvermittelt auf. „Du hast ja Recht, Anton. In die Rolle der spießigen Dame möchte ich nicht verfallen und doch müssen wir akzeptieren, es gibt nicht nur Menschen wie Lydia Lowere auf dieser Welt." Melancholisch fügt sie nach. „Mir würde so ein Gast, wie Lydia es war, einmal sehr guttun."

Jetzt liegt es aber an mir, Protest einzulegen. „Ich bin so, wie Lydia zu Lebzeiten war, oder nicht?" Lotte beugt sich zu mir und haucht mir einen Kuss auf die Wange. „Meine Idee, wir beide sollten die alte Villa zurückkaufen, sie gefällt mir immer besser." Ich bin doch sehr verwundert über Lotte. Vorhin habe ich sie nicht ernst genommen, diese Bemerkung zu einer Wohngemeinschaft mit mir.

„Denkst du bitte daran, die Villa wurde verkauft und ich habe nicht den Eindruck, sie müsse wegen schlecht laufender Geschäfte wieder verkauft werden."

Lotte muss jetzt doch zum Tresen, um zu helfen. Sie hat sich schon zum Weggehen umgedreht. In ihrer Bewegung hält sie kurz inne, dann aber dreht sie sich erneut zu mir. „Von dem Unfall hast du nichts gehört? Dir ist nicht zu Ohren gekommen, was passiert ist? Deshalb also hast du mich und meine Worte nur belustigt aufgenommen."

Fünf Minuten später bin ich im Bilde und weiß, was dem neuen Besitzer passiert ist. „Tragisch, wirklich, Lotte! Er war sehr sympathisch und auch erfolgreich." „Mit seinem Jaguar ist er von der Fahrbahn abgekommen", an dieser Stelle verklingt Lottes Stimme. Lotte eilt zum Tresen, um der Aushilfe beizustehen. Eine Gruppe mit neun Gästen hat die Räumlichkeiten betreten und schlagartig erfüllen laute Stimmen das Café. „Wir sehen uns wieder", rufe ich Lotte beim Verlassen des Cafés zu. „Ich möchte meine Kreativität ausleben", hebe ich die Hand zum Gruß und gehe.

Beim Eintauchen meiner Pinsel in die Farbe muss ich wieder an das Gespräch mit Lotte denken. Die Zeit in der alten Villa war mehr als angenehm und für meine Seele als Ausgleich zur Realität zu sehen. Meine Kreativität kam zur Entfaltung. Ich stöhne kurz auf. Ja, ich habe in Saus und Braus gelebt. Gelder, die ich aus dem Verkauf meiner Kunst eingenommen habe, waren rasch wieder aus meinen Händen geglitten. Grinsend denke ich aber auch, diese verrückte Zeit kann mir keiner mehr nehmen. Es sind meine Erinnerungen und ich bin dankbar dafür. Gut, der Abschied, mein Auszug aus der Villa, die ersten Nächte hier in den Räumen über Lottes Café, sie waren hart für mich. Von mehr als 500 m² auf bescheidene 80 m² zurückzukehren, das war eine Herausforderung. Mein Nachfolger als Besitzer der alten Villa war mir behilflich, indem er die Möbel übernommen hatte. Mir wäre es nicht möglich gewesen, den Marmortisch mit seinen zwölf Stühlen mitzunehmen, ebenso wenig das große Himmelbett oder die zahlreichen Kommoden. Seufzend blicke ich in die Farbe, mit der ich gerade arbeite. Dieses Blau schenkt mir die Motivation an meine Vernissage zu denken. Lydia Lowere hat auch nie zurückgeschaut in ihrem Leben. „Was sich nicht ändern lässt, sollte angenommen werden." So ihre Worte, die ich auf einem Blatt Papier handschriftlich von ihr aufgetragen, vorgefunden habe. Keine zwei Minuten später bin ich wieder im Rausch der Farben und tauche gedanklich in das neue Werk ein, dessen Name mir mit einem Male in den Sinn kommt: *Leichtigkeit des Seins.*

Klaus

Lotte hat mich angerufen und wollte wissen, wann ich zu ihr komme. „Wirst du für mich kochen?“ Mehr belustigt als ernst habe ich meine Frage gemeint und umso erstaunter war ich, als Lotte mit einem lauten Ja antwortete. Bisher waren meine Beziehungen nie von langer Dauer gewesen. Meine Freiheit, die Zeit mit meinen Freunden, sind mir wichtig und nicht jeder Frau gefällt dieses Eigenleben von mir. Vorwürfe, wieso ich am Sonntag lieber auf dem Fußballplatz sei als im Haus, mag ich ebenso wenig, wie eine übertriebene Kontrolle meiner Person. Lotte, so denke ich, wird mich verstehen. So, wie ich es mitbekommen habe, hat Lotte viele Freundinnen, die ihr ebenfalls sehr wichtig sind. Dass ich auch spontan meine Termine ändern kann, falls die Sehnsucht mich überkommt, habe ich Lotte schon bewiesen. Sie hat sehr lieb auf meine Spontanität reagiert und sogar ein Treffen mit den Mädels, wie sie ihre Freundinnen nennt, unterbrochen. Trotzdem gibt es so ein Gefühl in meinem Bauch, wenn ich in der Nähe von Lotte weile, das mich warnt. Lotte ist, so meine Gedanken, wenn ich allein bin, nicht die richtige Frau für mich. Zugeben kann ich, Lotte hat sehr viele positive Eigenschaften und doch suche ich bei einer Frau mehr Power und Gradlinigkeit. Mir scheint, ich muss mich bald zurückziehen.

Ob Lotte am Abend schon fragen wird, was wir morgen unternehmen? Ich zumindest bin morgen mit den Freunden und meinem Motorrad unterwegs und am Abend werden wir gemeinsam grillen, ohne Frauen. Somit wird Lotte einen Teil meiner Angewohnheiten, auf die ich auch in der Zukunft nicht verzichten werde, kennenlernen. Mein Bruder ist ebenso freiheitsliebend wie ich es bin und daran scheitern seine Beziehungen auch immer wieder. Lotte, so denke ich mir, sie würde meinem Bruder auch gut gefallen. Wenn ich ehrlich bin, ich stehe mehr auf einen anderen Typ Frau. Lotte ist weit von meinem Idealbild einer Frau entfernt und doch fasziniert sie mich. Die Lust auf das Neue? Diese Frage stelle ich mir selbst und kann als Antwort nur Ja sagen. Meine Idee, auf eine Kontaktanzeige zu antworten, entstand an einem Abend, an dem ich reichlich Bier getrunken hatte. Meine Kumpels waren schon sehr lange damit beschäftigt, mich zu verkuppeln. Bisher allerdings ohne Erfolg. Die mäßigen Angebote von Freundinnen der eigenen Frauen oder Kolleginnen, haben mich nicht interessiert. Einer verlorenen Wette, dem Einlösen meiner Wetteinlage habe ich zu verdanken, Lotte kennengelernt zu haben. Ob ich ihr davon erzählen soll? Ich denke, ich warte einfach einmal ab, wie sich der heutige Abend noch entwickeln wird. Als auf meine Rückmeldung zu der besagten Kontaktanzeige nie eine Antwort kam, nahm ich es locker auf. Meine Kumpels haben mir nicht geglaubt und denken noch heute, ich habe ihnen die Antwort, bzw. eine Einladung zu einem Date, verschwiegen. So, wie ich die Ehen meiner Kumpels sehe und miterlebe, bin ich innerlich gespalten, was ich für mich möchte. Es gibt diese Augenblicke, in denen ich voller Neid sehe, wie glücklich die Kumpels mit ihren Familien sind. Auch deren Kinder sehe ich aufwachsen und kann sagen, ich spiele sehr gerne bei Grillfesten mit ihnen Fußball. Überall bin ich der liebe Onkel, der auch mal ein kleines Geschenk hat. Überraschungen von Schokolade bis zum Stofftier, das gibt es von mir. Ob ich aber dazu geschaffen bin, eigenen Kindern ein zu Hause zu schenken, daran glaube ich nicht. Vielleicht liegt meine Einstellung auch an meinem Alter und der Tatsache, ich bin schon sehr lange Single und konnte immer tun und lassen, wonach mir der Sinn stand.

Bis zu meinem Treffen mit Lotte ist noch Zeit und ich wechsle in Ruhe mein Arbeitsoutfit gegen eine Jeans und ein Shirt. Der lässige Stil passt zu mir, wie mir der Blick in den Spiegel verrät. Als es an meiner Tür klingelt, denke ich kurz, lass es bloß nicht Lotte sein. Dann aber denke ich, sie kennt meine Anschrift noch nicht. Lotte hat mich bisher nicht gefragt, wo genau ich wohne, was mir jetzt komisch vorkommt. Etwas mürrisch gehe ich und öffne meine Tür.

„Hey, komm doch rein", strahle ich meinen Bruder an.

„Du riechst wie eine Parfümerie", geht er an mir vorbei in die Küche. „Trinken wir ein Feierabendbier?" Wieso nicht, denke ich mir und hole uns zwei kühle Flaschen aus dem Kühlschrank. „Was ist mit deinem Auto?" Die Frage kommt, als es erneut an meiner Türe klingelt. Mein Nachbar, der gleichzeitig mein Kumpel ist, kommt ins Haus. „Ein Bier würde mir jetzt auch guttun. Der Tag war so stressig und jetzt macht meine Frau noch Theater zu Hause, ich solle ihr noch den Keller helfen aufzuräumen, puh!"

Lachend lege ich ihm eine Flasche Bier in seine Hände. Wir reden und Gemütlichkeit breitet sich aus. Mein Bruder bewegt sich in meiner Wohnung wie in seinen eigenen Räumen, das ist auch normal für mich. „Wer möchte ein Brot mit Schinken?" Inzwischen ist noch ein weiterer Kumpel eingetroffen, die Stimmung steigt. „Das Fußballspiel kann aber laufen?"

„Klar, mach den Fernseher an!" Kurz schiele ich auf meine Uhr. Die Zeit wird eng, ich müsste gleich zu Lotte aufbrechen. Außerdem muss ich noch klären, wie ich zu Lotte komme. „Franz, kannst du mich später noch zu einer Verabredung fahren? Mein Auto hat eine Panne und ist stehengeblieben", suche ich den Blickkontakt zu meinem Bruder. „Natürlich!", lacht er mich an und legt mir, unbekümmert wie er nun einmal ist, eine neue Flasche Bier in die Hand und hält mir einen Teller mit Broten entgegen. „Danke, Mami", greife ich beherzt zu. Die anderen Männer lachen und tun es mir gleich.

„Richtig schön so ein Abend ohne Stress und Frauen", kann ich hören, gerade als ich noch einmal auf meine Uhr sehe und an Lotte denke. Mein Bruder macht keine Anstalten seinen Platz vor dem Fernseher zu verlassen, um mich zu ihr zu fahren. „Tor!", höre ich meinen Bruder und die Kumpels rufen. Neugierig rücke ich meinen Stuhl näher an den Fernseher. Mit einem Mal bin ich gedanklich weit weg von Lotte und konzentriere mich ebenfalls auf das Fußballspiel.

Lotte

Am Nachmittag konnte ich pünktlich mein Café abschließen, was mir gerade heute auch wichtig war. Rasch bin ich noch in den Supermarkt gefahren, um für das Abendessen alle Zutaten einzukaufen. Noch im Supermarkt habe ich mich, neben den versprochenen Kartoffeln für die Bratkartoffeln auch für Steak und Salat entschieden. Ein Mann wie Klaus, der den ganzen Tag über im Freien gearbeitet hat, muss Hunger haben. Zwei Flaschen Wein habe ich auch mitgenommen, obwohl ich denke, er wird lieber Bier trinken. So gut kenne ich die Gewohnheiten von Klaus noch nicht. Die wenige gemeinsame Zeit hat mir nicht viele Kenntnisse über seine kulinarischen Wünsche gebracht.

Zu Hause angekommen, bringe ich rasch die Einkäufe in die Küche. Ein Blick auf die Uhr zeigt mir, es ist noch genügend Zeit, sodass ich meine Neugierde befriedigen und mir die Rückmeldungen zu meiner Kolumne ansehen kann. Mit großer Verwunderung sehe ich Sekunden später die zahlreichen neuen Reaktionen meiner Leserinnen, die mir angezeigt werden. Kurz habe ich Zweifel, jetzt die ersten Rückmeldungen zu lesen. Dann aber ist meine Neugierde so groß, ich muss einfach wissen, was meine Leserinnen bewegt. So viele Reaktionen wie heute, das ist nicht üblich. Das Thema Liebe beschäftigt die Frauen, denke ich mir und setze mich gemütlich in meinen Schreibtischstuhl.

Liebe Lotte,
mit dem neuen Thema haben Sie mein Interesse geweckt. Seit elf Jahren bin ich verheiratet und in den letzten Monaten, eventuell auch in den letzten drei bis vier Jahren, war mir nicht mehr in den Sinn gekommen, wie ich meinen Partner kennenlernen durfte, welches Glück ich doch hatte, ihm zu begegnen. Dank

Ihrer Zeilen bin ich wieder aufmerksam geworden und ich werde am heutigen Abend für meinen Mann sein Lieblingsgericht kochen und einmal Danke sagen für seine Liebe, die er mir schon über so viele Jahre schenkt.

Vor elf Jahren habe ich ein Praktikum bei einem Biobauern gemacht. Zu dieser Zeit wusste ich nicht, was ich lernen möchte, wo mein Weg mich hinbringen sollte. Der Zufall wollte es so, die Bäuerin wurde krank und ich wurde gefragt, ob ich in dem Hofladen aushelfen kann. Eigentlich wollte ich in der Natur sein, nicht in einem Hofladen in geschlossenen Räumen. Natürlich habe ich die Not gespürt und daher bin ich für die erkrankte Bäuerin eingesprungen. Wie kurz erwähnt hatte ich zu diesem Zeitpunkt eine Findungsphase, mit 25 Jahren. An meiner Seite gab es keinen Freund, meine Ausbildung war abgebrochen, ein Studium ebenfalls. Am dritten Arbeitstag in dem Hofladen, ich war gerade damit beschäftigt, die Äpfel in einen Korb zu füllen, hörte ich eine Stimme hinter mir, die mich sogleich anzog. Schon beim Umdrehen, beim ersten Ansehen des Mannes, der unverhofft vor mir stand, wurden meine Knie weich. Dass ich am selben Nachmittag noch eine Einladung zum Abendessen bekam, war mehr als aufregend. Ich erinnere mich noch, dass ich mich plötzlich um mein Aussehen sorgte, was mir bis dahin im Allgemeinen egal war. Für dieses Treffen aber wollte ich hübsch aussehen. Mit geliehener Kleidung von der Bäuerin, die ich in ihrem Schlafzimmer aufsuchte und von der Einladung berichtete, bin ich zu dem Abendessen.

Noch heute habe ich Kontakt mit der Bäuerin und ihrem Mann. Wir schreiben uns an Weihnachten und ich habe mir, dank der Kolumne aus Ihrer Feder vorgenommen, schon im nächsten Monat die Familie zu besuchen. Richtig geärgert habe ich mich über meine Selbstverständlichkeit, der Tatsache, dass ich vergessen habe, wie gut es das Schicksal mit mir gemeint hat.

Dem Treffen damals folgten noch viele weitere. Mein Mann hat zu diesem Zeitpunkt Jura studiert. Fasziniert von seinen Berichten und inspiriert von seinem Wissen, habe ich mich auf eine Lehrstelle als Anwaltsgehilfin beworben. So ganz von allein sollte mein Wunsch nicht in Erfüllung gehen. Auch hier habe ich von dem Biobauern und seiner Frau Unterstützung erhalten. In ihrem Bekanntenkreis gab es einen Anwalt und ich wurde mit guten Worten empfohlen. Diese Lehre habe ich erfolgreich beendet und im Anschluss geheiratet.

Meine Liebe und mein Glück kamen über Nacht in mein Leben. Ich nenne es mein Schicksal, wie alles gekommen ist. Zukünftig will ich daran denken, nicht selbstverständlich mit dem Glück umzugehen. Einmal Danke sagen und sich bemühen, gehören in einer guten Beziehung dazu. Sie, liebe Lotte, haben mir einmal wieder die Augen geöffnet. Hoffentlich haben Sie auch Ihr Glück gefunden.

Eine stille Umarmung an die Schwester im Geiste, wie Sie Ihre Leserinnen oft nennen!

Isa

Die Zeilen von Isa gefallen mir und erhellen meine Stimmung. Mir ist nach einer weiteren Reaktion, aber ich will mich noch umziehen für mein Treffen mit Klaus. Am Ende kommt er früher als verabredet zu mir und ich stehe verschwitzt vor ihm, was ich nicht möchte.

Letzte Nacht hatte ich einen verrückten Traum, der mich über den ganzen Tag hinweg beschäftigt hat. So gerne hätte ich mit Anton Wall über meinen Traum gesprochen, doch ich habe mich nicht getraut. Seine Interpretation, jedenfalls die, die ich erwarte, will ich nicht hören. In meinem Schlafzimmer angekommen, öffne ich meinen Kleiderschrank und bleibe unschlüssig davorstehen. Auf der einen Seite möchte ich sexy aussehen, wenn Klaus hier auftaucht, jedoch soll er nicht den Eindruck erhalten, ich habe nur auf ihn gewartet. Die Entscheidung für die richtige Garderobe fällt mir schwer. Zunächst ziehe ich ein rotes Kleid an, das aber rasch wieder auf meinem Bett landet. Rot ist zu angriffslustig, zumindest empfinde ich heute so.

Franz kommt in meinem Kopf. Was, so höre ich in mich hinein, würde ich jetzt aus meinem Kleiderschrank rausnehmen, wäre ich mit Franz verabredet? Die Entscheidung fällt mir leicht. Spontan greife ich den Minirock, den ich schon bei Inas Einladung getragen habe, und ein helles Shirt, das wirklich toll zu dem Rock passt. In meinem Spiegel betrachte ich mich und bin zufrieden mit dem gewählten Outfit. Wieso nur konnte ich mich so rasch entscheiden bei dem Gedanken an Franz? Diese Frage steckt in meinem Kopf und ebenso der Traum, den ich noch nicht verarbeitet habe. Ich träume viel zu viel in der letzten Zeit. Meine Uhr zeigt mir, ich sollte mit dem Kochen beginnen. Mein Handy klingelt in diesem Augenblick. „Ina!", beschwingt eile ich mit dem Handy am Ohr die Treppen hinunter. „Möchtest du zu uns zum Abendessen kommen? Rosalinde und Vincenz haben sich auch angekündigt", höre ich Ina sagen.

„Ich bekomme Besuch von Klaus und ich werde für ihn kochen", mit diesen Worten entschuldige ich mich. „Ich muss jetzt mit den Vorbereitungen anfangen", beende ich kurzerhand das Telefonat. Kurz bleibe ich vor meinem Spiegel im Flur stehen und drehe mich um die eigene Achse. Mir gefällt, was ich sehen darf. Der Rock und das Shirt umschmeicheln meine Rundungen. Noch vor zwei Jahren hätte ich mich nicht getraut, so kurze Röcke zu tragen und noch in Kombination mit einem figurbetonten Shirt. Ja, ich bin nicht schlank und ja, ich stehe zu meinen Rundungen. Klaus scheint auch auf Mädchen zu stehen, die es lieben, ihre Pizza aufzuessen, so jedenfalls seine Bekundung. Tief in mir kommt das kleine Teufelchen zu Wort und mir kommt in den Sinn, wie Klaus der schmalen Bedienung nachgesehen hatte. Diese Gedanken nehmen mich kurz gefangen, dann aber sage ich mir, Lotte, du musst mehr an dich und deine Vorzüge glauben.

Beim Betreten der Küche denke ich noch einmal an Ina. Es war lieb von Ina, mich zum Abendessen einzuladen. Morgen, so mein Gedanke, rufe ich Ina an und entschuldige mich bei ihr, da ich so wenig Zeit für sie hatte.

Der Anruf von Petra kommt, als ich gerade die Kartoffeln am Vorbereiten bin. „Ich bin am Kochen", rufe ich ihr gleich entgegen. Durch meine Freisprechanlage höre ich ein Lachen. „Soll ich raten? Es gibt Kartoffelsalat und Würstchen", Petras Stimme klingt aufgedreht. „Hast du schon einen Prosecco intus?" Meine Frage kann ich nicht zurückhalten, was mich jetzt ärgert. Petra ist kein Mensch, der gehässig ist und sie ist die Geduldigste von uns Freundinnen. „Sorry, ich bin einmal mehr über das Ziel hinausgeschossen", sage ich rasch.

Petra räuspert sich. „Kommt dein neuer Freund zu Besuch?"„Ja, Klaus will um 20 Uhr zum Abendessen kommen", sage ich und schneide eine Zwiebel auf. „Karin kommt nächste Woche, ich lade ein zu einem Mädelsabend", spricht Petra unbeirrt weiter. „Sie hat mir am Telefon schon davon berichtet. Ich denke, es wird das Beste sein, der Mädelsabend findet bei mir statt. So kann ich mich bei Karin für mein Verhalten entschuldigen", entgegne ich. „Sehr gut", kommt eine spontane Antwort an mein Ohr. „Mir ist nach einem schönen Abend mit Freundinnen und nach Reden", fügt Petra hektisch nach. Oh, so mein Gedanke, wenn Petra Redebedarf hat, dann stimmt etwas nicht. „Wo drückt der Schuh?", will ich wissen. „Na, wo schon? Bei der Liebe", höre ich Petra sagen. Jetzt klingt sie wie ein kleines Mädchen. „Nein!", werfe ich ein. Kurz lasse ich das Messer fallen und blicke aus meinem Fenster. „Dank Frauen wie dir, Petra, glaube ich noch immer an die große Liebe. Marc und du, ihr seid ein Vorbild für mich. Petra? Kann ich etwas für dich tun?" Jetzt höre ich ein leises Lachen, es klingt jedoch gequält oder gekünstelt für mich.

„Wir sehen uns nächste Woche, dann reden wir."

„Willst du zu mir kommen und mit uns Abendessen? Dann kann ich dir auch Klaus vorstellen", biete ich Petra an. „Nein, danke! Er würde sich sicherlich nicht freuen, eine Anstandsdame am Tisch sitzen zu haben, Lotte. Klaus möchte sicherlich noch einen Nachtisch", sie hält inne und ich weiß auch so, was sie sagen wollte. „Komm doch einfach vorbei", füge ich nach. Petra lässt sich leider nicht überreden und beendet das Telefonat. Nachdenklich greife ich wieder zum Messer und der Zwiebel. Petra scheint ein Problem zu haben, das spüre ich. Ich stöhne. Ein Blick auf meine Küchenuhr sagt mir, ich muss meine Vorbereitungen zu Ende bringen, ansonsten gibt es kein Abendessen.

Ina

Für den heutigen Abend habe ich Vincenz und Rosalinde zum Abendessen eingeladen. In den letzten Wochen hat uns Vincenz mit der Reise mehr als verwöhnt und ich möchte mich revanchieren. Lotte rufe ich an und biete ihr an, ebenfalls zu kommen. Als ich erfahre, sie kocht gerade für den neuen Freund, kann ich mir ein gehauchtes: „Oh", nicht verkneifen. Kurz liegt mir auf den Lippen, bloß keine Bratkartoffeln in roten Dessous servieren, doch dann halte ich meinen Mund. Jahrelang habe ich in der Mädelsrunde den Ruf aufrechterhalten, die Frau mit dem mahnenden Blick zu sein, den Zeigefinger immer in die Wunde zu legen und alles zu kritisieren. Ja, ich habe mich geändert, äußerlich und innerlich, und kann zugeben, ich bin glücklich mit mir und meiner neuen Rolle als Frau, Geliebte, Mutter und Freundin. Unser Telefonat ist rasch von Lotte beendet, sie scheint einmal mehr nur Klaus im Kopf zu haben.

Lotte und ihre Männer, muss ich beim Aufschneiden der Zwiebeln denken. Gut, so mein nächster Gedanke, ich muss, was die Freundin betrifft, etwas entspannter sein, das fällt mir allerdings noch schwer. In meinen Augen braucht Lotte einen Mann wie Franz. Er ist kein Mann zum Heiraten, kein Mann, der jeden Abend pünktlich nach Hause kommt und sich über ein gekochtes Abendessen freut, er ist rau und für mich wäre er keine Option. Trotzdem passt er zu Lotte. Sie ist Franz über Monate nachgelaufen, war im siebten Himmel, sobald er wieder aufgetaucht ist. Ja, leider ist Franz dann aber auch immer wieder untergetaucht, so meine Überlegungen als plötzlich Rosalinde und Vincenz in der Küche stehen.

„Ich muss die Zeit vergessen haben“, blicke ich beide traurig an. „Mein Telefonat mit Lotte hat mich abgelenkt.“ Rosalinde lacht. „Dann helfe ich dir jetzt, Ina“, rasch bindet sie sich eine Schürze um. „Ich gehe zu Johann in sein Arbeitszimmer“, tätschelt Vincenz mir auf meine Schulter. „Der Kleine Wolfi schläft noch?“ Seine Stimme dringt aus dem Flur in die Küche.

„Ina, du bist eine gute Köchin!“, lobt mich Vincenz, als wir endlich am Esstisch sitzen. Meine Bemerkung, Rosalinde habe noch geholfen, lacht sie weg. „Es war alles vorbeireitet von dir“, darf ich hören. Wie schön, so denke ich mir, ich habe meine Familie gefunden, in der ich mich geborgen fühlen kann. Wolfi schläft noch immer, was ich gerade als angenehm empfinde, somit verläuft das Abendessen entspannter für mich. Ich kann sitzen und das Essen und den Wein, den Vincenz mitgebracht hat, genießen.

Vor dem Auftragen des Nachtisches fange ich an, von Lotte und unserem Telefonat zu sprechen. „Sie ist verliebt und wir erleben einmal mehr die Seite an Lotte, mit der ich Probleme habe“, kommentiert Vincenz. „Kann ich auf der Terrasse rauchen?“, setzt er aufgekratzt nach. Johann begleitet seinen Vater und Rosalinde und ich decken den Tisch um. Sie kocht Kaffee und ich hole den Nachtisch aus dem Kühlschrank. „Kennst du den neuen Freund von Lotte?“, will sie wissen. Automatisch schüttele ich meinen Kopf. „Bisher weiß ich nur seinen Namen, Klaus.“ Beim Sagen seines Namens ruft Rosalinde laut: „Ich habe es doch geahnt!“ Meine Neugierde, was nur hinter ihrer Bemerkung stecken mag, kann ich nicht auflösen. Unerwartet rasch sind Vincenz und Johann von der Terrasse zurück und sitzen bereits wieder am Tisch. „Rosalinde, was hast du geahnt?“, hakt Vincenz misstrauisch nach.

Mit gemischten Gefühlen setze ich mich wieder an den Tisch. Rosalinde grinst und tut es mir gleich. Ihre Augen aber bleiben an Vincenz haften. „Unser neuer Dachdecker, mein lieber Vincenz, es scheint, er ist Lottes neuer Freund“, sie nickt nach ihren Worten. Vincenz reagiert aufgebracht und macht eine abwertende Bewegung mit der linken Hand. „Papperlapapp. Du hast zu viel Fantasie, Rosalinde, das habe ich dir schon gesagt.“ Kurz ist es still am Tisch und nur das Klappern der Löffel, die immer wieder in die kleinen Nachtischschälchen getaucht werden, ist zu hören. „Sie hat sich auch eingebildet, der Mann sei ein Bruder von Franz.“

Erschrocken sehe ich zu Johann, so aufgebracht habe ich Vincenz lange nicht gesehen. Johann reagiert so, wie ich ihn kenne und schätze. Überlegend und ruhig, er ist ein Mann mit so vielen guten Eigenschaften, wie ich denke. Spontan sage ich innerlich Danke für den Moment, ihn getroffen zu haben.

„Wir trinken einen guten Whisky, Vater?“ Vincenz lässt sich nicht zwei Mal bitten. Ein Strahlen huscht über sein Gesicht. Rosalinde blickt betrübt auf das Schälchen mit Nachtisch. Ihr scheint der Appetit vergangen zu sein.

„Wir zwei gönnen uns einen Karamellikör“, lege ich kurz meine Hand auf ihre. Erleichtert folgt Rosalinde mir in die Küche. Sie lehnt sich an den Küchentisch, beobachtet mein Handeln. „Ich fühle aber, ich liege richtig. Kann es Zufall sein, dass unser Dachdecker Klaus heißt? Sein Äußeres erinnert mich an Franz, von dem ersten Anblick an. Die Art, wie er redet, sich gibt, alles.“ Ich unterbreche Rosalinde. Mir ist nicht entgangen, Vincenz steht in der Tür und lauscht. Rosalinde ist eine intelligente Frau und reagiert spontan. „Wolfi wird hoffentlich morgen zu uns kommen. Wie schade nur, dass der Kleine den ganzen Abend verschläft.“ Vincenz, so sehe ich aus dem Augenwinkel, scheint beruhigt und geht zurück an den Esstisch. „Das war knapp", raunt Rosalinde, dann dreht sie sich um und geht ebenfalls ins Esszimmer.

„Dann stoßen wir auf die Köchin des Abends an", hebt Johann sein Glas, liebevoll strahlt er mich an. Im Anschluss lassen wir das Thema um Lotte und ihren neuen Freund außen vor und kommen rasch auf die Eindrücke der gemeinsamen Reise zu sprechen, was die Stimmung löst. Mein Handy klingelt gegen 22 Uhr. Ich habe vergessen, es auf lautlos zu stellen, was mich ärgert. Für mich ist es unhöflich, wenn Gäste eingeladen sind, vor ihnen mit dem Handy zu hantieren.

„Es ist Lotte", sage ich überrascht, nachdem ich das Handy geholt und den verpassten Anruf auf dem Display sehe. So ganz gefällt mir die Störung jetzt nicht. Sorgen mache ich mir aber wegen der Uhrzeit des Anrufes, es ist 22 Uhr.

Ich bin unschlüssig, was ich nun tun muss. Sollte die Freundin nicht jetzt in den Armen von Klaus liegen? Vincenz denkt allem Anschein nach wie ich. Er steht auf und geht zu meinem Wohnzimmerfenster, das einen freien Blick auf Lottes Haus bietet. „Sie wird nie erwachsen werden", hören wir ihn sagen. Seine Stimme klingt aufgebracht. Auf die wechselnden Liebhaber von Lotte reagiert er empfindsam, wenn auch bemüht, immer wieder auf Lottes Gefühle Rücksicht zu nehmen.

Kleiner Rückblick

Lotte

20.20 Uhr

Mein Esstisch ist vorbereitet, der Wein geöffnet, ich bin aufgeregt in der Vorfreude auf Klaus. Immer wieder schaue ich aus meinem Fenster, es kündigt sich aber kein Gast an. Um nicht ständig auf mein Handy zu sehen oder aus dem Fenster, ermutige ich mich dazu, noch eine Rückmeldung zu meiner Kolumne zu lesen.

Liebe Lotte,
mit Hilfe meiner Enkelin verfasse ich diese Zeilen. Als großer Fan Ihrer Kolumnen warte ich schon immer sehnsüchtig auf das nachste Heft, die neuste Frauenzeitschrift. Meine Enkelin hat mir die Freude gemacht, schon im Internet Ihre Texte zu finden und auszudrucken, sodass ich auch up to date bin, wie die jungen Leute sagen. Mit 74 Jahren will ich noch mitreden können und dürfen. Das neue Thema der Kolumne hat mich an meine Jugend zurückerinnert. Meine Eltern hatten sich gewünscht, dass ich unseren Nachbarn heirate. Er hat Bäcker gelernt und meine Eltern führten eine Bäckerei in meinem Heimatdorf. Somit war es doch naheliegend, zumindest in den Augen meiner Eltern, sich zu verbinden. Der elterliche Betrieb brauchte einen Bäcker und ich einen Mann, so dachten zumindest meine Eltern. Verliebt war ich in den Nachbarn nicht, allerdings gab es auch keine Einwände von mir. Dem Wunsch meiner Eltern zu folgen, darauf zu vertrauen, für mich ist es das Beste, hatte ich vor Augen. Zu dieser Zeit war es normal, dass die Eltern alles arrangierten. Bei meinen Freundinnen war es nicht anders. „Der Hunger kommt beim Essen“, hat meine Mutter oft gesagt.

Die ersten Vorbereitungen zu einer Verlobung liefen, als ich gerade 19 Jahre alt war. Rücksichtsvoll von unseren Eltern war die Tatsache, dass wir immerhin schon zwei Mal im Mondschein spazieren durften, um uns vor der Verlobung näher kennenzulernen.
An einem Mittwoch, daran erinnere ich mich noch genau, kam kurz vor Feierabend ein junger Mann in die Bäckerei. Meine Mutter hatte schon die Schürze ausgezogen und sich in die private Küche, die im selben Haus lag, zurückgezogen, um das Abendessen vorzubereiten. Die Nervosität, die ich beim Bedienen des jungen Mannes spürte, war mir neu. Niemals zuvor habe ich solche Gefühle kennengelernt. Noch beim Abendessen musste ich immerzu an den jungen Mann denken, der eine Zimtschnecke gekauft hatte. „Wirst du krank?“, meine Eltern hatten auf mein verändertes Verhalten reagiert. An diesem Abend habe ich lange wach auf meinem Bett gelegen und nachgedacht. Von der Liebe, so wie die jungen Menschen es heute kennen, habe ich nichts gewusst. Aufgewühlt war ich, so kann ich mich noch heute gut erinnern. Ebenso daran, dass ich in der Nacht kaum Schlaf gefunden hatte. „Du siehst müde aus, wirst du krank?“, empfing meine Mutter mich beim Frühstück. „Möchtest du heute lieber im Bett bleiben?“ Ihre Sorge rührte mich sehr und doch war tief in meinem Inneren die Hoffnung, der junge Mann komme wieder in die Bäckerei. Dieses Wiedersehen wollte ich mir nicht entgehen lassen. „Mir geht es gut und heute ist doch Donnerstag, da ist viel zu tun“, warf ich ein und band mir zeitgleich die Schürze um. Über den Tag kamen die Leute aus dem Dorf, um ihren Einkauf zu tätigen, alles verlief gewohnt und kein fremdes Gesicht zeigte sich. Kurz vor Feierabend jedoch kam der junge Mann wieder in den Verkaufsladen und erneut kaufte er eine Zimtschnecke bei mir. Meine Mutter war noch anwesend und ich hatte das Empfinden, sie beobachtet mich. „Soll ich übernehmen?“, barsch kamen die Worte über ihre Lippen. Mein Kopf war sicherlich purpurrot. „Ich darf mich verabschieden“, nickte der junge Mann meiner Mutter zu und

schenkte ihr ein offenes Lächeln. Meine Mutter ist kein Mensch gewesen, der sich so leicht um die Finger wickeln ließ, doch bei diesem Lächeln zeigte sie eine milde Reaktion. „Einen schönen Abend auch für Sie", nickte sie zurück.

Liebe Lotte, ich möchte Sie nun nicht langweilen mit meinen Zeilen. Ich fasse mich etwas kürzer. Der junge Mann kam in den nächsten Tagen immer vor Feierabend und hat sich eine Zimtschnecke bei mir gekauft. Jeden Tag habe ich mehr auf ihn gewartet, den Augenblick, wo er den Verkaufsraum betrat, herbeigesehnt, ebenso den Moment, wo er mich anlächelte. „Das gehört sich aber nicht, du wirst den Nachbarn heiraten. Wir brauchen einen Bäcker, das weißt du doch", hatte meine Mutter gemahnt. An diesem Abend sollte ich erneut mit dem Nachbarn spazieren gehen. „Dann lernt ihr euch besser kennen", gab meine Mutter mir mit auf den Weg. Was mich an jenem Abend bewog, nicht auf die Eltern zu hören, ich denke, es war Liebe. Statt über die Wiese zu dem Nachbarn, führte mich mein Weg ins Dorf. Am Dorfbrunnen angelehnt stand der Unbekannte, gerade so, als habe er mich erwartet.

Inzwischen bin ich, wie bereits erwähnt, 74 Jahre alt. 51 schöne Jahre habe ich an der Seite des Mannes verbracht, der Zimtschnecken so liebte. Eine Krankheit hat uns in diesem Leben vor einigen Jahren getrennt, doch eines Tages, so bin ich mir sicher, sehen wir uns an einem anderen Ort wieder. Die Liebe geht oft seltsame Wege, doch gerade darin und dahinter liegt der Reiz des Unbekannten.

Für Sie, Lotte, sehe ich noch nicht den Prinzen, den Sie suchen. Bitte seien Sie nicht über meine offenen Worte enttäuscht. Als ältere Frau mit mehr Lebenserfahrung, erlaube ich mir, offen zu schreiben, was ich auch denke. Auch Sie werden die große Liebe

finden, vielleicht haben Sie diese schon gefunden und wissen es nur noch nicht? Eventuell ist der richtige Mann schon in Ihrem Leben gewesen und taucht bald wieder darin auf.
Ihre Annetrud

Nach dem Lesen der Zeilen schenke ich mir ein Glas Wein ein. Ich denke über Annetrud nach und frage mich, wie wird sie nur leben, jetzt, da ihr Mann verstorben ist. Was nur wollte sie mir mitteilen mit den Worten, ich kenne eventuell schon meine große Liebe, es sei aber nicht Klaus?

Gegen 21 Uhr ist mein Wein ausgetrunken, von Klaus habe ich noch nichts gehört. Unsicher halte ich mein Handy in der Hand und überlege, was ich tun soll. Auf dem Herd stehen meine Bratkartoffeln. Diese sind allerdings schon über den Punkt und ich ärgere mich sehr über die unnötige Arbeit im Vorfeld. Entnervt angele ich mit meinen Händen einige der inzwischen abgekühlten Kartoffelscheiben und knabbere lustlos darauf herum. Eine halbe Stunde später höre ich ein Auto und eile an mein Fenster in der Küche, das mir einen freien Blick zur Straße schenkt. „Nein!“, meine Stimme ist dünn. So geschockt bin ich zu sehen, vor meinem Haus hält der Wagen von Franz. Was soll das nur bedeuten? Will er mich ausgerechnet heute besuchen? Wieso nur? Meinen Kopf recke ich noch ein Stück zur Seite, um besser auf den Wagen sehen zu können. Jetzt erkenne ich, in dem Inneren sind zwei Männer. Beide sprechen miteinander, Hände, die gestikulieren sehe ich, dann meine ich, auch das Gesicht von Klaus zu erkennen. Das nächste, was ich sehe, der Wagen fährt davon. Eilig laufe ich zu meiner Haustüre, reiße diese auf und blicke nach draußen. Nichts, niemand ist mehr zu sehen. Das, was ich gerade erlebt habe, ich bekomme es nicht verarbeitet. Innerlich aufgewühlt, greife ich nach meinem Handy. Inzwischen ist es 21.44 Uhr. Mein Versuch, Klaus anzurufen, er fruchtet nicht. Kurz überlege ich, auch Franz anzuwählen, dann jedoch kommt mir alles so surreal vor, dass ich das Handy auf den Tisch lege. Noch immer stehe ich in meiner Küche und schaue auf die Straße, in der Hoffnung, der Wagen komme zurück. Auch eine Viertelstunde später hat sich an meiner Position in der Küche nichts verändert.

Ich spüre aber, so komme ich nicht weiter. Mein Redebedarf ist hoch und ich wähle die Nummer von Ina in der Hoffnung, die Freundin hat eine halbe Stunde Zeit für mich. Leider kann ich Ina nicht erreichen, obwohl ich sehen kann, in ihrem Wohnzimmer brennt noch Licht und vor dem Haus entdecke ich den Wagen von Vincenz. Was soll ich nur tun? Zu Ina laufen, mich vor den Freunden lächerlich machen und ausheulen? Einmal mehr zeigen, dass die Männer, statt an meiner Seite zu bleiben, lieber das Weite suchen? Meine Schwestern im Geiste kommen in meinen Kopf und ich gehe zu meinem Laptop.

Liebe Leserinnen,
jetzt ist es Freitagabend, ich habe gekocht, mich hübsch angezogen, den Tisch gedeckt. Mein Lieblingsmensch sitzt am Tisch und knabbert an seinen Bratkartoffeln, während ich euch einen kleinen Einblick in meine Welt schenke. Viele Nachrichten meiner treuen Leserinnen sind eingegangen. Traurig musste ich erkennen und lesen, die meisten Frauen glauben nicht an meine neue Liebe und denken schon an das Ende, über das ich rasch berichten werde.
Bin ich nicht liebenswert?
Wieso nur denkt ihr so schlecht von mir? „Liebling, kommst du?“ Klaus ruft mich aus der Küche, wir werden uns jetzt noch einen schönen Abend machen und sicherlich schon bald in mein Schlafzimmer gehen.
Also, liebe Leserinnen, macht euch keine Sorgen um Lotte, mir geht es gut.
Eine Umarmung für euch!
Lotte

Kaum, dass ich diese Zeilen abgesendet habe, fühle ich mich noch elender als zuvor. Jetzt habe ich auch noch gelogen, um mich als liebenswerte Person zu verkaufen. Mit Tränen in den Augen gehe ich hoch in mein Schlafzimmer.

Schmerzhaft muss ich die Erkenntnis aufnehmen, ich wurde versetzt. Es tut so weh, ohne eine Rückmeldung den Abend auf Klaus gewartet zu haben, ohne den kleinsten Hinweis, was schiefgelaufen sein kann oder muss. Noch am Nachmittag hatte Klaus mich angerufen und sein Kommen für 20 Uhr angekündigt. Kurz muss ich innehalten bei dem Gedanken, erneut hat mich ein Mann versetzt, für den ich Bratkartoffeln vorbereitet habe. Meine Gedanken wandern zu Franz, der auch mit dem heutigen Abend in Verbindung zu stehen scheint. Für mich dreht sich gerade die Welt so schnell wie ein Karussell und ich glaube, mich als kleines Kind davorstehen zu sehen. Viel zu klein bin ich, als dass es mir gelingen kann, auf das fahrende Karussell aufzuspringen.

Ausgeboten, sitzengelassen, fallengelassen, diese Worte fallen mir ein bei den Erinnerungen an den heutigen Abend. Franz kommt wieder in meinen Kopf. Wieso nur war er der Fahrer des Wagens und auf dem Beifahrersitz saß Klaus?

Muss oder kann ich verstehen, was die Männer denken, was sie dazu angetrieben hat, dieses Spiel mit mir zu spielen? Oder war der Zufall dabei und alles klärt sich in den nächsten Tagen auf? Nur, so meine Überlegung, wie kommen diese beiden Männer zusammen? Ob sie sich vom Fitnessstudio her kennen? Zugeben darf ich, beide Männer sind der gleiche Typ Mann. Sportlich, guter Körperbau, Muskeln, groß und, was ich sehr gerne sehe, beide tragen ihr Haar schulterlang.

Meinen Schlafanzug habe ich übergezogen, die Sorgen sind noch fest in meinem Kopf verankert. Wenn ich jetzt noch einmal nachdenke, wie ich Klaus kennenlernen konnte, dann bin ich skeptischer als noch vor wenigen Tagen. Seine Antwort auf meine Kontaktanzeige war nur eine von vielen Antworten. Wie ich mir nur einbilden konnte, es sei ein Zeichen gewesen, ist mir plötzlich schleierhaft. Ich wollte einfach daran glauben, und als ich Klaus das erste Mal gesehen habe, hat er mir auch gefallen.

Lotte Wolke, so glaube ich zu ahnen, ist geboren, um eine liebe Tante für Wolfi zu sein. Mutter werde ich nicht mehr und ob es mir gelingt, den goldenen Ring angesteckt zu bekommen, ich denke nein.

Kurz fällt mein Blick aus dem Schlafzimmerfenster. Inzwischen ist es dunkel geworden und auch bei Ina sind die Lichter aus, der Wagen von Vincenz steht nicht mehr vor ihrem Haus. Mein Handy suche ich und als ich es im Badezimmer finde, sehe ich die Nachricht von Ina. Sie hat auch versucht mich anzurufen, sicherlich war ich zu diesem Zeitpunkt an meinem Schreibtisch oder ganz eingetaucht in meine Sorgen und damit beschäftigt, mein Leid mitzuteilen.

Liebe Lotte,
du kannst gerne zu uns rüberkommen. Vincenz und Rosalinde sind auch auf Besuch.
Ina

Vor zehn Minuten kam noch eine Nachricht von Ina.

Liebe Lotte,
wir gehen jetzt schlafen. Ich wünsche dir eine ruhige Nacht … oder was auch immer du dir erhoffst.
Bis morgen, Ina

Morgen, so denke ich, werde ich Ina aufsuchen. Tränen laufen über meine Wangen. Komisch, erst jetzt kann ich richtig weinen und der Enttäuschung Luft schenken. Von Klaus ist keine Nachricht eingegangen, es gab auch keinen Versuch, mich anzurufen. Männer, so denke ich auf dem Weg in mein Bett, sie tun mir weh und doch schmachte ich nach ihrer Nähe. Wie verrückt ist mein Leben nur, überlege ich und ziehe die Tagesdecke von meinem Bett. Mein Kissen, die Bettwäsche, alles riecht so frisch nach Blumen. Ich habe extra das Bett frisch bezogen und das Schlafzimmer geputzt. Alles sollte perfekt sein. Schniefend drehe ich meinen Kopf in das weiche Kissen und nehme noch einmal den Duft der Wäsche auf, dann falle ich in einen unruhigen Schlaf.

Samstag

Mein Spiegelbild zeigt mir einmal mehr, ich muss vorsichtiger mit mir umgehen. Meine Haut wirkt fahl und ich sehe müde aus. Ohne weiter nachzudenken, packe ich mir eine kleine Reisetasche und gehe, ohne zu frühstücken, zu meinem Auto. Was ich jetzt brauche, ist etwas Abstand zu dem Erlebten. Ina sende ich noch eine SMS.

„Wir sehen und sprechen uns am Montag, lieben Gruß Lotte."

Montag

Petra

Noch vor meiner Arbeit fahre ich bei Vincenz vorbei. Er hatte mich um ein Gespräch gebeten. Rosalinde öffnet mir die Tür und bittet mich lächelnd ins Haus. Wie großzügig die Räume geschnitten sind, so meine Gedanken beim Betreten des Wohnzimmers, das ich durch das Esszimmer erreiche. Seelenruhig sitzt Vincenz in seinem Lieblingssessel, mit freiem Blick in seinen prächtigen Garten. Ja, das hier ist eine andere Welt für mich. Meine kleine Dachwohnung passt in den Wohnraum von Vincenz, stelle ich erschrocken fest. Mir fallen die Worte von meinem Freund Marc ein, wir sollten gemeinsam ein Haus kaufen. Von Kindern hat er auch wieder gesprochen, was mir wehtut. Für mich habe ich schon vor Jahren entschieden, ich will keine Mutter sein. Marc hat Wolfi aus der Ehe mit Ina, damit ist er Vater und ich dachte, er sei zufrieden. Wolfi mag ich sehr und für mich ist die Zeit, wenn er bei seinem Vater ist, immer schön. Ebenso, da bin ich ehrlich, freue ich mich auch, wenn Ina ihn wieder abholt.

„Petra?", Vincenz holt mich aus meinen Gedanken und kurz schäme ich mich für meine Unachtsamkeit ihm als Gastgeber gegenüber. Die üblichen Floskeln zur Begrüßung sind rasch ausgetauscht und Vincenz bittet mich an seinen Esstisch, auf dem einige Papiere liegen, wie ich direkt sehen darf. Für mich als Bankerin erschließt sich der Gedanke, Vincenz braucht einen geschäftlichen Rat von mir. „Benötigst du ein Darlehen?", verwundert schaue ich ihn an. Vincenz lacht. „Wo denkst du nur hin, liebe Petra! Glaubst du etwa, ich habe all mein Vermögen auf der Weltreise ausgegeben?" Erneut ist sein Lachen zu hören. Unsicher setze ich mich an den Tisch und beobachte

Rosalinde, die mir eine Tasse mit Tee serviert. „Marc hat von meinem neuen Projekt erfahren. Ich baue am Rande von Limburg einen Wohnpark“, fängt Vincenz an, mich aufzuklären. So ganz verstehe ich ihn noch nicht. „Marc hat mich gebeten, dir die Penthouse-Wohnung zu zeigen“, ab diesem Moment verstehe ich den Grund des Treffens und mit einem Male habe ich ein Summen im Ohr. Marc will mich manipulieren, jetzt nutzt er noch die Freundschaft zu Vincenz aus, so meine Gedanken. „Natürlich mache ich euch einen Freundschaftspreis. Platz für ein Kinderzimmer ist auch vorhanden. 160 m2 sind die perfekte Größe für eine Kleinfamilie“, jetzt höre ich auch Rosalinde lachen. „Für dich mache ich einen Sonderpreis, was ich auch Marc gesagt habe“, betont Vincenz. „Ohne dich, liebe Petra, müsste Marc den vollen Preis bezahlen.“

Mir wird schlecht und ich stehe auf, ohne etwas zu sagen. „Ich zeige dir die Toilette“, besorgt eilt Rosalinde mir voraus. Nachdem ich die Türe abgeschlossen habe, eile ich zum Waschbecken. Meine Hände halte ich unter das kühle Nass in der Hoffnung, ruhiger zu werden. Noch immer rauschen meine Ohren. Erst, als Rosalinde an die Tür klopft und höflich fragt, ob es mir gut geht, verlasse ich den Raum. „Du siehst blass aus, Petra“, Rosalinde ist erschrocken bei meinem Anblick. „Bist du schwanger?“ Vor meinen Augen dreht sich alles, ich setze mich auf den nächsten freien Stuhl, ohne einen Ton zu sagen.

„Ich hole ein Glas Wasser für die Frau“, eine unbekannte Stimme kommt an meine Ohren, mir ist es egal. Marc, so meine Gedanken, wie kann er nur so hinter meinem Rücken agieren und versuchen, mich zu manipulieren.

„Trinken Sie das Wasser, es wird dem Kreislauf guttun. Möchten Sie etwas zu essen?“ Das Wasser nehme ich aus den Händen eines Mannes, der ungefähr in meinem Alter zu sein scheint. In einem Schluck trinke ich das Glas leer und gebe es tonlos zurück. „Kann ich Sie nach Hause fahren? Wo wohnen Sie?“ Mein Kopf schmerzt, die Fragen nerven mich, auch wenn der Mann freundlich ist. „Petra, du kannst dich auf das Sofa legen oder in eines der Gästezimmer. Soll ich einen Arzt rufen?“ Mir ist es unangenehm, wie Rosalinde mir einreden möchte, ich sei krank.

„Nein, danke. Ich bin nicht krank. Es war nur“, meine Worte unterbreche ich. Was, so frage ich mich selbst, sollte ich sagen? Mein Freund, mit dem ich schon Jahre zusammenlebe, will uns eine schöne Wohnung kaufen und das nervt mich? Oder: Ich will meine Freiheit behalten und habe Angst vor einer Wohnung mit Kinderzimmer. Rosalinde ist zu alt, um mich zu verstehen. Kurz stöhne ich. „Können Sie mir einen Kaffee kochen? Ich kümmere mich in der Zeit um die junge Frau“, nehme ich die Stimme des Mannes auf. Rosalinde geht auf seine Worte ein und als ich hochblicke, bin ich erleichtert zu sehen, sie geht in Richtung Küche.

„Sie haben sich in die Ecke gedrängt gefühlt“, zwei Reihen weißer Zähne lächeln mich an. „Wer sind Sie?“, kurz blinzle ich den Mann an.

Mir ist unangenehm, dass ein Fremder mich so schwach sieht. Im Allgemeinen bin ich die Starke und mich haut auch so schnell nichts um. „Keine Sorge, ich werde weder ein Foto aufnehmen noch einen Bericht in den öffentlichen Medien über Sie schreiben“, er kommt ein Stück näher. Sein Aftershave kommt in meine Nase. Kurz drehe ich meinen Kopf von ihm weg. „Oh, weh! Rieche ich so schlecht? Dabei bin ich frisch geduscht. Ehrenwort!“, witzig kommt diese Bemerkung über seine Lippen. Das ist der Moment, wo ich wieder an Stärke gewinne und tatsächlich lächeln kann. „Sie riechen ausgesprochen gut“, erhebe ich mich von meinem Stuhl. „Darf ich Sie Petra nennen? Mir ist der Name vorhin zu Ohren gekommen", galant greift er unter meinen Arm und hilft mir, auf die Beine zu kommen. „Sehe ich so gebrechlich aus?" Er schüttelt seinen Kopf. „Nennen Sie es eine normale Schutzreaktion für eine hübsche Frau." Gegen diesen Charme habe ich keine Einwände. „Mein Name ist Klaus", fügt er nach. Bei dem Namen höre ich in mich hinein. Irgendwo in meinem Kopf gibt es eine Verbindung zu dem Namen, krampfhaft denke ich nach. „Geht es dir wieder besser, Petra?" Rosalinde kommt zu uns. „Dann trinken wir jetzt alle eine Tasse Kaffee", sie nimmt uns mit in das Esszimmer, wo Vincenz am Tisch auf uns wartet.

„Petra! Bist du schwanger?" Wie ich diese Art von Begrüßung, oder sagen wir Aufdringlichkeit, hasse. Meine Hände sind zu einer Faust geballt, ich kann gerade nicht sprechen, so verärgert bin ich. „Petra habe ich angeboten, sie nach Hause zu fahren", höre ich Klaus sagen. Bestärkt von seinen Worten sage ich: „Ich habe noch einen wichtigen Termin und wir, lieber Vincenz, sprechen morgen weiter." Innerhalb von wenigen Minuten stehe ich mit Klaus auf der Straße. Jetzt fällt die Last der letzten halben Stunde von meinen Schultern, ich fühle mich wieder besser. „Sie haben mich gerettet", blicke ich Klaus in seine Augen. Er sieht sehr männlich aus, wie ich schon vorhin festgestellt habe. Sein schulterlanges Haar steht ihm sehr gut, obgleich ich an Männern lieber eine korrekte Kurzhaarfrisur sehe. „Darf ich Sie nach Hause fahren?" Er zeigt auf ein Auto. „Nicht der pure Luxus, den eine so schöne Frau verdient, aber mein Auto fährt, das Radio funktioniert und die Lüftung ebenfalls." Lachen muss ich, ganz spontan. Klaus ist in seinem Verhalten so anders als ich die Männer in meiner Nähe erleben darf. „Lieben Dank, doch mein Auto steht da vorn. Mir geht es wieder gut und ich muss auf die Arbeit." „Schade, wirklich! Sehen wir uns wieder? Darf ich jetzt Du sagen?“ Mein Nicken soll als Antwort genügen. Unvermittelt drehe ich mich um und gehe zu meinem Auto. „Stopp!“ Klaus ist mir nachgeeilt, was ich erst jetzt bemerke. „Soll ich dich abschleppen?“, wie doof meine Bemerkung doch klingen muss, ich ermahne mich sogleich selbst. Ich wollte spaßig sein, nicht zweideutig erscheinen. Wieder darf ich die weißen Zähne sehen und ein unverschämt charmantes Lächeln. „Jederzeit, Petra“, galant hält mir Klaus die Wagentür auf. „Fahr vorsichtig, in deinem Zustand.“ „Was?“, kurz halte ich in meiner Bewegung inne. „Welchen Zustand meinst du?“ „Rosalinde und Vincenz sprachen von einer Schwangerschaft.“ Jetzt falle ich in meinen Sitz. Meine Hände liegen kurz auf meinem Gesicht. „Nein, es gibt bei mir keine Schwangerschaft. Die beiden wollten es mir einreden, schmackhaft machen. In den Augen von Rosalinde und Vincenz muss jede Frau, besonders in meinem Alter, ein Kind haben.“ Verärgert kamen diese Worte über meinen Mund. „Ich bin jetzt in ein Fettnäpfchen getreten, das tut mir sehr leid, Petra. Was kann ich tun, um dich wieder zum Lachen zu stimmen? Diese kleinen Grübchen an deinem Mund, wenn du lächelst, sie sind sehr schön.“

Auf meiner Fahrt zur Bank muss ich mich richtig auf den Verkehr konzentrieren, so abgelenkt bin ich noch immer von der Unterhaltung mit Klaus. Dieser Mann, der so ganz anders als mein Freund ist, hat mich durch seine lockere Art in seinen Bann gezogen. Mit Marc ist der Alltag so schwer geworden. Vom Grunde sollte ich dankbar sein, einen Mann wie Marc an meiner Seite zu wissen, und doch will ich nicht in das klassische Rollenbild einer Ehefrau hinein. Hinzukommt das veränderte Verhalten von Marc. Nachdenklich fallen mir die negativen Bemerkungen aus seinem Mund wieder ein, die er schon länger auf seiner Zunge trägt. Natürlich wäre ich finanziell versorgt nach meiner Heirat, mit einem Kind wäre ich in der

Gesellschaft angesehener und würde auch meinen Eltern den Wunsch erfüllen, den sie schon lange in sich tragen, endlich Großeltern zu werden. Aber muss ich funktionieren? Muss ich mich in das alte Rollenbild reinquetschen lassen? Nein! Alles in mir schreit laut Nein! Unter keinen Umständen will ich dieses Leben führen, das ich bei meiner Mutter gesehen und schon als junges Mädchen abgelehnt habe. Meine Selbstständigkeit ist mir wichtig, Freude im Leben zu finden, gesund zu leben, diesen Weg sehe ich als den Richtigen für mich.

Beim Einparken vor der Bank kommt mir ein Gedanke in den Kopf. Lotte. Sie hat doch von einem neuen Freund gesprochen, sein Name ist Klaus. Ob es sich um den Mann handelt, den ich bei Rosalinde und Vincenz kennenlernen konnte? Diese Frage bleibt über den Tag in meinem Kopf. Je länger ich darüber nachdenke, desto sicherer bin ich mir, Klaus ist der neue Freund von Lotte. Sie sprach davon, er sei Dachdecker, der Aufdruck auf seinem Auto, die Tatsache, wie er aussieht, passen zu dem, was ich von Lotte gehört habe. Kurz spüre ich eine Wehmut in mir, Klaus hat mir spontan durch seine liebe Art imponiert und gefallen. Irgendwo tief in meinem Inneren bin ich aber erleichtert. Dieser Mann gehört zu Lotte und somit ist er für mich tabu.

Auf der Heimfahrt nach meiner Arbeit nehme ich mir vor, ich werde mit Marc reden. Es kann nicht sein, dass er mit Vincenz über den Verkauf einer Wohnung mit Kinderzimmer spricht, ohne zunächst mein Einverständnis zu haben. Unsere Beziehung läuft, falls wir das Ruder nicht wenden können, gegen die Wand. Mit gemischten Gefühlen öffne ich die Tür zu unserer kleinen Dachwohnung.

Ina

Nicht das erste Mal komme ich vom Kindergarten zurück und meine Freundin Lotte steht wartend vor meiner Tür. Sie hat Redebedarf, das kenne ich inzwischen. „Kochst du uns einen Kaffee? Ich muss noch eine Waschmaschine anstellen", lasse ich Lotte in mein Haus. Sie wirkt durcheinander. Klaus, so meine Überlegung auf dem Weg zur Waschmaschine, scheint ihr schon nach wenigen Tagen das Herz schwer zu machen.

„Du hast schon wieder Liebeskummer?", komme ich in die Küche. Lotte sitzt an meinem Küchentisch, zwei Tassen hat sie rausgestellt und Milch. Wieso sie nicht die Tassen mit Kaffee befüllt hat, ich wundere mich, sage aber nichts. Um Lotte Zeit zu lassen, nehme ich die Tassen, gehe zu meinem Kaffeeautomaten und befülle diese mit der für mich gerade nötigen Koffeinzufuhr.

„Klaus ist Freitag am Abend nicht zum Essen gekommen, trotz unserer Verabredung."

Die Worte sprudeln aus Lotte heraus, kaum dass ich ihr gegenübersitze. Die nächsten Minuten höre ich ihr zu, nippe immer wieder an meinem Kaffee. Das, was Lotte berichtet, es ähnelt dem, was sie zuvor mit Franz erlebt hatte. Kaum habe ich diese Gedanken in meinem Kopf, da erwähnt Lotte den Namen von Franz. Ich bin hellhörig. „Franz stand Freitag am Abend mit seinem Auto vor deinem Haus?" Meine Freundin nickt. „Das habe ich dir doch gerade berichtet. Außerdem bin ich mir sicher, Klaus saß auf dem Beifahrersitz." Langsam lehne ich mich zurück in meinem Stuhl. Mir fehlen die Worte. Noch kann ich nicht zuordnen, was sich genau am Freitag vor Lottes Haus abgespielt hat. „Wo warst du am Wochenende? Ich habe zwei Mal versucht, dich zu besuchen", will ich stattdessen von ihr wissen. Lotte macht eine Handbewegung, die ich nicht verstehe. „Gut, ich bin bis gestern Abend an der Mosel gewesen, um nachzudenken. Spontan bin ich in ein Wellnesshotel gefahren, das ich von früher kenne. Mir hat die Auszeit gutgetan und den Gedanken, ich nerve meine Freundinnen einmal mehr am Wochenende, wollte ich vermeiden."

„Ruf doch Klaus an", sage ich Lotte, „oder du meldest dich bei Franz und sprichst mit ihm." Für mich ist es selbstverständlich, sich zu melden, für Lotte aber scheint dies einer Katastrophe gleichzukommen. „Ich kann doch nicht so einfach bei Franz anrufen, was sollte er nur denken?" Lotte ist aufgebracht, das kenne ich aber schon. Betont ruhig werfe ich ein: „Franz war über Monate dein Freund, der Mann an deiner Seite, der mit dir das Bett und", ich höre auf zu sprechen. Lotte sitzt verzweifelt vor mir. Kurz schiele ich auf meine Armbanduhr. Eigentlich muss ich noch Lebensmittel einkaufen. Doch Lottes Seelenheil geht gerade vor. „Möchtest du noch einen Kaffee?" Die Freundin schüttelt ihren Kopf. Unvermittelt greift Lotte zu ihrem Handy. Ich entscheide für mich, mir noch einen Kaffee zu holen und stehe auf. Natürlich bin ich so nah an Lotte, dass ich das Telefonat mitverfolgen kann. Zu meiner großen Überraschung spricht Lotte jetzt mit Franz. Langsam drehe ich mich von dem Kaffeeautomaten weg, bleibe angelehnt am Küchenblock stehen und nippe an dem frischen Kaffee.

„Du willst am Wochenende zu mir kommen?", diese Worte von Lotte lassen mir den Atem stocken. Franz, so denke ich, immer wieder Franz. Lotte muss doch verrückt geworden sein. Dieser Mann kommt und geht, wie er will. Innerlich brodele ich, doch nach Außen bleibe ich gelassen, damit Lotte in Ruhe das Telefonat beenden kann. Meine Geduld kommt an ihre Grenzen, als ich folgende Worte aus Lottes Mund auffangen darf: „Dann komme mich am Freitag in meinem Café in Limburg besuchen. Ja, ich freue mich auch auf unser Wiedersehen und über deine Einladung zum gemeinsamen Abendessen."

Um nicht aus der Haut zu fahren, eile ich zu meiner Waschmaschine. Die routinierte Arbeit, meine Wäsche aufzuhängen, wirkt tatsächlich beruhigend auf mich. Bei meiner Rückkehr in die Küche, ist Lotte nirgends zu sehen. Maximal zehn Minuten war ich mit der Wäsche beschäftigt. Ob Lotte mein Verhalten falsch aufgefasst hat? Noch im Grübeln gefangen, spüre ich einen Finger auf meiner Schulter. „Ina?" Rasch drehe ich mich um. „Hast du mich erschrocken, Lotte! Wo warst du nur gewesen?" Lotte grinst mich an. „Auf der Toilette", sagt sie gelassen. Überhaupt wirkt meine Freundin wieder gefasster, was ich auch sage. „Ja, Ina. Das Gespräch mit Franz war schön und die Aussicht, mit ihm am Wochenende zu essen, gefällt mir ebenfalls. Franz war so locker und fröhlich, das hat mir gefallen", sie gluckst. Kurz verdrehe ich meine Augen. „Klaus? Sagt dir der Name noch etwas oder ist er schon wieder Teil der Vergangenheit?" Ja, ich falle gerade in die Rolle der alten Ina zurück. „Sorgen darf ich mir aber doch um meine liebe Freundin machen", werfe ich noch ein. „Die Geschichte ist so schräg, Ina, du wirst es mir nicht glauben wollen", Lotte grinst vor sich hin. „Klaus ist der Bruder von Franz." Sichtlich verwundert blicke ich Lotte an. „Trotzdem gehen Franz und du am Wochenende Abendessen? Ich komme nicht mehr so ganz mit, meine Liebe. Meine Welt ist zwar nicht mehr so spießig wie noch vor einigen Jahren, jedoch komme ich bei deinem Liebesleben nicht mehr mit."

Lotte nimmt meine Bemerkung gelassen auf.

„Karin kommt doch bald, dann treffen wir uns zu einem Mädelsabend und haben die nötige Zeit zum Reden, ich freue mich schon sehr", gibt Lotte zufrieden Auskunft und greift zeitgleich nach ihrer Tasche. Mit einem Strahlen über dem Gesicht fügt sie nach. „Ach, Ina, die Zeit mit dir hat mir gutgetan." Ich werde umarmt, bekomme einen Kuss auf meine Wange und dann eilt Lotte schon aus meinem Haus. Ich bleibe verwundert und verwirrt zurück. Nicht ich, so meine Überlegung, habe Lotte zu der plötzlichen Sinneswandlung und Freude verholfen, in meinen Augen war es Franz. Immer wieder schafft der Mann es, meine Freundin zu faszinieren, sie zu manipulieren und für seine Freude zu nutzen. So jedenfalls sehe ich das Verhältnis. Mit Sicherheit wird Franz in den nächsten Wochen wieder bei Lotte ein und aus gehen. Und wenn ihm die Beziehung wieder zu eng wird, dann wird er gehen. Nichts Neues also, wieso nur rege ich mich noch darüber auf? Trotzdem muss ich mit einer Freundin reden. Mein Versuch, Karin zu erreichen, fruchtet nicht, sie wird noch bis zu ihrer Abreise im Kunstmuseum eingebunden sein, so meine Gedanken. Ein Blick auf meine Uhr zeigt, es ist nicht nur Zeit, gleich Wolfi aus dem Kindergarten abzuholen, Petra dürfte schon ihre Mittagspause haben.

„Wow! Das nächste Treffen wird spannend werden, Ina." Petra ist aufgekratzt. Ob es an der Neuigkeit liegt, dass Franz wieder im Leben von Lotte eine Rolle spielt? „Jetzt muss ich wieder auflegen und in die Bank. Meine Pause ist schon vorbei", wirft Petra unverhofft hektisch ein. Schade, denke ich beim Beenden des Telefonats. Was noch an Neuigkeiten herauskommen wird?

Endlich Freitag

Karin

Meine Zugfahrt verläuft ruhig und ich bin richtig happy, als Ina mich anruft. „Es gibt Neuigkeiten, von Lotte und Franz“, fängt Ina gleich an zu sprechen. „Nein! Franz spielt wieder eine Rolle in Lottes Leben?“, kurz stöhne ich auf. Eine alte Frau, die mir gegenüber Platz genommen hat, schielt verwundert zu mir. „Nur gut, dass ich nicht geplant habe, bei Lotte zu übernachten. Das wäre mit Sicherheit wieder ein Fiasko geworden.“ Inas Bekundung, ich kann immer bei ihr übernachten, ist lieb. „Petra hat mich auch eingeladen und ja, ich wollte schon bei einer von euch bleiben, doch jetzt bin ich bei Vincenz und Rosalinde angekündigt. Hermann Josef wird auch nachkommen und somit ist alles gut.“

Ina fragt nach, wie meine Beziehung läuft. „Im Augenblick ist wieder alles gut. Wir sind in ruhigen Fahrwassern, jedoch ändert sich das schnell bei uns. Doch keine Panik, meine Liebe. Ich habe nur etwas übertrieben. Mir geht es aktuell gut.“ „Beruhigend!“, höre ich Ina sagen. „Ich freue mich auch zu hören, Hermann Josef und Vincenz nähern sich wieder an.“

Meine Ina, sie ist immer auf Harmonie aus. „Ob ich Lotte anbieten soll, ihr bei den Vorbereitungen zu helfen?“, spreche ich aus, was mir gerade durch den Kopf geht.

„Wieso nicht?“, meint Ina, ohne weiter auf meine Frage einzugehen. „Wir sehen uns, meine Liebe, ich freue mich sehr auf unser Treffen!“ Das Telefonat ist beendet und ich will mich gerade im Sitz zurücklehnen, als ich höre: „Bei uns war das früher noch anders als bei Ihnen heute. Wir haben geheiratet und blieben zusammen. In guten und in schlechten Zeiten“, darf ich von meiner Sitznachbarin erfahren.

Kurz bin ich überrascht und mir fällt keine Antwort ein. Die Frau mir gegenüber scheint auch nicht auf eine Antwort zu warten. Ich habe die Frau schon bei meiner letzten Anreise im Abteil getroffen und mich über ihre Art amüsiert, wie sie zuerst eine Serviette auf dem Schoß ausgebreitet und dann ein Butterbrot aus der Tasche genommen hat. Mein Blick haftet noch immer auf der Frau. Sie greift in ihre Tasche und zieht eine Zeitschrift hervor, hält sie vor ihr Gesicht und lässt mich mit der Verwunderung allein. Vom Grunde bin ich auch froh darüber. Unter keinen Umständen möchte ich einen Zank in der Bahn auslösen. Meine Augen schließe ich und lehne den Kopf im Sitz zurück. Bilder, die ich nicht vor meinem geistigen Auge haben möchte, kommen hoch. Bin ich glücklich? Lebe ich zufrieden und mit der Gewissheit, alles, wirklich alles, was ich gerade erlebe, reicht mir bis zu meinem letzten Tag?

„Darf ich Sie etwas fragen?" Mir brennt diese Frage auf meiner Seele und daher spreche ich die Frau mir gegenüber an. Langsam senkt sich die Zeitschrift und ich blicke in sehr alte zeitgleich auch wache Augen. „Sind Sie glücklich? Ist das Leben in einer Ehe, die viele Zugeständnisse verlangt, erstrebenswert? Können Sie mir mit gutem Gewissen raten, auch so zu leben?"

Mir entgeht nicht, die Frau holt tief Luft, ist für den Moment sehr verwundert über meine Fragen. „Tja, wenn Sie mich so direkt fragen", sie stockt und blickt aus dem Fenster. „In einer Ehe muss jeder mal nachgeben", fügt sie nach und schaut mich wieder an.

„Das meine ich doch nicht. Für mich ist es selbstverständlich, dass auch ich in einer Beziehung einmal nicht im Recht sein kann und für Kompromisse offen sein muss. Nur, wie weit sollen diese Kompromisse gehen?"

Die Frau beugt sich zu mir vor. „Mein Kindchen“, tätschelt sie meine Hand und ich komme mir vor, als säße ich vor meiner Lehrerin in der Grundschule. Augenblicklich fühle ich mich klein und schutzsuchend. „Sie sind eine sehr hübsche Frau und haben sicherlich viele Verehrer. Oft nur verwechseln Frauen diese Männer mit einem Partner, der bereit ist, sein ganzes Leben an der Seite einer Frau zu bleiben. Quälen soll sich keine Frau, das habe ich so auch nicht zum Ausdruck gebracht. Mich stört nur die Schnelllebigkeit. Im Vordergrund vieler modernen Beziehungen stehen Freude, Spaß und Lust. In dem Moment, wo die Freude schwindet, ist es wieder aus, das Paar geht getrennte Wege.“

Meinen Kopf schüttele ich automatisch.

„Sie wollen mir aber nicht sagen, diese Paare sollten besser zusammenleben, bis zum Tod?“ Energisch schüttelt die alte Frau nun ihren Kopf. „Wenn sich der Magen krümmt, die Haut immer fahler wird und die Nerven immer dünner, muss Frau die Reißleine ziehen.“ Noch immer hält die Frau meine Hand und ich kann sie ihr nicht entziehen. „Vorhin aber klang Ihre Bemerkung anders, so resolut und selbstbestimmend auf mich.“ Sie nickt. „Ja, ich möchte junge Menschen bewegen, in sich zu gehen. Viel zu viele sind Kurzstreckenläufer und werfen das Handtuch weg, sobald es einen kleinen Flecken aufweist.“

Die alte Frau hebt nach ihren Worten ihre Zeitschrift wieder vor ihr Gesicht und ich lehne mich erneut in meinem Sitz zurück.

Wie sehr ich mich schon wieder auf meine Freundinnen freue. Die Zeit bis zur Abreise war im Flug vergangen. Heute Morgen habe ich noch rasch meine Tasche gepackt und dann bin ich von Hermann Josef zum ICE gebracht worden. „Pass auf dich auf“, hat er sich lieb von mir verabschiedet. Dass ich jetzt über mein Leben nachdenke, es ist typisch für mich. Immer, wenn ich zur Ruhe komme, muss ich nachdenken. Aktuell immer wieder über meine Beziehung zu Hermann Josef. Ich bin froh, ihm begegnet zu sein. Seine Äußerungen zu meiner fraulichen Figur haben mich oft schon verletzt. Wenn ich nun denke, ich komme inzwischen mit den kleinen Spitzen gut zurecht, lüge ich mich selbst an. Bemerkungen, wie: „Aus deinen Hüften kann ein Metzger ein Essen für zehn Gäste zaubern", „Vorsicht, der Stuhl sieht nicht aus, als halte er deine Kilos aus" sind ebenso verletzlich, wie die Bemerkung von gestern: „Warst du wieder in der Zeltabteilung einkaufen."

Noch einmal kommt die Zeit in meinen Kopf, als ich schwanger war. Für den Moment war ich glücklich und ich denke heute, mit einem Kind wäre ich zufriedener. Vielleicht würde ich schon mit dem Kind in einer eigenen Wohnung leben, auch diese Frage stelle ich mir. Hermann Josef ist kein Mann, der Vater sein möchte oder es freiwillig anstrebt zu werden. So sehr ich auch jammere, es gibt auch Seiten an Hermann Josef, die mich anziehen, die mir gefallen.

„Sie grübeln zu viel, junge Frau", höre ich meine Sitznachbarin sagen. „Was haben Sie in Dresden gemacht? Haben Sie Ihre Familie besucht?" Mein Interesse an der alten Frau versuche ich, in Worte zu fassen. Sie ist so eine Erscheinung, von der ich denke, sie könne meine liebe Omi sein.

„Kindchen!", höre ich ein Seufzen. Kurz blicke ich die alte Frau verwundert an. Meine Sitznachbarin kramt in ihrer Tasche und fingert zwei Apfelsinen zum Vorschein. „Vitamin C ist gesund", legt sie mir die Frucht in die Hand. „Ich bin 87 Jahre und esse jeden Tag frisches Obst und am Abend gönne ich mir ein Glas Wein", darf ich hören, während ich brav meine Frucht anfange zu schälen. „Nun, wie sieht es aus? Bekomme ich ein wenig aus Ihrem Leben zu hören?“ Kaum, dass wir beide unser Obst aufgegessen haben, bohre ich nach.

„Kindchen! Ich bin alt, einsam und dankbar für die Teilnahme an dem Leben einer jungen Frau. Immer allein zu sein, niemanden zum Reden zu haben, das ist nicht gesund.“ Kurz mustere ich die Frau mir gegenüber, dann wiederhole ich meine Frage von vorhin. „Wen haben Sie in Dresden besucht?“ Meine Frage lässt sie kurz aus dem Fenster blicken, sie scheint getrübt zu sein. „Meinen Mann. Jede Woche fahre ich ihn besuchen. Ich rede mit ihm, erzähle, was ich in den vergangenen Tagen erleben durfte und dann fahre ich wieder zurück. Von der Begegnung mit Ihnen werde ich auch erzählen, das nächste Mal“, sie strahlt mich an. „Jetzt verstehe ich nicht, wieso Sie nicht auch in Dresden leben. Ist Ihr Mann in einem Heim?“ Ein Seufzen kommt an meine Ohren. „Er liegt auf dem städtischen Friedhof, seit sieben Jahren. Jede Woche fahre ich zu ihm. Meine Wohnung in Dresden musste ich aus finanziellen Gründen aufgeben. Mir geht es aber gut, wirklich. Ich habe nette Nachbarn, lebe nun in einem hübschen Dorf und meine Wohnung ist ebenerdig. Ein Arzt hat nur eine Straße weiter seine Praxis, Obst und Gemüse kann ich ein Haus weiter kaufen, was will ich noch mehr?“

Ihr Zielbahnhof ist viel zu rasch erreicht. Traurig helfe ich der Frau mit ihrem Gepäck. „Alles Gute für Sie! Wenn Sie möchten, rufen Sie mich an!“ Mit diesen Worten verabschiede ich die alte Frau gut 20 Minuten später. Selbstverständlich habe ich ihre Tasche bis zur Tür getragen und ihr noch beim Aussteigen geholfen. Meine Handynummer mit Namen habe ich ihr auf einen Zettel geschrieben. Nachdenklich winke ich ihr nach und tief im Inneren breitet sich in mir die Angst aus, im Alter auch allein zu sein, ohne Kinder, ohne Mann.

Wieder auf meinem Sitz angekommen, schließe ich erneut meine Augen und jetzt gelingt es mir, ein wenig zu schlafen und zur Ruhe zu kommen.

Lottes Anruf kommt, als ich gerade in Montabaur den ICE verlassen habe. „Du wirst dich doch nicht verspäten?" Kurz irritiere ich die Freundin mit meiner Frage. „Wir können am Abend gemeinsam zu deinem Haus fahren, Lotte. Ich kann dir bei den Vorbereitungen für den Mädelsabend helfen", lege ich nach.

„Oh!" Die Antwort von Lotte ist sehr einsilbig, was ich auch sage. „Mir ist eine Verabredung … also ich bin …", Lotte druckst herum. Die vorbeieilenden Menschen im Bahnhof nehme ich kaum wahr. „Was ist los, Lotte? Wir können am Abend gemeinsam die Vorbereitungen für unser Essen treffen. Wir kochen, machen eine Flasche Prosecco auf und", meine Freundin unterbricht mich. „Franz kommt mich im Café abholen", bringt Lotte einen Teil der Wahrheit über ihre Lippen. Eine kurze Pause entsteht. „Franz und ich, wir werden noch etwas reden vor dem Mädelsabend", sprudeln mir die Worte entgegen.

Meine Frage, wann sie am Bahnhof eintrifft, wird nicht aus ihrem Mund beantwortet, ich höre stattdessen eine Männerstimme. Kurz hege ich die Befürchtung, Franz ist an ihrer Seite. „Mit wem kommst du zum Bahnhof?" „Bleib locker, meine Liebe." Was ist das für eine Antwort, frage ich mich. Lotte scheint aktuell auf den Wolken zu sitzen. Ihr Lachen kann ich nicht einschätzen. „Hast du schon einen Prosecco intus?" „Karin, Schätzchen", diese Stimme ordne ich Anton Wall zu. Automatisch lockere ich meine Körperhaltung.

Für den Moment dachte ich doch, Lotte kommt mit Franz oder wem auch immer zum Bahnhof, was mir gerade nicht gefallen hätte. Bei Anton muss ich mich nicht verstecken, kann ich ich sein, muss mir nicht noch schnell die Lippen nachziehen, um einen guten Eindruck bei ihm zu hinterlassen. „Wie sehr ich mich auf dich freue, Anton“, trällere ich los. „Wir suchen morgen die schönsten Gemälde für die Vernissage aus“, rede ich munter los. Regelrecht spüren kann ich die positive Aura schon, die von Anton ausgeht.

Endlich kann ich auch Lottes Wagen sehen, der geradewegs auf mich zu fährt. „Meine liebe Karin“, empfängt mich Anton, der sogleich aus dem Wagen springt und mir entgegeneilt. In seinem pinkfarbenen Anzug ist er nicht zu übersehen. Die Umarmung fällt herzlich aus und für den Moment fühle ich mich aufgefangen. „Lass dich ansehen, Karin“, Anton hebt mein Gesicht mit seinem Finger und schaut mich prüfend an. „Dir fehlen gute Gespräche, gutes Essen und bevor du wieder nach Dresden fährst, ein Termin bei der Kosmetikerin.“ Anton haucht mir einen Kuss auf die Wange und spricht weiter: „Kein Problem, meine Liebe. Nichts, das wir nicht wieder repariert bekommen.“

Bei jedem anderen Menschen wäre ich geplatzt, hätte protestiert oder angefangen zu weinen, nicht aber bei Anton. Mein Künstler mag mich und will von Herzen nur das Beste für mich, daher kann ich seine Worte gut aufnehmen, ohne gekränkt zu sein. „Lotte wartet im Auto“, lässt Anton mich aus seinen Armen und greift unvermittelt nach meiner Reisetasche.

„Lust auf Marzipantorte?“, mit diesen Worten begrüßt mich Lotte, kaum, dass ich im Wagen sitze. Mein Nicken lässt sie strahlen. „Wie schön, Karin! Die nächste Stunde habe ich mir für dich freigehalten.“ Diese Aussage von Lotte habe ich erwartet. „Jetzt, wo ich mich wieder mit Franz treffe, du weißt ja noch, wie er ist?" Über den Rückspiegel wirft mir Lotte einen bittenden Blick zu. „Dackelblick", kommt über meine Lippen. Lotte weiß, was ich damit sagen möchte. „Prima!" Anton bringt sich vom Beifahrersitz ein. „Nach dem Kaffee mit Torte nehme ich dich mit in die Altstadt von Limburg. Wir gehen einkaufen und vielleicht zum Friseur?" Ich hole hörbar Luft. „Kannst du noch einen Teil des Programms für morgen aufheben? Am Abend findet bei Lotte unser Mädelsabend statt."

Bis wir Lottes Café erreichen, herrscht Schweigen im Wagen. Müde gähne ich, dabei wandern meine Gedanken noch einmal zu der alten Dame im Zug. Anni, mit diesem Namen hatte sie sich mir vorgestellt. Ob sie mich anrufen wird? Im Café herrscht Hochbetrieb. Eine Busgesellschaft ist ohne vorherige Ankündigung aufgeschlagen und viele unruhige und hungrige Menschen bringen die Aushilfe ins Schwitzen. „Wir packen schnell mit an", greife ich nach einer Schürze. Im Café kenne ich mich bestens aus, die kleine Ablenkung, so bin ich gewiss, wird mir guttun.

„Ich hole dich in einer Stunde Uhr ab", bleibt Anton in der Tür stehen. Dieser Tumult der wartenden Gäste ist ihm zu viel.

„Ich habe für uns drei Stück Marzipantorte reserviert", grinst Lotte gut eine Stunde später, als wir die Gäste alle bedient und glücklich gemacht haben. Die ersten Gäste verlassen schon wieder das Café und wollen die Altstadt noch erkunden, bis ihr Bus weiterfährt. Mein Handy zücke ich, als die freien Tische abgeräumt und sauber sind. „Die Luft ist rein", teile ich Anton mit, mehr Worte sind nicht von Nöten.

„Karin, die kleine Einlage hier hat dir gutgetan. Du hast wieder Farbe im Gesicht", lobt Anton. Endlich sitzen wir zusammen und dürfen selbst von der köstlichen Marzipantorte ein Stück genießen.

„Um 19 Uhr treffen wir uns bei dir, Lotte?“ Meine Freundin, die gerade die Gabel mit Kuchen in Richtung Mund führt, hält inne. „Passt auch 20 Uhr?“

„Franz?“ Lotte grinst, sie lacht im Anschluss wie ein Schulmädchen. „Ein wenig beneide ich dich um deine Leichtigkeit. Hoffentlich“, meine Worte lasse ich in der Luft hängen. Anton und Lotte scheinen froh darüber zu sein. Beide gehen einem Problem lieber aus dem Weg als ihm nachzulaufen.

„Ist das nicht Petra?“ Lottes Stimme überschlägt sich. Wir folgen ihrem Blick aus dem Fenster und ja, ich kann ebenfalls Petra sehen. „Wer ist der gutaussehende Mann an ihrer Seite?“ Anton war schneller in seiner Reaktion als ich. „Mein Freund!“, giftet Lotte und schlägt mit der Faust auf den Tisch.

„Stopp!“, rufe ich. Einige der Gäste drehen sich um, daher füge ich leise nach: „Dein Freund heißt Franz und kommt nach seiner Arbeit zu dir, so deine Worte. Deshalb können deine Freundinnen erst um 20 Uhr zum Mädelsabend kommen. Habe ich das richtig aufgenommen? Ansonsten darfst du mich korrigieren.“ Lotte blickt mich abschätzend an. Dann aber liegen ihre Augen wieder auf dem Pärchen auf der Straße. Petra lacht ausgelassen, die Körperhaltung verrät, sie flirtet auch. „Petra sieht glücklich aus“, wirft Anton ein. „Und so hübsch“, kommt nach. Wo er Recht hat, denke ich beim Anblick von Petra. In dem engen Kleid kommt ihre Figur richtig zur Geltung. Die Handtasche passt, die Schuhe ebenfalls und frisiert ist Petra, ich kenne es nicht anders, immer perfekt. „Sie ist für jeden Mann eine Augenweide!“ Meine Worte werden von Anton mit einem „Ja“ untermalt, leider nicht von Lotte. „Wieso nur tut sie das?“, murrt Lotte. Ihr Gesicht ist angespannt und von der strahlenden Lotte von noch vor einer Stunde, die mit Vorfreude auf das Treffen mit Franz ins Schwärmen kam, ist wenig geblieben. „Ich gehe raus“, springt Lotte von ihrem

Stuhl auf. Anton und ich reagieren nicht rasch genug, um die Freundin daran zu hindern, auf die Straße zu rennen.

„Sie ist wie ein Elefant im Porzellanladen“, schüttelt Anton seinen Kopf, ganz leicht, ohne für Aufsehen zu sorgen. Meinen Blick wende ich wieder zu Petra und dem fremden Mann, mit dem sie noch immer angeregt spricht. Ihr Lachen, ihre Körperhaltung, alles zeigt, sie ist gelöst und der fremde Mann scheint sie zu berühren. „Gibt es einen Punkt in der Beziehung von Petra und Marc, den ich in Dresden nicht mitbekommen habe?“, kurz schiele ich zu Anton. Seine Augen lässt er auf Petra ruhen, hebt nur die Schultern kurz hoch. „Das leidige Thema Kinder“, haucht er mir zu.

„Dann engt Marc seine Freundin immer noch mit dem Wunsch ein, noch ein Kind zu wollen. Wolfi dürfte ihn doch glücklich machen“, kurz komme ich in Rage. Mir würde ein Kind ausreichen, denke ich wehmütig. Von Anton bekomme ich einen kleinen Schubs mit seinem Arm. „Keine Trübsal. Du bist eine gute Tante für Wolfi“, sagt er, gerade so, als habe er meine Gedanken gehört. „Oh, weh!“ Anton springt von seinem Stuhl auf. „Ich muss helfen“, eilt er davon. Unschlüssig, was ich nun tun soll, bleibe ich auf meinem Stuhl sitzen und beobachte das Verhalten von Lotte, Petra und dem Unbekannten aus guter Entfernung. Lotte, so sehe ich mit aufgerissenen Augen, schlägt mit der Faust auf die Brust des Mannes, der neben Petra steht. Sicherlich wird ihm die kleine Attacke von Lotte wenig ausmachen, so gut, wie er gebaut zu sein scheint, überlege ich. Petra scheint der Moment, wo Lotte so wild wird, unangenehm zu sein, sie dreht sich um und geht. Anton ist inzwischen bei Lotte und dem Mann angekommen und redet auf Lotte ein. Was für ein Tag, denke ich und blicke dem Handeln von Anton zu. Ob wir es am Abend schaffen, bei Lotte gemütlich zusammenzusitzen, nach dem jetzigen Vorfall? Kurz überlege ich, Petra anzurufen, nehme mir dann aber vor, lieber noch zu warten, bis Lotte nach Hause gefahren ist und nichts von dem Telefonat mitbekommen kann. Jetzt bin ich noch glücklicher, in den nächsten Tagen ein Zimmer im Haus von Vincenz zu haben.

„Sie hat ihn per Zufall im Haus von Vincenz kennengelernt!", echauffiert sich Lotte, nachdem es Anton gelungen ist, sie wieder mit ins Café zu bringen. Der junge Mann hat sich in sein Auto gesetzt und ist rasch davongefahren, wie ich beobachten konnte. „Wer war der Mann?", will ich von Lotte wissen.

„Jetzt brauche ich erst noch ein Stück Kuchen", stapft Lotte zum Tresen.

„Sie hat Speck auf den Rippen", blickt Anton ihr nach. „Hey, ich doch auch!" Ein mitleidiger Blick fällt mir zu. „Leider, Karin. Immerhin verpackst du deine Rundungen zu deinem Vorteil, was Lotte nicht immer gelingt." Luftholend liegen meine Augen auf Anton. „Soll ich abnehmen?" „Ja, meine Liebe. Fünf Kilo wären von Vorteil für dich", er sagt es und nippt im Anschluss an seinem Cappuccino, so als habe er mit mir gerade über das Wetter und nicht über meine überflüssigen Pfunde gesprochen.

„Die Ehrlichkeit will auch gehört werden", setzt er nach. Ich nicke. „Wenige Menschen verstehen es zu sagen, was sie denken."

Lotte kommt mit einem großen Stück Marzipantorte auf einem Teller zurück an unseren Tisch. Anton und ich warten schweigend ab, bis unsere Freundin auch das letzte Krümelchen aufgegessen hat. „Das hat mir gutgetan", schiebt Lotte den Teller von sich weg und lehnt sich an die Stuhllehne zurück, die Arme auf dem Bauch verschränkt. „Kein Kommentar?" Ihr Blick sucht den von Anton. Mir schwant, Lotte sucht Streit. „Deine Marzipantorte ist legendär", grinst Anton und greift zeitgleich eine Mappe, die er zuvor mitgebracht hat. „Wir können in meine Wohnung gehen, Karin", steht er auf.

„Was?", wirft Lotte ein. „Ihr könnt mich doch jetzt nicht allein lassen!"

„Franz kommt doch noch zu dir, vor dem Mädelsabend. Sicherlich musst du noch Vorbereitungen treffen?" Anton lächelt süffisant und doch wirkt es nicht überheblich.

„Um 20 Uhr werde ich bei dir sein", greife ich nach meiner Tasche. „Soll ich noch etwas mitbringen? Außer guter Laune, versteht sich." Lotte bleibt regungslos auf ihrem Stuhl sitzen. An der Tür drehe ich mich noch einmal zu ihr um. „Komm, Karin, es ist jetzt besser so", zieht mich Anton aus dem Café. Vor der Tür drehe ich mich noch einmal um und darf sehen, die Aushilfe steht nun neben Lotte und redet mit ihr.

„Wie unser Mädelsabend nur verlaufen wird", ich stöhne kurz. Anton legt seinen Arm um mich. „Möchtest du deine Tasche ablegen und wir machen erst einen kleinen Spaziergang?" Freudig nehme ich sein Angebot an. „Ich möchte Petra anrufen", sage ich nach wenigen Metern. „Um ehrlich zu sein, Karin, darauf habe ich bereits gewartet. Mir erscheint es wichtig, immer miteinander zu sprechen, somit lassen sich Konflikte oft im Vorfeld lösen."

Anton, so mein Gedanke, ist tiefgründiger als ich vermutet habe. „Denkst du noch an die alte Villa in Frankfurt?" Seine Frage kann ich nicht ganz verstehen, zumindest den Zusammenhang erkenne ich nicht, was ich ihm auch sage. „Mir kam der Gedanke, sollte meine Vernissage in Dresden ein Erfolg werden, ich viele meiner Gemälde verkaufen können", er bleibt plötzlich stehen und hört mitten im Satz auf zu sprechen. „Petra!" Anton zeigt mit der Hand nach vorne und ich kann jetzt auch Petra sehen. Laut rufe ich die Freundin.

„Was war nur vor dem Café vorhin los? Lotte war wie aufgedreht zu dir gerannt und wer ist der Mann gewesen?" Meine Fragen erreichen Petra, kaum dass sie neben uns steht. Ihr Lächeln verschwindet und ich sehe ein nervöses Flackern in ihren Augen, was mir fremd ist. „Petra? Gibt es ein Geheimnis?"

„Lotte!", Petra schnaubt. „Heute Abend werde ich nicht kommen, das tue ich mir nicht an. Lotte spinnt doch, sie überzieht und hat mich mit Vorwürfen attackiert, ohne mir zuzuhören. Auch Klaus kam nicht zu Wort. Peinlich war das Theater, mitten auf der Straße. Wie du weißt, Karin, ich kann diese Peinlichkeiten nicht ausstehen."

„Oh, du meinst den Klaus, von dem Lotte noch beim letzten Treffen berichtet hat?" So allmählich fange ich an zu verstehen. Anton Wall bringt sich ein. „Am Nachmittag trifft sie wieder Franz." Petra schaut von Anton zu mir. „Ina hat mich in der Mittagspause angerufen und mir schon angedeutet, Franz hat wieder Kontakt mit Lotte." ,,Ja", sage ich und lege kurz meinen Arm auf die Schulter von Petra. ,,Unsere Lotte ist, was Männer anbetrifft, wankelmütig. Komm am Abend mit, Petra. Lotte, so wie ich sie kenne, hat sich bis dahin schon wieder beruhigt."

Auf meine Worte hören wir ein Lachen von Anton. „Ja, Franz wird unsere Raubkatze zähmen. Am Abend erlebt ihr ein kleines handzahmes Kätzchen. Müde von der Einlage am Nachmittag mit Franz."

Einen Schubs in die Seite bekommt Anton von Petra. Immerhin strahlt sie wieder, was mir gefällt.

Franz

Wie verrückt doch das Leben sein kann. Jetzt bin ich unterwegs nach Limburg und gleich werde ich Lotte umarmen, so als sei keine zeitliche Pause zwischen uns gewesen. Mit dieser Frau erlebe ich die verrücktesten Momente. Lotte ist mir nah und sie wird es mir immer sein, egal was auch passiert. In meinen Augen ist das Leben zu kurz, um sich einzuengen, auch dessen bin ich mir bewusst sowie in der Gewissheit, Lotte damit bald wieder weh zu tun. Mein letzter Ausbruch aus unserer Beziehung war schmerzhaft für Lotte, das habe ich gesehen und gespürt. Ich bin kein Unmensch, nur ein Mann, der das schöne Leben kosten möchte. Es kommt auch niemand auf die Idee, immer nur Äpfel zu essen. Kirschen schmecken auch sehr gut und Aprikosen ebenso.

Lottes Café ist gut besucht, wie ich beim Betreten sehen kann. „Du meine Güte!“, kommt aus meinem Mund, bevor ich mir die Worte noch verkneifen kann. „Deine Haare, Lotte“, blicke ich sie verwundert an. „Wir haben uns lange nicht gesehen, Franz. Die Haare habe ich abgeschnitten und mit Strähnen aufgepeppt.“ Lotte bittet mich an einen der freien Tische. Beiläufig erfahre ich, die neue Frisur trägt Lotte schon seit einigen Monaten. Unwohl setze ich mich an den Tisch und frage mich sogleich, war es richtig zu kommen?

„Ich habe mich schon auf dich gefreut“, streichelt Lotte eine Strähne aus der Stirn. Mit einem Male bin ich mir sicher, zwischen Lotte und mir brennt noch ein Feuer, was ich auch sage. „Möchtest du morgen am Abend mit mir ausgehen?“ Verwundert sieht mich Lotte an. „In eine Kneipe? Heute bin ich noch mit den Freundinnen verabredet und bin zeitlich etwas gebunden.“ Jetzt liegt es an mir zu lachen. „Ja, ich werde dich abholen jedoch gehen wir nicht in eine Kneipe, sondern gemeinsam in ein Restaurant.“

„Mein Franz, immer für eine Überraschung offen“, blickt sie mir in die Augen. „Hoppla, wer hat dieses Mal für eine Überraschung gesorgt? Klaus ist mein Bruder und ihr habt euch getroffen“, sage ich mit einem Unterton, der mich selbst erschreckt. Keinesfalls soll Lotte glauben, ich sei eifersüchtig auf meinen Bruder. „Hast du mit Klaus gesprochen? Ihn gefragt, wie wir uns kennengelernt haben?“ Kurz bin ich über Lottes Frage verwirrt. „Wie lange sind wir schon getrennt?“ Lottes nächste Frage irritiert mich. „Ich komme nicht so ganz mit, was bitte soll deine Frage bezwecken?“ Oh, ich habe kein Interesse an Stress, was ich auch sage. „Mir geht es genauso, Franz. Heute bin ich schon mit Petra aneinandergeraten, wir haben gestritten.“ Lotte senkt den Blick. Mein Versuch, etwas über den Grund des Streits zu erfahren, missglückt. „Ich hole dir jetzt einen Cappuccino“, unterbricht Lotte die Unterhaltung und steht auf. Mein Blick haftet an ihrem Po, der, so mein Kennerblick, ist runder geworden. Meine Lotte scheint ihre Marzipantorte mehr zu lieben als den Sport.

Brav trinke ich meinen Cappuccino und wir reden über Dinge, die uns zum Lachen bringen. Etwas umständlich war der Einstieg in das Gespräch aber nach wenigen Minuten habe ich das Empfinden, Lotte nie aus den Augen verloren zu haben. Geschäftstüchtig zeigt sich Lotte nicht. Auch, als die Aushilfe das zweite Mal um Unterstützung bittet, bleibt sie gelassen auf ihrem Stuhl sitzen. „Morgen komme ich dich erst nach deinem Feierabend abholen“, verabschiede ich mich in der Gewissheit, so ist es für heute das Beste. Von meinem Kumpel erhalte ich, beim Verlassen des Cafés einen Anruf. „Klar komme ich, freue mich sehr! Bis gleich." Die Aussicht auf ein Bier und ein Steak vom Grill beflügelt mich und Lotte ist mit einem Male gedanklich wieder weit weg von mir. Einziger Wehmutstropfen, mein Kumpel wohnt auch in Bremberg, so wie Lotte. Mir liegt nicht daran ihr eine Rechenschaft zu geben.

Ina

„Hallo schöne Frau“, höre ich eine Stimme sagen, die mir bekannt ist. Noch im Umdrehen weiß ich, sie gehört zu Franz. „Möchtest du mir helfen, die Straße zu kehren?“ Mein Grinsen ist aufgesetzt.

„Ina, schön dich zu sehen. Wann gibt es wieder ein Gartenfest bei euch? Ich erinnere mich mit Freude an den Abend“, kollert Franz. Gelassen stütze ich mich auf den Besen. „Soll ich dir einen Kaffee anbieten oder“, in diesem Moment kommt Lotte mit ihrem Cabrio angefahren. Angebraust trifft besser, wie rasant sie vor meinen Füßen hält. „Ich fasse es nicht!“ Keifend gibt sie wieder Gas und fährt die wenigen Meter bis zu ihrem Haus. Franz scheint ebenso verdutzt zu sein wie ich. „Na, dann“, fange ich erneut an zu kehren. „Ich wünsche dir eine schöne Zeit“, und verdrehe meine Augen.

„Hat Lotte ihre Tage?“ Franz sieht mich schelmisch an. Kurz hebe ich den Besen. „Diese dummen Sprüche mag ich nicht. Ihr wird eine Laus über die Leber gelaufen sein oder ein Mann?“ Mürrisch drehe ich Franz den Rücken zu und kann hören, er geht weg. Als ich mich umdrehe, sehe ich ihn und Lotte vor dem Cabrio stehen. Mir kommt es so vor, als diskutieren beide. Ich denke mit Schrecken an den heutigen Abend, den Mädelsabend bei Lotte im Haus. Mit dieser Stimmung kann ich auf keinen erholsamen Abend hoffen, so gut kenne ich Lotte. Meine weitere Beobachtung stimmt mich milder. Zu meiner Freude sehe ich, wie Lotte ihren Kopf an die breite Brust von Franz schmiegt und sich von ihm mit ins Haus ziehen lässt. Kopfschüttelnd gehe ich meiner Arbeit weiter nach, als ich hören darf. „Fräulein Lotte und die Männer. In ihrem Alter sollte sie ruhiger werden. Das sorgt für Unruhe im Dorf.“ Unser alter Briefbote steht neben mir. Was, so meine Überlegung, kommt als nächstes? Betont gelassen antworte ich ihm: „Bisher hat Lotte ihr Leben doch gut gemeistert. Als Nachbarin ist sie bestimmt sehr angenehm. Und wir kümmern uns doch nicht um das Liebesleben der Nachbarn, oder?“

„Ich habe es nur gutgemeint“, mit erhobenem Zeigefinger dreht er sich um und geht in Richtung seines Grundstücks.

„Soll ich dir auch eine Pizza bestellen?“ Johann sieht mich fragend an, nachdem ich ihm am frühen Abend von meinen Erlebnissen mit Lotte und Franz berichte. „Erst Klaus, dann Franz, deine Freundin ist in meinen Augen einfach“, weiter lasse ich Johann nicht sprechen. „Bitte! Ich möchte diese Worte nicht hören.“ Sanft nehme ich seine Hände in meine. „Mir ist schon bewusst, was du sagen willst und denkst. Nur, Lotte ist schon seit dem Kindergarten meine Freundin. Allerdings mache ich mir auch Sorgen über den Verlauf des heutigen Abends.“

„Mein Angebot steht. Ich bestelle die Pizza erst für 20.15 Uhr und wenn es bei euch Mädels kracht, dann kommst du in meine Arme, meine Süße“, küsst mich Johann und ich kann den Moment genießen. „Mehr Küsse“, verlange ich im Anschluss. Johann schüttelt seinen Kopf. „Also gut, ich bestelle nur eine Pizza und falls du doch früher als erwartet und hungrig nach Hause kommst, schmiere ich dir ein Butterbrot.“ „Ja, Papi“, albere ich mit meinem Freund. Ich liebe seine Fürsorglichkeit, Johann ist so zuverlässig und geduldig mit mir. Mein Blick fällt auf meine Uhr. „Zeit zum Umziehen“, husche ich ins Badezimmer.

„Willst du Lotte nacheifern? Für wen hat sich meine Freundin so hübsch gemacht?“, schielt Johann vom Fernseher zu mir, als ich aus dem Badezimmer zurückkomme. „Für den Mann, der mich die ganze Nacht in seine starken Arme nimmt. Ich möchte, dass du Sehnsucht nach mir hast, wenn ich zurückkomme." Meine Arme lege ich um den Hals von Johann und will ihn küssen, als es an der Türe klingelt. „Erwartest du Besuch?" Johann blickt mich an und erhebt sich zeitgleich aus dem Sofa. „Das muss sein", küsst er mich im Stehen auf den Mund. „So viel Zeit muss der Besuch uns gönnen", geht er an die Tür. Ich blicke Johann nach und bin gerührt von seinem Verhalten.

„Zwei junge Frauen stehen vor der Tür, Ina", höre ich Johann laut sagen. „Schlechtes Timing, Ladys", fügt er amüsiert nach. „Meine Herzdame ist noch im Wohnzimmer." Grinsend komme ich an die Tür und kann sehen, Petra und Karin fühlen sich wohl in der Nähe von Johann und finden seine Worte witzig. „Ihr kommt mich abholen?" Überrascht greife ich nach einer Strickjacke und meiner Tasche. „Oh, der Prosecco liegt noch im Kühlschrank", eile ich in meine Küche. „Lass dir ruhig Zeit", höre ich Petra rufen. „Lotte sehe ich noch früh genug", wirft sie nach und im selben Moment, in dem ich die Worte aufnehme, ist mir bewusst, ein Problem liegt in der Luft. „Möchtet ihr erst noch mit in meine Küche kommen?" Petra nickt und eilt an mir vorbei, lässt sich, wie ich im Anschluss sehen kann, auf einen Stuhl fallen. „Hier stimmt doch etwas nicht", stelle ich mich neben Petra und sehe in ihr Gesicht. „Du siehst gut aus wie immer, aber du lachst nicht, was ist passiert?" Karin zieht sich einen Stuhl an die Seite von Petra.

„Dann lasse ich die Damen besser allein", geht Johann in das Wohnzimmer und zieht die Tür hinter sich zu. „Prosecco?" Meine Frage wird nicht aufgenommen. „So schlimm?" Petra nickt. „Lotte hat mir mitten in Limburg auf der Straße eine Szene gemacht." Sie holt tief Luft.

„Gab es einen Grund für Lottes Verhalten?“ Ohne auf die Antwort zu warten, hole ich drei Gläser aus dem Schrank und eine Flasche Wasser. „Klaus. Erinnerst du dich an den Mann, der in den letzten Tagen vor Lottes Haus geparkt hat?“

Beim Befüllen der Gläser fehlen mir kurz die Worte. „Aktuell ist Franz noch in Lottes Haus“, setze ich mich jetzt auch auf einen Stuhl. „Ich hoffe er ist gleich weg.“ Karin ist aufgebracht. „Ich habe Hunger“, kommt nachträglich aus ihrem Mund. Jetzt kann ich lachen. „Mein Kühlschrank ist gut aufgefüllt, falls Lotte uns in der Tat vergessen haben sollte, dann finden wir hier etwas zum Essen.“ Karin nickt. Für Petra, so ist mir bewusst, ist das Thema Essen nicht so wichtig, das wird auch der Grund ihres Schweigens sein. „Wieso hast du Klaus gesprochen, mitten in Limburg auf der Straße? Woher wusstest du, wie er aussieht?“ Meine Fragen kann ich nicht länger zurückhalten. „Ich war bei Vincenz im Haus“, Petra hält die Hände vor ihr Gesicht. „Auch so eine Geschichte, die ich am liebsten verdrängen möchte.“ Mein Blick wandert zu Karin. „Ich komme gerade nicht mit.“ „Petra, erzähl Ina bitte, was du mir schon berichtet hast oder soll ich lieber?“, ermutigt Karin die Freundin.

Mein Wasser ist ausgetrunken und ich bin über das Treffen von Petra und Klaus bei Vincenz im Haus informiert. „Marc hat früher schon oft versucht, seinen Willen durchzusetzen, notfalls mit kleinen Lügen oder Handlungen, die ich als hinterhältig einstufen würde.“ Aufgewühlt blicke ich zu Petra. „Ihr habt aber nicht vor, euch zu trennen?“ Petra wartet lange mit einer Antwort, was mich irritiert. „Keine Ahnung, wirklich. So, wie meine Beziehung jetzt läuft, es macht mir Angst. Wenn das alles sein soll, bis zum Ende meines Lebens, dann empfinde ich diese Aussicht als traurig. Vorgestellt habe ich mir ein leichtes, schönes und romantisches Liebesleben."

Karins Handy piept in dem Augenblick, da Petra schweigt. „Eine Nachricht von Lotte, sie wartet auf uns und fragt, ob alles in Ordnung sei", Karin runzelt die Stirn. „Mit Botox würdest du entspannter wirken", schielt Petra zu ihr.

„Mädels, wir packen jetzt den Prosecco ein und gehen zu Lotte. Wie es aussieht, hat sie uns nicht vergessen." „Ob es gut ist, wenn ich mitkomme?", Petra bleibt zögerlich auf dem Stuhl sitzen. „Ich kann auch zurück nach Limburg fahren", schnäuzt sie ihre Nase. „Süße, du gehst jetzt kurz in das Gäste-WC von Ina und machst dein Näschen wieder hübsch, dann ziehen wir los. Lotte hat gerade ein Date mit Franz hinter sich, was will sie noch mit Klaus? Hältst du Lotte für eine Nymphomanin?" Karins Worte kommen an und Petra geht brav ihr Näschen pudern.

„Keinen Streit, keinen Stress", sagt Karin, kaum dass Lotte die Tür geöffnet hat. Verwundert bleibt sie stehen. Die Gelegenheit zu antworten, jedenfalls spontan, nehme ich ihr. „Unsere Stärke war immer, wir haben über jedes Problem geredet, in Ruhe und mit einem Glas Prosecco in der Hand, das die Nerven beruhigt." Meine beiden gekühlten Flaschen halte ich Lotte demonstrativ entgegen.

„Ich habe verstanden", nimmt sie die Flaschen in ihre Hände. „Herzlich willkommen", geht sie voraus in die Küche. Petra kommt als Letzte ins Haus. Sie sieht wieder gewohnt hübsch aus, was mich freut.

„Deine Bemerkung von vorhin mit dem Botox, war das ernst gemeint?" Karin nimmt noch einmal das Gespräch aus meiner Küche auf. Petra nickt. „Ja, das kann ich dir empfehlen. Ich habe eine gute Hautärztin, wenn du möchtest, nehme ich dich nächsten Monat gerne mit zu meinem Termin." Für den Anfang sind die Wogen geglättet, wie ich denke. Petra bringt uns auf den neusten Stand ihrer Beauty-Kenntnisse und zumindest Karin ist Feuer und Flamme, sich mit Hilfe einer Injektion die Falten zu glätten. „Wie stehst du zu dem Thema?", Karin sieht zu mir. „Kannst du Gedanken lesen? Ich habe mich selbst gerade gefragt, ob das etwas für mich ist oder nicht. Vom Grunde sage ich immer, ich will in Würde altern. Es gibt aber Tage, da schaue ich in den Spiegel und zweifele sehr."

Lotte füllt unsere Gläser auf und reißt die Aufmerksamkeit an sich. „Jetzt stoßen wir an und am heutigen Abend denken wir nur an schöne Dinge", ihre Stimme ist aufgekratzt. Ob dies an Franz liegt oder an der Nähe zu Petra und dem Vorfall am Nachmittag in Limburg? Die Frage lasse ich in meinem Kopf, wenngleich ich sehr neugierig bin.

„Nächste Woche Montag gehen wir wieder joggen", sage ich zu Petra und schwärme im Anschluss von dem ersten Treffen. „Petra war geduldig", ich muss loslachen bei dem Gedanken, wie ich mich verhalten habe. „Zunächst war ich voller Euphorie und bin, nachdem Petra mich abgeholt hat, losgerannt wie ein Weltmeister. Petra blieb weit hinter mir und ich habe im Umdrehen gefragt, wo ihre Kondition sei." An der Stelle muss ich mich selbst unterbrechen. Mir kommen Tränen vom Lachen. „Keine fünf Minuten später hatte ich Seitenstechen und dachte, ich klappe zusammen. Petra ist locker und leicht weitergelaufen, immer noch in ihrem Schneckentempo. Inzwischen weiß ich, lieber langsam anfangen und die Kräfte einteilen, anstatt wie ein Vollprofi davonzurennen. Immerhin habe ich im Anschluss 2,5 Kilometer mit gedrosseltem Tempo durchgehalten." Meine Worte finden Anklang. Selbst bei Lotte, was mich verwundert. „Kann ich auch einmal mitkommen?" Ihre Frage, die sie so selbstverständlich einbringt, sorgt für einen Moment Ruhe am Tisch. Alle Augen ruhen nun auf Petra. „Natürlich, von meiner Seite her sehr gerne", kommt die versöhnliche Antwort. Petra, so meine Überlegung, zeigt einmal mehr, wie herzlich sie ist. Mir tut sehr leid zu hören, ihre Beziehung mit Marc läuft nicht mehr so harmonisch wie in den letzten Jahren. Die beiden waren unser Vorzeigepaar. Für Lotte und Karin sogar wie ein Rettungsanker bei dem Gedanken an eine funktionierende Beziehung auf Augenhöhe und noch mit dem nötigen Prickeln dazu.

„Gibt es heute nichts zu essen?", Karin bringt die Frage ein und erntet ein breites Lachen von uns. „Gut", sie hebt die Arme, „wenn es zeitlich passt und ich hier vor Ort bin, dann kann ich gerne bei dem Training mitmachen. Anschließend gehen wir aber in die Pizzeria", grinst sie frech. Die Stimmung wird gelöst und ich beobachte gelassen, wie Lotte die Bockwürstchen auf den Tisch stellt. „Wo ist der Kartoffelsalat?" Meine Frage scheint Lotte nervös zu machen. „Heute", sie druckst herum, „gibt es nur einen Kartoffelsalat vom Supermarkt." Ein lautes „Oh", ist aus Karins Mund zu hören. „Franz", bringe ich meine Gedanken ein, „hat dir keine Zeit zum Zubereiten gelassen?" Lotte nickt. „Tut mir sehr leid, wirklich. Das ist und bleibt eine Ausnahme, versprochen", eilt sie rasch zum Kühlschrank und holt den gekauften Salat heraus.

Lotte

Ängstlich habe ich vor meinen Freundinnen zugegeben, das erste Mal seit etlichen Jahren, den Kartoffelsalat nicht selbstgemacht zu haben. „Der Unterschied ist direkt zu schmecken", muss ich gleich zugeben, nachdem die erste Gabel in meinem Mund angekommen ist.

„Es geht doch nichts über Inas Rezept", kommentiert Karin. So, wie sie es sagt, weiß ich, es ist nicht böse gemeint. Das Angebot von Petra, gemeinsam Sport zu machen, nehme ich an. „Mir passt keine Hose mehr", gebe ich offen zu. „Nächste Woche muss ich einkaufen gehen oder der oberste Knopf bleibt wieder geöffnet." Kurz hebe ich meine Bluse hoch und zeige den Freundinnen, was ich meine. „Das kenne ich sehr gut", kaut Karin auf einem Bockwürstchen herum. Petra, so sehe ich, will spontan etwas sagen, hält sich aber zurück. „Wie sieht es mit dem Nachtisch aus?" Karin bringt die Frage auf den Tisch, kaum dass ich die Reste vom Hauptgang abgeräumt habe. Mein Blick wandert sofort zu Petra. Innerlich stöhne ich. „Es gibt noch etwas, das ich sagen muss", bleibe ich unbeholfen am Tisch sitzen. „Petra, zunächst muss ich mich für mein Verhalten am Nachmittag entschuldigen. Gerne kann ich alles erklären und euch mitnehmen in meine Empfindungen in dem Augenblick, als ich dich, Petra, und Klaus auf der Straße entdeckt habe. Ihr habt gelacht, deine Körperhaltung, die Art, wie Klaus dich angesehen hat, alles hat mich aufgeregt und verärgert."

Petra steht von ihrem Stuhl auf. „Es ist gut, Lotte. Ich möchte keinen Streit und daher werde ich jetzt gehen. Bisher war der Abend schön und wir konnten lachen, obgleich ich bei meiner Ankunft nicht davon ausgegangen bin. Auch hatte ich große Zweifel, überhaupt zu kommen. Karin habe ich mich anvertraut und sie hat mich dazu überredet, nach Bremberg zu fahren. Jetzt bin ich müde vom Tag und möchte nur noch in mein Bett."

Ina, die neben mir sitzt, kneift mir in mein Bein. „Los, Lotte, jetzt bist du an der Reihe, vermassele es nicht", zischt sie mir zu.

„Kannst du nicht noch eine halbe Stunde bleiben? Bitte, Petra. Ich muss unbedingt noch etwas erzählen, es ist auch wichtig für dich." Kurz mache ich eine Pause. „Eventuell ist es wichtig für dich, keine Ahnung", stammele ich herum. „Soll ich derweil den Nachtisch holen?" Karin wird aktiv, was an ihrem anhaltenden Hunger liegen muss. Kurz werde ich fahrig. „Muss das jetzt sein?" Ich rudere sofort zurück. „Sorry, es ist nur so, ich enttäusche Petra für heute schon zum zweiten Mal. Daher bin ich bei der Frage nach dem Nachtisch auch so ins Schwitzen gekommen", gebe ich offen zu. Ina versteht, was ich sagen möchte. „Dank Franz kamst du nicht dazu, für uns einen Obstsalat vorzubereiten", bringt sie auf den Punkt, was ich noch sagen wollte. Erleichtert, das nun auch dies ausgesprochen ist, nicke ich in die Runde.

„Ich habe aber gesehen, Lotte hat Äpfel und Bananen in einer Schale auf der Küchenablage stehen. Wir könnten heute eine weitere Ausnahme machen, die, ebenso wie der Kartoffelsalat, eine Ausnahme bleiben soll. Lotte serviert für Karin und mich Eis, so wie früher und du, Petra, machst dir einen kleinen Obstteller und bleibst noch eine halbe Stunde bei uns. Bitte!"

Nach Inas Worten kommt Hektik auf. Karin eilt sogleich an meine Kühltruhe, sie singt und scheint von Inas Vorschlag mehr als nur angetan zu sein. Ina wirkt zufrieden, besonders als Petra sagt, sie bleibe noch eine halbe Stunde und würde sich den Obstteller zubereiten. Erschöpft lege ich meine Hand auf die von Ina. Wir beide sitzen noch am Tisch, während Karin und Petra in der Küche aktiv sind. „Versuche, ruhig zu bleiben, Lotte. Ein Streit unter uns Freundinnen.“ An der Stelle bringe ich mich ein: „Das möchte ich verhindern, glaube mir, Ina. Am Nachmittag habe ich mich wie ein kleines Biest verhalten und von meiner schlechten Seite präsentiert.“

Erst, als wir alle wieder am Tisch zusammensitzen, mein Eis aufgegessen und Petra mit ihrem Obstteller fertig ist, übernehme ich wieder das Wort. Das heißt, ich werde direkt von Ina unterbrochen. „Wichtige Aussprachen verlangen ein gefülltes Glas. Deine Aufgaben als Gastgeberin scheinst du heute zu vernachlässigen.“

Zu meiner Erleichterung sorgen Inas Worte für Heiterkeit und ich eile rasch an meinen Kühlschrank. Mit einem Plopp ist die Flasche geöffnet und ich kann die Gläser befüllen.

Feierlich hebe ich mein Glas. „Auf die Freundschaft.“ Karin, Ina und Petra erheben sich von ihren Stühlen und strecken mir ihr Glas entgegen. „Auf unsere Freundschaft“, darf ich hören. Wie schön, denke ich und kämpfe gegen aufkommende Tränen der Rührung an.

„Darf ich jetzt noch etwas berichten, was mir auf dem Herzen liegt?“ Meine Freundinnen setzen sich wieder. Mir entgeht nicht der Blick, den Petra und Karin austauschen. Ich bleibe ruhig und will die Gunst der Stunde für die Wahrheit nutzen, die nun raus muss. „Verzückt und voller Schmetterlinge im Bauch hatte ich den Brief von Klaus gefunden, davon habe ich euch berichtet.“ Nicken ernte ich als Antwort. Da mich keine der Freundinnen unterbricht, spreche ich weiter. „Anfangs dachte ich noch, meine neue Aufgabe von Frau Krautwinkel, die neue Kolumne mit der Überschrift Liebe kommt über Nacht sei ein Zeichen. Zumindest wollte ich dieses Zeichen sehen und habe angefangen, mir einzubilden, alles sei gut. Klaus habe ich, zunächst in meinem Café kennengelernt. Wir haben einen Kaffee getrunken, meine Marzipantorte war ihm zu massig, zu viele Kalorien, wie er mir gleich sagte.“ An der Stelle höre ich ein Hüsteln von Petra. „Darin seid ihr euch sehr ähnlich, was die Vorliebe zum Essen betrifft“, sage ich in Petras Richtung. Meine Freundin sieht mich an, nicht deuten kann ich in diesem Moment, was sie denkt.

„Sprich bitte weiter“, höre ich aus Inas Mund. Sie hat diese Worte ohne große Betonung gesagt und doch spüre ich, wie ein Brodeln unter den Freundinnen wächst. Jetzt muss ich rasch weitersprechen, bevor mir Petra noch davonläuft.

„Unsere erste Begegnung im Café, das dürft ihr mir glauben, sie war holprig. Klaus hat mir optisch sofort gefallen. Jedoch die Art, wie er sich mir gegenüber gab, sein Verhalten, ließen mich an seinen Gefühlen für mich zweifeln.

Durch meine Kolumne, die neue Aufgabe war ich gefangen von der Idee, ich habe die Liebe über Nacht gefunden. Regelrecht eingeredet habe ich mir, es sei ein Zeichen des Schicksals, dass ich die Antwort von Klaus auf meine Kontaktanzeige erst jetzt, Jahre nach dem Verfassen, gefunden habe. Meine erste Befürchtung, Klaus könne inzwischen fest liiert sein, stellte sich als unnötig heraus. Auch in diesem Punkt habe ich geglaubt, das Schicksal will uns zusammenbringen und ich war auch nicht abgeneigt Klaus gegenüber. Sein Erscheinungsbild hat gepasst.“ Kurz muss ich eine Pause einlegen und an meinem Prosecco nippen. „Hat er dich nicht vom ersten Moment an äußerlich an Franz erinnert?“ Karin unterbricht die Ruhe. Ich nicke. „Doch, ja. Wenn ich es mir heute überlege, ich wollte sogar Franz in ihm sehen. Das nächste Treffen fand in meinem Haus statt. Wieder verlief es anders als von mir erhofft. War es im Café noch die Torte gewesen, die zu viele Kalorien bot, war es hier im Haus das Bier, das ihn nicht sonderlich lockte." Karin lacht. „Im Gegensatz zu Franz, der Bier liebt." Wieder nicke ich. „Der Vorschlag von Klaus, wir können gemeinsam zum Joggen gehen, hat mich ins Schwitzen gebracht. Da lade ich einen Mann in mein Haus ein, wir sind offensichtlich allein und er denkt daran, mit mir joggen zu gehen. Es sei sein Ausgleich zu seinem Beruf, so seine Erklärung. Außerdem, setzte er nach, möchte er eine Freundschaft wachsen lassen, sich erst kennenlernen und prüfen, ob wir zusammenpassen. Für mich waren seine Worte fremd und ein wenig war ich auch als Frau verletzt. Nicht einen kleinen Versuch hat Klaus gestartet, mich zu küssen oder zu umarmen. Wie Geschwister haben wir uns verhalten. Meine Enttäuschung war mir anzusehen und Klaus hat mich sofort darauf angesprochen. Für ihn käme keine Frau ins Haus, die sorglos im Umgang mit Männern sei. Alles Worte, die mir nicht gefielen."

„Das Auto von Klaus habe ich doch das ganze Wochenende vor deinem Haus stehen sehen", wirft Ina ein. Ihr Gesichtsausdruck wirkt nachdenklich.

„Wo ist die Leichtigkeit bei unseren Treffen geblieben?" Meine Frage wird nicht kommentiert. „Erzähl bitte weiter und kläre auch die Frage von Ina auf", sagt Karin tonlos. Ich schnaufe, nur kurz. Dann aber nehme ich mich zusammen und spreche weiter. „Wieder hat der Zufall seine Finger ausgestreckt. Klaus und ich fanden kein gemeinsames Ziel, um den Tag zu verbringen. Für mich wäre ein Kuscheltag schön gewesen, worauf ich nach dem Gespräch aber keine Lust mehr hatte, Klaus sowieso nicht. Meine Aussage, er solle doch joggen und wir können am Abend in ein Restaurant gehen, nahm er auf. Mit den Worten, er wolle nach Hause fahren, seine Sportkleidung anziehen und später mich abholen, verließ er mein Haus. Als er nur wenige Minuten später wieder an meiner Tür klingelte, dachte ich noch, Klaus komme mit offenen Armen zurück. Ja, er stand vor meiner Tür, aber nicht freiwillig. Sein Auto sprang nicht an und hatte eine Panne.“ Petra unterbricht meine Worte, ihr Glas ist umgefallen. Eilig wischt sie mit einer Serviette den Prosecco auf. Ina springt auf und holt noch ein Küchentuch, ich nippe derweil erneut an meinem Glas und warte einfach ab. Die halbe Stunde, die Petra noch bleiben wollte, ist längst verstrichen, wie mir ein Blick auf meine Armbanduhr zeigt.

„Klaus hat sich von einem Bekannten abholen lassen und das war es.“ Erschöpft vom vielen Reden lasse ich meine Schultern fallen. Mein Blick liegt auf meinen Händen, die ich ineinander gefaltet habe. „Und das gemeinsame Abendessen in einem Restaurant, das hat nicht stattgefunden?“ Petra will dies wissen. „Nein, gegen Abend hatte mich Klaus angerufen und gesagt, er sei zu spät und er komme ein anders Mail zu mir. Den Wagen würde er so schnell als möglich abschleppen lassen.“

Petra unterbricht mich. „Hat sich Klaus wieder bei dir gemeldet oder hast du ihn noch einmal angerufen?“ Kurz blicke ich die Freundin irritiert an. „Ist das so wichtig? Klaus berichtete mir, er sei joggen gewesen, rund um einen See, was mich nicht sonderlich interessierte. Meine Enttäuschung über sein Verhalten war groß. Als ich dann bei dir war, Ina, zum Mädelstreffen“, jetzt unterbricht mich Ina. „Da hast du so getan, als sei Klaus das ganze Wochenende bei dir gewesen. Wieso nur? Wir Freundinnen haben uns doch immer alles sagen können? Ich bin enttäuscht von dir, wirklich!“ Ina verschränkt die Arme vor ihrer Brust. Kurz fällt ihr Blick auf ihre Armbanduhr.

„Ich habe einen großen Fehler gemacht, das stimmt. Mir war es so unangenehm zuzugeben, ein Mann, den ich für begehrenswert halte, läuft mir davon. Außerdem war ich ganz in meine Kolumne eingestiegen und habe auch den Leserinnen Einblicke in mein selbst erfundenes Liebesleben geschenkt." Ein Raunen kommt auf, Stimmen werden laut. Ich glaube zu ahnen, in wenigen Minuten bin ich allein, die Freundinnen suchen das Weite.

„Es macht mich sehr traurig zu hören, Lotte, dass du uns alle angelogen hast. Niemand von uns muss perfekt sein oder den Freundinnen dies suggerieren. Wenn ein Mann nicht zu dir passt, dann ist es eben so. Ich frage mich nur, an welcher Stelle kam Franz ins Spiel?" Bevor ich Petra antworten kann, bringt sich Ina ein und berichtet, was sie von mir weiß. „Dann wollte sich Klaus doch noch einmal mit dir treffen?" Erneut hakt Petra nach.

„Gilt dein Interesse mir oder Klaus? Möchtest du ihn wiedersehen?" Meine Frage sorgt für Verwirrung und Petra, das kann ich sehen, reagiert gelassen. „Wieso nur lachst du jetzt, Petra?" Verwundert sehe ich die Freundin an. „Leben und leben lassen", sagt Petra mit einem Lächeln im Gesicht. „Gerade kann ich nicht sagen, was kommen wird oder wer Einzug in mein Leben nimmt. Ihr, davon bin ich überzeugt, gehört in meine Zukunftsplanung und das sollte für heute Abend genügen."

Der nächste Tag

Franz

Von dem heutigen Abend erhoffe ich mir eine harmonische Zeit mit einer schönen Frau an der Seite und wenn ich zum Abschluss wieder einmal zu Lotte in ihr Bett darf, dann freut es mich. Seit dem kleinen Treffen, gestern im Café und dann noch vor ihrem Haus, bekomme ich Lotte nicht mehr aus meinem Kopf und meine Sehnsucht ist groß nach ihr. Unser Sex war immer grandios und ich liebe Lottes lockere Art beim Sex, sie ist so offen und frei für kleine Spielereien, ebenso wie ich es auch liebe. Andere Frauen reizen mich mit ihren Körpern, jedoch kommt schon nach wenigen Tagen der Gemeinsamkeit, auch im Bett, die Langweile auf. Lotte ist wie ein Vulkan und befriedigt mich auf eine Weise, die ich bei anderen Frauen noch nicht entdecken durfte. Mein Freund meinte zu mir, ich solle endlich zu Lotte als feste Partnerin stehen und lernen, Verantwortung zu übernehmen. Puh, dachte ich, das klingt spießig und es passt nicht zu mir, was ich ihm sagte. „Franz, du bist ein Idiot! Eines Tages hat Lotte einen festen Freund und lässt sich nicht mehr auf dich ein. An dem Tag wirst du deinen Kummer im Bier ertrinken." Mein Freund ist ein Typ, der gerne andere Menschen belehrt und glaubt, nur seine Art zu leben sei die richtige. Offen sein für neue Wege, mutig auch einmal eine Grenze zu überschreiten, somit auch das Reizvolle zu entdecken, das hat er nie kennengelernt.

Klaus kommt mir in den Sinn. Verrückte Welt, so mein nächster Gedanke. Ausgerechnet mein kleiner Bruder ist Lotte begegnet und hat Zutritt zu ihrem Haus gefunden, jedoch nicht in ihr Schlafzimmer, wie er mir sagte. Gut, Klaus und ich sind Brüder, vom Äußeren haben wir sehr viel Ähnlichkeit, was Lotte bestimmt gefallen hat. Innerlich jedoch, sind wir verschieden. Zu Lotte passt mein Bruder nicht und sie nicht zu ihm. Mein Bruder hat immer sehr sportliche Freundinnen und er liebt, im Gegensatz zu mir, das perfekte Bild einer selbstständigen Frau. Sie solle eine Arbeit haben, bei der sie genügend Geld verdient, freiheitsliebend sein, trotzdem natürlich wirken, treu in der Liebe sein, gutaussehend ebenso. Lotte ist eine hübsche und liebenswerte Person, jedoch weit entfernt von einer perfekten Frau für Klaus. Als Gastgeberin ist sie in meinen Augen nur für die Mädelsabende geeignet und keinesfalls für ein Firmenessen. Ob das Treffen der Freundinnen gestern harmonisch verlaufen ist? Im Vorfeld der Streit mit Petra hatte Lotte zugesetzt. Etwas im Dunkeln hat Lotte mich über den Grund des Streits gelassen, was mich wundert. Im Allgemeinen redet sie sehr viel. Ihr Café hat Lotte inzwischen gut organisiert, was ich ihr anfangs nicht zugetraut habe. Trotzdem ist Lotte meilenweit entfernt von einer Partnerin, die an die Seite meines Bruders passt. Ich bin anders, meine Ansprüche an eine Frau ebenfalls. Lotte, so wie ich sie kennenlernen und lieben durfte, ist für mich die Richtige. Warum ich immer wieder in regelmäßigen Abständen vor ihr weglaufe? Ich nenne es die Suche nach Freiheit, das habe ich erst kürzlich zu meinem Kumpel gesagt. Tief in meinem Inneren steckt eine Angst, erstickt zu werden, die ich nicht abwerfen kann. Jeder Mensch hat ein Päckchen zu tragen und tief im Inneren Wünsche und Sehnsüchte. Manche von uns schaffen es, sie auszuleben, andere aber träumen ein Leben lang dem Wunsch hinterher.

Nicht, dass ich der Meinung bin, eine normale Verbindung mit Kindern sei falsch, nein, oft schon habe ich mir vorgestellt, wie es sein mag, selbst ein Kind zu haben. In meinem Freundeskreis gibt es viele kleine Kinder und oft schon habe ich Fußball mit den Jungen gespielt und diese Zeit sehr genossen.

Mitten in meinen Gedanken erreiche ich Limburg. Unvermittelt schelte ich mich, endlich mit den Sentimentalitäten aufzuhören und mich auf den Abend mit Lotte zu freuen.

„Franz!", strahlend kommt Lotte mir entgegen, kaum dass ich vor ihrem Café geparkt habe. „Du siehst heute umwerfend gut aus", begrüße ich Lotte mit einer Umarmung. Der anschließende Kuss ist sehr innig. Sie drückt meine Hände und es fühlt sich richtig und gut an. Hand in Hand gehen wir vom Café zu einem kleinen Restaurant. „Erinnerst du dich an den Abend bei dem Italiener?", fragt sie plötzlich. Kurz bleibe ich stehen und spüre, wie ein negatives Gefühl aufkommt. „Warum sprichst du dieses Thema jetzt an?" Ich bleibe unvermittelt stehen und sehe Lotte an. Sie lacht mir ins Gesicht. „Deine Reaktion, Franz, damit habe ich schon gerechnet." „Wieso?", weiter komme ich nicht. Lotte ergreift mich und küsst mich mitten auf der Straße. „Glaube mir, Franz, ich habe mich auf das Essen mit dir gefreut. Den kleinen Seitenhieb konnte ich mir nicht verkneifen." Ich nicke, fühle mich schon besser. „Wenn ich dich heiraten würde, Lotte, dann kann ich noch nach der Silberhochzeit mit solchen Kommentaren rechnen", lache ich zurück.

„Vorsicht, Franz! Das Thema Hochzeit ist gefährlich", grinsend zieht mich Lotte weiter in Richtung des kleinen Restaurants, wo Lotte einen Tisch für uns reserviert hat.

„Franz!", echauffiert sich Lotte, nachdem ich dem Kellner meine Bestellung zum Abendessen aufgegeben habe. „Bratkartoffeln?", sie holt Luft. Lotte legt ihre Serviette neben sich, zuvor hat sie sich eine Träne, wie ich vermute weggewischt. Zart greife ich nach Lottes Hand. „Heute esse ich Bratkartoffeln, um dir zu zeigen, es kann auch positive Erinnerungen an diese Köstlichkeit geben." Lotte ist zögerlich und daher setze ich nach. „Vertraust du mir noch?"

Lotte lehnt sich im Stuhl zurück und ihre Hand entgleitet meiner. Jetzt spüre ich ein Unwohlsein und glaube zu ahnen, mein Plan geht nicht auf. „Versuchen kann ich es ja", darf ich in diesem Moment aus Lottes Mund hören. Der Kellner bringt zeitgleich die Weingläser und wir stoßen an. „Heute kein Bier?" Lottes Verwunderung zu meiner Bestellung kann ich sehen. Kurz halte ich inne. „Vielleicht bekomme ich am Abend noch ein Bier aus deinem Kühlschrank."

Lotte

Oft schon habe ich gesagt, mein Leben ist wie ein Karussell, es dreht und dreht sich und ab und an wechseln die Mitfahrer. Heute also ist Franz an meiner Seite und wenn ich seinen Worten glauben darf, dann auch die ganze Nacht. Mir gefällt der Gedanke und ich spüre, wie sehr ich ihn vermisst habe. Franz' jüngerer Bruder Klaus hat vom Optischen her viel Ähnlichkeit mit Franz, jedoch die Art, wie er sich gibt, ausdrückt und mich angesehen hat, es war anders. Nur in der Nähe von Franz erlebe ich Wärme und den Wunsch, ihm ganz nah sein zu wollen. Seine oft raue Art, sich auszudrücken, mir zu begegnen, auch diese Seite gehört zu dem Mann, der immer wieder mein Herz erobert. Meine Freundin Ina sagte einmal, ich fühle mich zu den bösen Jungs hingezogen. Männer, die in ihren Augen seriös und einfühlsam sind, würden bei mir keine Chance bekommen.

„Vom Grunde her bist du selbst für dein ständiges Liebechaos verantwortlich", gab Ina mir mit auf den Weg. „Kompromisse eingehen und Verantwortung zu übernehmen, auch mit offenen Augen den Partner sehen, das kannst du nicht", warf sie nach. An diesem Abend war ich sauer auf Ina und habe die Freundin innerlich verflucht. Wie, so meine Frage, kann Ina nur solche Worte zu mir sagen. Inzwischen aber ist viel Zeit vergangen. Dank meiner Kolumnen und den Antworten meiner Leserinnen bin ich innerlich gewachsen. Jetzt sehe ich einen Mann wie Franz so, wie er ist, sexy ist das erste Wort, was mir einfällt. Und nein, ich schäme mich nicht für meine Einstellung zu Männern. Mein innerer Wunsch, doch noch den Traummann zu finden, den werde ich behalten. Auf dem Weg zu meinem Ziel möchte ich aber nicht hungrig bleiben. Köstlichkeiten wie Franz werde ich ab heute genießen, ohne im Anschluss wieder emotional in ein Loch zu fallen.

„Lotte? Bist du in deiner Traumwelt?" Erschrocken blicke ich zu Franz. Für den Moment war ich nicht aufmerksam. Rasch strecke ich ihm mein Weinglas entgegen. „Prost, Franz! Trinken wir auf den schönen Abend."

23 Uhr

Das Abendessen war entspannend und ich habe viel gelacht an der Seite von Franz. So, wie ich ihn beobachten durfte, ich denke, auch Franz ist innerlich gereift und erwachsener geworden. Ob es am Alter liegt? Nein, so meine Überlegung, sicherlich haben die Umstände des Lebens an sich auch ihn verändert und geprägt.

„Im Kühlschrank liegt Bier", nehme ich Franz mit in mein Haus. „Ich bin gleich wieder bei dir", gehe ich die Stufen hoch in mein Badezimmer. Meine Wangen glühen, meine Augen strahlen. Franz schafft es noch immer, mich innerhalb von kürzester Zeit zum Kochen zu bringen. Ich will ihn, sage ich zu meinem Spiegelbild. Tief in meinem Inneren fängt ein kleines Teufelchen an, mir Erinnerungen vor mein geistiges Auge zu senden, die ich jetzt gerade nicht sehen oder hören möchte. Den Wasserhahn drehe ich auf und halte meine Hände darunter, um mich etwas „abzukühlen", wie ich denke. Nein, den Augenblick darf ich mir nicht entgehen lassen, blicke ich fest in mein Spiegelbild. Das kleine Teufelchen gibt Ruhe und ich fange an, mich auszuziehen und gehe unter meine Dusche.

„Wo bleibt meine hübsche Freundin", kommt Franz in mein Badezimmer, als ich aus der Dusche steige. Die Bierflasche in seiner Hand stellt er auf dem Waschtisch ab. „Wie schön du bist, Lotte", kommt er auf mich zu. Mein Körper reagiert sogleich auf die Nähe von Franz. Alles in meinem Inneren will diesen Mann jetzt fühlen und spüren, ihm ganz nahe sein. Auch Franz lässt seine Kleider fallen, gibt mir einen Kuss, einen

Klaps auf den Po und dann nimmt er mich auf seine starken Arme. „Hoppla!“ Mein kleiner Protest ist nicht ernst zu nehmen, was Franz sogleich versteht. Sanft lässt er mich Minuten später auf mein Bett fallen. Mein Körper ist noch feucht vom Duschen, ein wohliges Gefühl breitet sich aus, als ich die Hände von Franz auf meinem Körper spüre.

5 Uhr

Ungewohnt früh werde ich wach. Mein Blick wandert zur Seite und ich sehe Franz, wie er ruhig schläft. Kurz hatte ich schon Bedenken, alles, wirklich alles sei nur ein schöner Traum gewesen. Nein, Franz liegt neben mir und ich kann seinen Atem hören, alles ist Realität. Aufgedreht husche ich aus dem Bett und gehe kurz in das Badezimmer. Nach dem Zähneputzen fühle ich den Wunsch nach einer Tasse Kaffee. Es ist sehr früh, leider konnte ich nicht länger schlafen, obgleich ich heute nicht zur Arbeit muss. Franz hat ebenfalls frei, wie er mir noch vor dem Einschlafen sagte.

Mit einer frischen Tasse Kaffee setze ich mich kurz an meinen Schreibtisch. Innerlich bin ich noch aufgedreht, am Glühen. Der Wunsch, einen Teil meiner Empfindungen zu teilen, wächst in mir und so fange ich mit einer neuen Kolumne an.

Liebe Leserinnen,
das Leben im Allgemeinen ist spannend, es geht seine eigenen Wege und oft gibt es Begegnungen, die uns prägen, unser Leben verändern. Gespräche, die sich entwickeln und uns im Alltag begleiten, oft auch unser Handeln beeinflussen. Bin ich heute zu philosophisch? Eventuell liegt es an der Tatsache, dass ich die heutige Nacht in den Armen des Mannes verbracht habe, den ich sehr mag.

Ja, einige meiner treuen Leserinnen werden nun die Hände vor dem Kopf zusammenschlagen und denken, Lotte! Alles Weitere, was gerade über mich gedacht wird, möchte ich nicht einmal im Ansatz hören. Es ist mein Leben!!! Ich darf bestimmen, wer Einzug in mein Bett erhält.

Es war so schön heute Nacht, seinen Körper zu spüren. Der gestrige Abend fing romantisch mit einem schönen Abendessen an. Hierbei fällt mir ein, der Mann an meiner Seite hat tatsächlich Bratkartoffeln als Beilage bestellt. Für den Augenblick war ich stumm, hatte das böse Gefühl in mir, jetzt ist der Abend gelaufen.

Verrückt, werden Sie nun denken. Sicherlich haben viele meiner Leserinnen noch den Abend in Erinnerung, als ich Franz Bratkartoffeln serviert habe, in roten Dessous. Zu meinen negativen Erinnerungen an den Abend gehört die Tatsache, Franz hat sich damals mehr um seine Bratkartoffeln als um mich gekümmert. Es war ein Abend, den ich nicht noch einmal erleben möchte. Mein Ego war im Anschluss geknickt und es hat eine Weile gebraucht, bis ich Männern gegenüber wieder mit Selbstbewusstsein auftreten konnte. Kurz habe ich am gestrigen Abend die Luft angehalten, schon gedacht, der Abend sei gelaufen und ich bin eine naive Frau, die wieder auf den falschen Mann reingefallen ist. Als mein Freund mir dann sagte, er möchte mir die negative Erinnerung an Bratkartoffeln nehmen, kam die Hoffnung zurück. Tatsächlich haben wir einen schönen, unterhaltsamen Abend im Restaurant erleben können. Für mich hat mein Begleiter auf sein geliebtes Bier verzichtet und mit mir Wein getrunken. Seine Frage, ob er zu später Stunde noch ein Bier aus meinem Kühlschrank bekomme, habe ich mit Ja beantwortet.

Meine Aufgabe, über die Liebe zu schreiben, die über Nacht kommt, habe ich versucht zu erfüllen. Mit dem Auftauchen von

Klaus habe ich die ersten Versuche gestartet. Habe ich schon erwähnt, Klaus ist der Bruder von Franz. Ja, daher hat der Mann mich auch sogleich in seinen Bann gezogen. Mir war die Ähnlichkeit aufgefallen, jedoch hatte ich den Bruder während unserer Beziehung nie kennengelernt, daher hat es leider nicht in meinem Kopf „Klick" gemacht und ich habe die Verbindung nicht gesehen.

Das Leben spielt sein eigenes Spiel, auch eine Weisheit von Lydia Lowere.

Wir Menschen sind in unserer Handlung unterschiedlich, ebenso in unserem Empfinden. Für mich kam die Liebe über Nacht zu mir.

Meine lieben Leserinnen, einmal mehr habe ich offen und ehrlich meine Gefühle preisgegeben und ich betone nochmals: Es ist mein Leben. Ich muss mit den Tränen leben und ich will auch Schmetterlinge spüren.

Auf zahlreiche Rückmeldungen freue ich mich schon jetzt! Vor dem Abend werde ich diese aber nicht lesen, also lasst euch Zeit. Jetzt husche ich wieder zu meinem Freund unter die Bettdecke.

Eine freundschaftliche Umarmung
eure Lotte

Ina

Mein Blick fällt inzwischen beim Lüften automatisch aus dem Wohnzimmerfenster in die Richtung von Lottes Haus. Überrascht sehe ich den Wagen, den ich Franz zuordne. Meine Freundin Lotte, denke ich und fange an, das Wohnzimmer zu putzen, ohne noch einmal nach dem Auto zu sehen.

Gegen halb zwölf klingelt es an meiner Tür. Ich bin gerade im Badezimmer und ziehe mich nach dem Putzen um, möchte mich rasch frisch machen, bevor ich Wolfi bei Rosalinde abholen werde. „Lotte? Komm doch herein“, halte ich die Tür auf. „Ich muss noch kurz ins Badezimmer, du kannst dir gerne einen Kaffee machen“, eile ich davon und käme noch mein Haar, das vor dem Auftauchen von Lotte auf dem Programm stand. Etwas Rouge gönne ich meinen Wangen. Strahlend und zufrieden mit mir selbst komme ich in meine Küche. Lotte lehnt an der Küchenzeile, in den Händen hält sie einen Espresso, wie ich sehen darf. „Möchtest du auch einen Kaffee oder Espresso?“, bietet Lotte mir an. „Wie nett von dir, bis vorhin dachte ich noch dies sei meine Küche und ich würde hier leben“, gebe ich eine belustigte Antwort, bediene im Anschluss selbst die Kaffeemaschine und drücke mir einen Espresso.

Mein Blick auf meine Armbanduhr entgeht Lotte nicht. „Störe ich dich gerade?“ „Ich muss in zehn Minuten losfahren, Wolfi bei Rosalinde abholen.“ Lotte nickt. Sie sieht nicht entspannt aus, was ich auch anspreche. „Diese Nacht habe ich nicht viele Stunden geschlafen“, bemerkt sie. „Liegt es an dem Wagen, den ich vorhin vor deinem Haus gesehen habe?“ Jetzt verdreht Lotte die Augen. „Es nervt, ständig unter Beobachtung zu sein“, murrt sie mich an.

„Ich habe nur gelüftet und dabei kurz aus dem Fenster gesehen“, kommt prompt eine Verteidigung aus meinem Mund.

„So war das auch nicht gemeint, Ina, wirklich“, wirft Lotte nach.

„Was ist dann mit dir?“ Lotte sieht kurz auf den Küchenboden, was mich ahnen lässt, sie hat Kummer auf dem Herzen. So gut kenne ich die Freundin schon. „Möchtest du mich zu Rosalinde begleiten?“ Mein Angebot nimmt Lotte strahlend an. „Dann können wir noch etwas reden, sehr gut!“ Zufrieden eilt sie mit mir zu meinem Auto. „War Franz am Morgen bei dir?“ Diese Frage stelle ich beim Herausfahren aus meiner Parkbucht. „Ja“, darf ich hören und warte noch einen Augenblick, doch Lotte bleibt einsilbig. Dieses Verhalten ist sehr ungewöhnlich für meine Freundin. „Lotte? Was genau ist passiert?“ Ungeduldig frage ich nach. Lotte blickt aus ihrem Fenster und ich muss mich in Geduld üben. „Er sagt, er liebe mich“, kommt über Lottes Lippen. Fast nehme ich einem anderen Autofahrer die Vorfahrt, so verwundern mich die Worte der Freundin. „Huch, du hast mich verwirrt“, lenke ich den Wagen anschließend sicher weiter. „Das klingt doch sehr gut“, füge ich nach. Aus dem Augenwinkel sehe ich, Lotte nickt. „Du hast dir doch immer gewünscht, von Franz diese Worte zu hören. Er hat nicht noch einen Heiratsantrag angefügt?“ Meinen Worten schenke ich selbst keinen Glauben, ich will nur versuchen, witzig zu sein und die Situation zu entschärfen.

„Dazu kam er nicht. Für den Moment hatte ich schon Bedenken, Franz will mir einen Antrag machen. Er war so lieb, so“, Lotte windet sich kurz. „Weißt du, Ina, der Mann hat alles, was mich glücklich macht und gleichzeitig alles, was mich verletzen kann. Jetzt sagt er so liebe Worte zu mir, die ich natürlich gerne höre.“

Kurz muss ich wieder auf den Verkehr achten, dann aber kann ich Lotte antworten. „Nimm es doch als Geschenk des Tages auf." Jetzt ist Lotte verwundert. „Ina? Habe ich etwas verpasst? Wieso nur hast du dich so krass verändert? Es fängt an, mir Angst zu machen, wirklich. Du bist so lässig unterwegs, wie ich es sein will und gerade nicht schaffe."

Beim Einparken vor dem Haus von Rosalinde und Vincenz bin ich noch am Lachen. „Liebe, Sex und gute Freundinnen, diese Kombination macht glücklich, kann ich dir empfehlen", steige ich aus dem Auto. „Ich bin gleich wieder zurück. Stell dir doch das Radio an", drehe ich mich noch einmal um. Lotte, so meine Überlegung, sie wird sich schon wieder fangen. Vom Grunde her ist doch nichts Außergewöhnliches in ihrem Leben passiert. Franz kommt und geht, seit Jahren. Ich habe schon sehr viele Franz-Geschichten aus Lottes Mund gehört, so wirklich ernst nehme ich diese nicht mehr.

„Soll ich mich am Abend mit Franz treffen?" Diese Frage höre ich, als ich gerade Wolfi in seinem Sitz anschnalle. „Ja, Lotte, das solltest du. Und höre auf, so viel nachzudenken, das passt nicht zu dir. Was macht deine Kolumne? Hast du wieder geschrieben? Wissen deine Leserinnen, was du uns beim letzten Mädelsabend anvertraut hast?" Lotte reagiert entnervt. „Nerv doch nicht. Die Wahrheit schreibe ich noch, vielleicht schon heute." Kurz schweigen wir. Mir liegt nicht daran, vor meinem Kind mit meiner Freundin zu streiten. Wolfi erzählt von Rosalinde und Vincenz und ich höre ihm zu. „Kann ich morgen wieder zu meinem Opa?" Auf die Frage habe ich schon gewartet. „Wir fahren morgen nach dem Mittagessen zu Rosalinde und Vincenz", sage ich ihm und ernte dafür Jubelschreie meines Kindes. „Wie schnell Kinder glücklich zu stimmen sind", klagt Lotte vom Beifahrersitz aus. „Früher war ich der Pessimist und du grenzenlos optimistisch unterwegs. Möchtest du zum Essen bleiben? Es gibt Spinat, Spiegeleier und Kartoffeln", lache ich Lotte ins Gesicht. „Nein, danke, Mami", zwinkert sie mir zu. „Am Abend treffe ich mich, wie du mir empfohlen hast, mit Franz und jetzt mache ich mich auf den Weg nach Hause. Meine neue Kolumne wartet und ich muss in der Tat meine Leserinnen auf den neusten Stand bringen", sie stockt kurz. „Die Wahrheit muss ich schreiben", resigniert schaut sie noch einmal zu mir. „Den Einblick von letzter Nacht habe ich wahrheitsgemäß geschrieben, jedoch ohne aufzuklären, welcher Mann bei mir im Schlafzimmer war."

Wolfi zieht an meiner Hand, die Geduld eines Kindes ist nun einmal nicht grenzenlos. „Der Kleine braucht sein Mittagessen", verabschiede ich mich von Lotte. „Du musst jetzt deine Leserinnen informieren! Sendest du mir deine Kolumne?", drehe ich mich noch einmal um.

„Das werde ich machen", ruft Lotte, die schon am Gartentor steht. „Und lieben Dank dafür, dass du immer Zeit für mich hast", eilt sie davon.

Ob ich Rosalinde und Vincenz von Lottes Besuch erzählen soll? Diese Frage nehme ich mit in meine Küche. Noch beim Befüllen der Teller denke ich an Lotte. Dann aber höre ich Wolfi zu, der mir ausführlich berichtet, was er und sein Opa gemacht haben. Glück empfinde ich bei dem Gedanken, ein Kind zu haben und einen liebevollen Partner an meiner Seite.

Der nächste Nachmittag

Beim Einparken vor dem Haus von Rosalinde und Vincenz fällt mir der Wagen ins Auge, der auch schon vor Lottes Haus geparkt hatte.

„Wolfi und Ina!", mit einem Strahlen im Gesicht hält uns Rosalinde die Türe auf und bittet uns herein. Rosalinde bietet mir noch einen Tee an, den ich gerne annehme. „Ihr habt Besuch?" Meine Frage bleibt unbeantwortet, da ich sehe, Wolfi rennt auf das Arbeitszimmer von seinem Opa Vincenz zu. „Wolfi!", eile ich ihm nach. „Opa wird noch Besuch haben. Außerdem habe ich dir schon oft gesagt, wenn die Tür verschlossen ist, musst du kurz rufen oder klopfen." Meine Worte nimmt Wolfi nicht auf. Die Tür ist gerade von ihm aufgerissen, da eilt er schon auf Vincenz zu. „Mein kleiner Schatz darf immer zu mir kommen", nimmt Vincenz den Jungen auf seinen Arm. Ihm gegenüber sitzt ein Mann, den ich nicht kenne.

„Ina", zeigt Vincenz auf den Mann. „Franz kennst du ja schon", spricht er weiter. „Das hier ist sein Bruder Klaus. Er wird sich um das Dach meines Hauses kümmern."

Klaus kommt zu mir und reicht mir seine Hand. Eine Höflichkeit, die ich bei Franz nie beobachten konnte. Mir gefällt sein Verhalten und ich grüße ihn ebenfalls freundlich zurück. Meine Hand ziehe ich kurz darauf reflexartig wieder zurück, für das erste Kennenlernen möchte ich nicht übertreiben.

„Jetzt sind wir uns mit den finanziellen Dingen einig, im nächsten Monat geht die Arbeit los." Vincenz steigt wieder in das geschäftliche Gespräch ein und ich nutze den Moment, um mich zu verabschieden.

Auf meiner Rückfahrt denke ich noch einmal an Klaus. Nicht, dass er mich als Mann angesprochen oder in seinen Bann gezogen hätte, ich denke in dem Zusammenhang an Petra. Plötzlich kommt Marc in meinen Kopf und ich vergleiche die beiden Männer. Rein äußerlich gewinnt Klaus. Aber ob er tatsächlich mit meiner Freundin Petra auf einer Wellenlänge liegt, die gleichen Interessen hat, mir kommen Zweifel. Petra, so denke ich weiter, sie will einfach keine Kinder und warum auch immer, Marc hat es sich in den Kopf gesetzt, noch einmal Vater zu werden. Mit seinem Wunsch setzt er seine Freundin unter Druck. Petra ist ein Mensch, der sehr lieb und zuverlässig ist. Trotz aller Anfangsschwierigkeiten zwischen uns Frauen beim Kennenlernen, kann ich heute sagen, ich mag Petra. Vom Grunde her würde es mir heute sogar leidtun, wenn sie sich von Marc trennen würde. Mit Petra hat mein Sohn eine liebe Ersatzmama bekommen. Sie ist immer geduldig mit meinem Sohn und mischt sich nicht in die wichtigen Erziehungsfragen ein. Kurz sinniere ich über die Tatsache, dass ich ein Gewohnheitsmensch bin. Ich hole tief Luft. Beim Aufschließen meines Hauses denke ich wieder an Lotte und schon bin ich zurück bei Klaus. Mit dem Ablegen meiner Tasche entschließe ich mich, nicht mehr an Klaus und seine eventuellen Verbindungen zu meinen Freundinnen zu denken. Wichtiger ist für mich, ich werde wieder mehr arbeiten in der Zukunft und darauf freue ich mich schon sehr. Wolfi kann an zwei Tagen nach dem Kindergarten zu Rosalinde und Vincenz, ich habe dann die nötige Zeit, mich wieder als Anwaltsgehilfin einzubringen. Johann wollte mich wieder in seiner Nähe wissen, als Mitarbeiterin im Notariat. „Wir hatten es doch schon einmal versucht“, gab ich ihm meine ehrliche Antwort. „Damals kamen wir am Abend nach Hause und hatten uns, außer der Arbeit, nichts mehr zu sagen.“ Nein, diese Zeit brauche ich nicht noch einmal. Nächsten Monat fange ich in Limburg bei einem Anwalt an, das wird mir guttun.

Eine Woche später

Petra

Die Streitereien in meiner Beziehung nehmen zu. Immer öfter fühle ich mich müde und unkonzentriert. Keinesfalls möchte ich eine Trennung von Marc. Gestern am Abend hat er mir die Pläne von der Penthouse-Wohnung vorgelegt. Irritiert nahm ich beim Näherkommen seinen Duft auf. „Du trägst einen neuen Duft? Ist der nicht zu weiblich?“ „Bist du eifersüchtig?“ Seine Antwort konnte ich nicht einschätzen. „Muss ich mich Sorgen?“

Marc lachte hohl, was mich für den Augenblick erschreckte. „Du bist nicht die einzige Frau auf der Welt, die eine gute Figur hat“, warf er nach. Um einem neuen Streit aus dem Weg zu gehen, eilte ich ins Badezimmer. Als ich zurückkam, war Marc nicht mehr in unserer Wohnung. Meine Versuche, ihn anzurufen, fruchteten nicht. Mit Tränen bin ich ins Bett gegangen, nicht das erste Mal in den letzten Wochen.

Der nächste Tag

Marc war auch am Morgen noch nicht zurück. Immer wieder muss ich an den Duft denken, den ich am gestrigen Abend an seinem Hals gerochen habe. Beim Befüllen meiner Kaffeetasse schweifen die Gedanken zu Klaus. Unser kurzes Wiedersehen in Limburg vor Lottes Café wurde von meiner Freundin unterbrochen. Wie eine Furie war sie aus dem Café gerannt gekommen und hatte uns beleidigt. Mir war die Situation peinlich und ich habe mich später zurückgezogen. Leider gab es seither keine neue Begegnung mehr mit Klaus.

Bei dem letzten Mädelstreffen in Lottes Haus habe ich mit großer Verwunderung aufgenommen, Klaus hat nie ein Verhältnis mit Lotte gehabt. Sie hat es sich nur ausgedacht und uns von einer neuen Liebe vorgeschwärmt. Lotte ist kein Kind von Traurigkeit und einmal nicht gleich mit dem neuen Freund ins Bett zu hüpfen, ich hätte dies als positiven Charakterzug angesehen. Bei der nächsten Gelegenheit werde ich Lotte auch sagen, was ich denke. Hätte Klaus mit Lotte ein Verhältnis gehabt, ich würde nicht so viel an ihn denken, dessen bin ich mir bewusst. So aber zeigt es mir, der Mann ist anders als sein Bruder Franz unterwegs. Er scheint nicht mit jeder Frau direkt ins Bett zu wollen und hat klare Vorstellungen von einer Beziehung.

„Petra? Wo sind deine Gedanken?“ Mir war entgangen, Marc ist zurück in unsere Wohnung gekommen. Automatisch blicke ich auf meine Armbanduhr, dann in die Augen von Marc. Sie sehen so verändert aus. „Wieso finde ich kein Strahlen mehr in deinen Augen, wenn du mich ansiehst?“ „Wie soll ich strahlen, wenn meine Freundin mir nicht zuhört?“ „Wo warst du die ganze Nacht?“ Ertappt weicht Marc meinem Blick aus. Petra! Ermahne ich mich selbst, bleibe jetzt ruhig.

Meine Müdigkeit der letzten Tage und die damit verbundene Nervosität lassen sich leider nicht verbergen. „Vielleicht kaufen wir die Wohnung und das freie Zimmer wird unser Arbeitszimmer?“, zögerlich versuche ich, auf Marc zuzugehen. „Die Pläne gefallen mir“, füge ich leise nach. „Ist das die Wahrheit?“ Marc bleibt mit den Händen in der Hosentasche vor mir stehen. Mir kommt es so vor, als suche er erneut einen Streit mit mir. „Andere Mütter haben Töchter, die sehr gerne mit mir zusammenleben möchten.“ Er legt noch ein Brikett nach. „Jünger wirst auch du nicht, Petra. Die Konkurrenz schläft nicht.“

„Wo warst du die letzte Nacht?“ Tränen laufen jetzt über mein Gesicht. Marc reagiert nicht auf meine Worte. „Petra, du langweilst mich. Unsere Freundschaft ist an einem Punkt angekommen, der es mir nicht mehr ermöglicht, mit Freude zu leben.“

„Bitte, wir können doch reden und einen Weg finden, wie wir beide glücklich sind.“ Jammernd suche ich seine Nähe, will die Hände von Marc in meine nehmen, was er abwehrt. „Petra, du nervst nur noch.“ Marc rennt einfach aus der Wohnung, die Tür knallt zu und ich bin allein. Kraftlos versuche ich zu verstehen, was gerade passiert ist. Ist das noch die Beziehung, die ich möchte? Immer wieder hämmert diese Frage in meinem Kopf. Wo ist die Leichtigkeit geblieben, das Verrückte, das uns immer wieder verbunden hat. Wieso nur sagt Marc so böse Worte zu mir? Selbstzweifel an meiner Person habe ich schon länger. Ich frage mich oft, stimmt mit mir etwas nicht, weil ich keine Kinder möchte? Bin ich als Frau nicht wertvoll, nur weil ich mich nicht fortpflanzen möchte? Der kleine Wolfi, der Sohn von Marc, ist doch wunderbar und somit kann Marc seine Liebe zu einem Kind auch voll ausleben. Noch nie habe ich ihm im Weg gestanden, wenn er den Kleinen am Wochenende zu uns holen wollte. Im Gegenteil, jedes Mal habe ich mich gefreut und gerne mit Wolfi gespielt.

Etwas später kommt mir der neue Duft wieder in den Sinn, der mir an Marc aufgefallen war. Jetzt denke ich, es war der Duft einer fremden Frau, der noch an seinem Hals hing. Müde bereite ich mir ein Brot zu. Meine Gedanken driften erneut ab zu Klaus.

Mit hängenden Schultern schaffe ich es, pünktlich in der Bank zu sein. Schwer fällt es mir, mich auf die Kunden zu konzentrieren. Mit der Mittagspause kommt eine Idee in meinen

Kopf. Rasch eile ich zu dem kleinen Bio-Laden um die Ecke. So schnell will ich meine Beziehung nicht aufgeben und mir kommt in den Sinn, am Abend für Marc und mich zu kochen, erneut das Gespräch zu suchen.

„Petra? Was für eine schöne Überraschung", höre ich einen Mann rufen. Im Umdrehen erkenne ich Klaus, der strahlend näherkommt. Unruhe breitet sich in mir aus. „Schön, dich zu sehen", entgegne ich mit heller Stimme. „Darf ich dich auf einen Kaffee einladen?" Sein Lächeln, das er mir entgegenwirft, hat mir schon beim ersten Treffen gefallen. Die Art, wie er lacht, und seine strahlenden Augen ebenso. Seinen Vorschlag, in Lottes Café zu gehen, möchte ich zunächst nicht annehmen. Dann aber fällt mir ein, sie hat heute ihren freien Tag.

„Um 14 Uhr muss ich wieder in der Bank sein", gebe ich noch zu Bedenken. „Dann sollten wir keine Zeit verlieren." Lächelnd nimmt Klaus mir die Tasche mit den Einkäufen ab.

Vor dem Café meinte er: „Die Tasche ist viel zu schwer für eine zarte Frau, wie du es bist, Petra. Ich kann dir die Tasche nach Hause bringen und vor die Tür stellen." Kurz bleibe ich stehen und sehe Klaus zögerlich an. „Danke, aber ich bin schon ein großes Mädchen und auch stark genug, meine Tasche nach Hause zu tragen", entgegne ich Klaus. Galant rückt er mir im Café den Stuhl bei. In den nächsten Minuten bringt Klaus mich nicht nur zum Lachen, ich kann auch etwas Abstand zu meinen Sorgen gewinnen.

„Jetzt muss ich leider wieder zur Arbeit." Den Versuch von Klaus, mir noch einmal anzubieten, die Einkäufe nach Hause zu bringen, lehne ich erneut ab. Die Vorstellung, Klaus stellt die Einkäufe vor der Wohnungstür ab und Marc kommt in diesem Augenblick zurück, bewegt mich dazu, zurückhaltend zu reagieren.

Auf der Arbeit driften meine Gedanken immer wieder zu Klaus ab, was mich ärgert. Gleichzeitig spüre ich Dankbarkeit für den schönen Moment in der Pause und die Tatsache, wieder einmal gelacht zu haben. Mein Gesicht sieht nach der Pause wieder rosig aus und meine Augen strahlen, wie ich beim Gang zur Toilette direkt sehen kann.

Nachdenklich trage ich nach Feierabend die Einkäufe nach Hause. Die Tasche ist sehr schwer und erneut muss ich an Klaus denken. Am Anfang meiner Beziehung war Marc auch aufmerksamer. Irgendwann ist etwas auf der Strecke geblieben. Ich kann und will nicht glauben, alles liegt an dem Wunsch, erneut Vater werden zu wollen.

Ob Klaus ein Kind hat oder noch Vater werden möchte? Vor meiner Tür schelte ich mich, nicht mehr an Klaus zu denken. Das hier ist die Realität, mein Leben und Klaus gehört nicht dazu. „Marc? Bist du zu Hause?" Traurig blicke ich mich in der kleinen Dachgeschosswohnung um. Marc ist nicht zu finden. Aufgekratzt hole ich mein Handy zum Vorschein und wähle seine Nummer. „Hier ist der Anrufbeantworter von Marc", an der Stelle beende ich das Telefonat.

Wie Klaus nur wohnen mag, überlege ich und schelte mich zeitgleich, nicht unentwegt an ihn zu denken. Wieso kann ich mit einem fremden Mann lachen und eine entspannte Zeit verbringen und mit dem eigenen Partner nicht? Mir fällt die Zeit ein, als Marc noch in der gleichen Filiale gearbeitet hat. Oft waren wir in der Pause einen Kaffee trinken und wir haben viel gelacht. Direkt denke ich auch, nur gut, dass Marc inzwischen in einer anderen Filiale arbeitet, ansonsten würden wir den Frust im Alltag gerade mit zur Arbeit nehmen.

Wo Marc nur jetzt ist? Diese Frage brennt mir auf der Seele, als ich auch um 21 Uhr noch allein bin. Etwas besorgt blicke ich aus dem Fenster auf die Straße in der Hoffnung, ihn zu sehen. Eine weitere Stunde später bin ich nur enttäuscht und sauer, da ich glaube zu wissen, Marc kommt absichtlich spät nach Hause, um mich zu ärgern. Mit einem Glas Rotwein setze ich mich gegen 22 Uhr auf das Sofa und schalte den Fernseher ein. Mein Handy piept eine Viertelstunde später und lässt mich, in der Hoffnung auf eine Nachricht von Marc, sogleich aufspringen.

Liebe Petra,
deine Handynummer habe ich mir bei Lotte erbettelt. Von ihr weiß ich jetzt auch, du hast einen festen Partner. Warum ich dir trotzdem schreibe, wirst du dich jetzt fragen. Die kleine Pause mit dir im Café war so schön und du bist seitdem in meinem Kopf. Auch auf die Gefahr hin, dass ich mich gerade so richtig blamiere, eventuell lachst du über meine Zeilen? Das Risiko gehe ich ein. Unter keinen Umständen möchte ich dich bedrängen oder belästigen, Petra. Mir reicht es schon, wenn du mir noch einmal die Zeit in deiner Pause schenkst und ich diese wunderbar entspannenden Minuten nochmals genießen darf. Ich werde mich anständig dir gegenüber verhalten, versprochen!
Können wir uns morgen schon sehen?

Klaus

Hin- und hergerissen gehe ich in unserer kleinen Wohnung auf und ab. Dann reiße ich den Kühlschrank auf und nehme die Salatschüssel heraus. Jetzt ist mir danach, einen Teller Salat zu essen. Vorhin war mein Magen vor Ärger wie zugeschnürt, jetzt aber fühle ich mich besser. Die Nummer von Klaus werde ich löschen, mit dieser Überlegung knabbere ich auf dem

Salat und nippe an dem Wein. Auch gegen halb elf ist Marc noch nicht zurück. Den Tisch habe ich abgeräumt, die Reste in den Kühlschrank gelegt. Vor dem Schlafen lese ich noch einmal die Nachricht von Klaus. Mein Finger liegt schon auf dem Wort Löschen, dann aber lasse ich es sein. Stattdessen stelle ich mein Handy auf stumm und verkrieche mich unter meiner Decke. Mein anschließender Schlaf ist unruhig und ich träume wirr.

Ironischerweise sehe ich mich mitten auf einer Blumenwiese stehen, in einem hübschen weißen Kleid. An einer Hand halte ich Marc fest und mit der anderen Hand Klaus. Unsere Bewegungen kann ich noch nicht einschätzen, alles sieht zunächst wie ein Spiel aus. Wir lachen, sind fröhlich und laufen gemeinsam über die Wiese. Freudig strecke ich mein Gesicht dem blauen Himmel entgegen, ich bin glücklich in diesem Moment. In Zeitlupe sehe ich mich anschließend in einer weniger schönen Szene.

Marc zieht immer mehr an meinem Arm und will, dass ich mit ihm komme in den dunklen Wald hinein. „Die schönen Blumen“, rufe ich und versuche zeitgleich, mich aus seinem Griff zu lösen. Mir fröstelt bei dem Gedanken, in das Dunkel des Waldes einzutauchen und ich will Marc dazu bewegen, auf der Wiese zu bleiben. Unerwartet fest zieht Marc mich mit sich, Schritt für Schritt wird der Druck auf meinen Arm stärker und ich fange an zu weinen. Bettelnd mit Worten will ich Marc bewegen, mehr Rücksicht auf mich zu nehmen. Meinen Schmerz schreie ich aus mir heraus. Marc jedoch reagiert nicht, er zieht mich weiter in Richtung Wald. Kurz wende ich meinen Blick von ihm und schaue zu Klaus, der meine andere Hand hält und seinen Standort auf der Wiese verteidigt. „Ich habe Schmerzen“, schreie ich auf.

Plötzlich stürze ich auf den Boden, die Hand, die noch vor Sekunden von Klaus festgehalten wurde, sie ist frei. Taumelnd und kraftlos eile ich Marc nach. Jetzt sind wir nur noch wenige Schritte von dem Wald entfernt. Innerlich leer und willenlos gebe ich seinem Handeln nach. Der Schmerz muss aufhören, hämmert mein Kopf. Er kugelt mir den Arm aus, so meine Angst. „Ich habe Schmerzen", rufe ich erneut. Marc wirft mir einen verbissenen Blick zu. Immerhin lässt er zeitgleich meinen Arm los. „Schau nur, ich habe Klaus abgeschüttelt", höhnisch klingt sein Lachen zu mir. „Ich wundere mich nur, wie er die Balance auf einem Dach halten kann", wirft er zufrieden nach. Erneut erklingt sein Lachen. Mit meinen freien Händen halte ich mir die Ohren zu, doch Marcs Lachen dringt nach wie vor bis in meinen Kopf. Ich glaube, gleich das Gleichgewicht zu verlieren, für immer hinzufallen und das Bewusstsein zu verlieren, da schreie ich laut: „Klaus!"

„Petra? Petra! Was ist mit dir? Du hast geträumt, wach endlich auf", an meiner Schulter spüre ich einen Druck. Wieder möchte ich meine Ohren zuhalten, doch meine Hände gehorchen mir nicht, sie werden festgehalten. Bevor ich aus dem traurigen Traum aufwache, werde ich nochmals durchgeschüttelt.

„Marc? Du? Wo bin ich?" Meine Worte scheinen meinen Freund nicht zu amüsieren. Er schaut mich geringschätzig an. „Du hast geträumt", sagt er und geht ins Badezimmer. Erschrocken blicke ich auf meine Uhr auf dem Nachtisch. 2.55 Uhr. Ob Marc jetzt erst nach Hause gekommen ist? Für den Moment bin ich zu schwach für eine Diskussion, erschöpft lasse ich meinen Kopf zurück in das weiche Kissen sinken. Marc kommt aus dem Badezimmer und statt zu mir in unser Bett zu kriechen, packt er sein Bettzeug.

„Ich schlafe im Wohnzimmer“, stößt er verbissen hervor, dann fällt auch schon die Tür ins Schloss. Wieder laufen Tränen über mein Gesicht. Jetzt fühle ich mich noch schwächer als zuvor.

Ein paar Tage später

Lotte

In den letzten Tagen habe ich alles unternommen, um mich vor dem Schreiben einer neuen Kolumne zu drücken. Immer hatte ich für mich selbst eine plausible Ausrede, warum ich jetzt nicht schreiben kann oder sollte. Mal kam Franz mir zeitlich dazwischen, dann meine Arbeit im Café und ein anderes Mal habe ich Ausreden wahllos gesucht und gefunden, mich selbst angelogen. Ina hat mich am Morgen angerufen und mich an die noch ausstehende Kolumne erinnert. „Du wolltest schon vor Tagen deinen Leserinnen die Wahrheit schreiben“, kam mahnend über ihre Lippen. „Lotte, du hast es nicht nötig, dir einen Liebhaber zu erfinden. Außerdem“, fügte sie mit milder Stimme nach, „Franz ist doch auch über Nacht in dein Leben zurückgekommen. Schreibe doch davon und dann klärst du zuvor noch auf, was mit Klaus war und alles ist wieder gut.“

So ganz einfach sehe ich die Angelegenheit nicht, was ich Ina auch gestehe. „Lotte? Wo bleibt meine lustige und oft sehr verpeilte aber niemals pessimistische Freundin Lotte?“

Ina kann mich tatsächlich dazu bewegen, an meiner Kolumne weiterzuarbeiten. Mit einer Tasse Kaffee setze ich mich an meinen Schreibtisch. Zittrig sind meine Hände beim Öffnen des Laptops. Gleich 14 Reaktionen sind auf meine letzten Zeilen eingegangen. Mit aufkeimenden Tränen lese ich zwei durch. Emotional aufgewühlt stehe ich wieder von meinem Platz auf und gehe zurück in die Küche. Mein Handy zeigt den Eingang einer Nachricht von Franz, die ich sogleich öffne.

Meine Lotte,
gerade denke ich an dich und deshalb möchte ich dir virtuell einen Kuss senden. Bitte versuche, unsere neue Beziehung positiv zu sehen. Nimm an, was das Leben uns schenkt. Die Liebe kann uns sehr viel Kraft geben und ist in der Lage, Bäume zu versetzen. Gestern Abend, unser Treffen bei dir im Haus, es war sehr schön.

Kuss Franz

Wieso nur bin ich so durcheinander? Was ist nur los mit mir? Heute Abend kommen meine Freundinnen zu mir, alle! Karin, Petra und Ina, diese Aussicht lässt mich hoffen. Ina hat vorhin angekündigt, eine Schüssel Kartoffelsalat mitzubringen, das war ein kleiner Seitenhieb auf das letzte Treffen. „Nein! Lotte! Mein Angebot ist kein Seitenhieb. Ich spüre gerade, dir geht es nicht gut und da möchte ich dir helfen“, war Inas Reaktion. Richtig lieb, wie ich gerade denke. Ob meine Hormone anfangen, Karussell zu fahren?

Mit einer neuen Tasse Kaffee gehe ich zurück an meinen Schreibtisch. Eigentlich muss ich noch die anderen zwölf Rückmeldungen lesen, doch mir fehlt die Energie dafür. Jetzt ist der Punkt gekommen, meinen Leserinnen die Wahrheit zu schreiben.

Meine lieben Leserinnen,
einige von euch haben schon auf meine Zeilen gewartet, andere Leserinnen, die mir geschrieben haben, auf eine Rückmeldung.
Heute endlich habe ich die Kraft, wieder eine Kolumne zu schreiben. „Die Liebe kommt über Nacht“, diese Aufgabe hat mich Kraft gekostet. Nicht das erste Mal, glauben einige Leserinnen zu ahnen, dass ich so denke? Ja, meine treuen Leserinnen, die mich über die Jahre kennenlernen durften,

verstehen mich. Eigene Gefühle und Emotionen fließen immer wieder in meine Texte ein. Ich nehme euch immer mit in meine private Welt. Egal, wie schnell sich mein Leben gerade dreht, ihr seid dabei, in der ersten Reihe. Hautnah durftet ihr immer wieder eintauchen in mein Leben. Jedes Hoch habe ich mit euch geteilt und jedes Tief, zumindest fast jedes Tief. Jede Antwort und Reaktion habe ich aufgesaugt, hinterfragt und darüber nachgedacht. Ja, wir sind uns sehr nahe gekommen in den letzten Jahren.

Ein Tief in meinem Liebesleben habe ich nicht mit euch geteilt, was ich jetzt als falsch ansehe. Heute bin ich sehr emotional unterwegs und eventuell drücke ich mich holprig aus. Es liegt nicht nur daran, dass ich den gestrigen Abend wieder in den Armen von Franz verbracht habe. Ja, ja! Die vielen unterschiedlichen Reaktionen von euch, ich kann sie förmlich spüren, von „Lass die Finger von dem Mann!" bis „Diese Beziehung hat keine Haltbarkeit, jedoch schon ein Verfallsdatum." Auch den Vorwurf, dass ich nicht standhaft bin, kann ich förmlich hören. Mir sind diese Reaktionen und Antworten schon heute bewusst. Dies ist auch ein Teil meiner Angst gewesen, die mich davon abgehalten hat, zu schreiben.

Neugierig bin ich schon auf euer Urteil, wenn ihr diese Zeilen gelesen habt. Ängstlich sehe ich den Reaktionen von meinen Leserinnen entgegen. Dabei geht es aber nicht vordergründig um Franz, dem ich wieder sehr nahe bin. Ich muss eine Lüge gestehen und mich bei euch, meinen Leserinnen, entschuldigen.

Bei der Aufgabe, über die Liebe zu schreiben, die über Nacht zu uns kommt, ist meine Fantasie mit mir durchgebrannt. Ja, ich habe mir etwas gewünscht, eine Romanze, die es so nicht gab und, für mich zumindest, niemals geben wird. Trotzdem darf ich gerade mitteilen, mir geht es aktuell wieder gut. Mein Tief der letzten Tage war auch für meine Freundinnen nicht leicht. Jetzt bin ich innerlich stabil, auch mit dem Hintergrund, vor wenigen Minuten hat sich Franz mit einer SMS bei mir gemeldet. Seine Worte waren Motivation zu schreiben, endlich mit dem Lügen aufzuhören. Mit Franz an meiner Seite wird das Leben für mich nicht langweilig werden. Immer wieder entdecke ich eine neue Seite an diesem Mann. In diesem Fall ist es positiv für mich. Franz, so zumindest erlebe ich es aktuell, hat sich positiv verändert, er ist reifer geworden. Unsere Treffen sind gefüllt von guten Gesprächen, neben dem immer noch grandiosen Sex. Erneut haben wir uns angenähert und festgestellt, wir können auch sehr schöne Momente, nicht nur im Bett, miteinander verbringen.

Dank eines Zufalls habe ich Franz wieder in mein Leben gelassen.

Zurück zu meiner Lüge. Als ich von dem gefundenen Brief geschrieben habe, der Antwort auf meine Kolumne, war dies die Wahrheit. Für mich war es Schicksal, dass ich den Brief gefunden habe. Ebenso, dass ich dadurch Klaus kennenlernte. Er kam in mein Leben, zumindest für eine kurze Zeit. Meine treuen Leserinnen müssten jetzt hören, wie tief ich Luft hole, um weiterzuschreiben.

Ungefähr jetzt komme ich zu dem Punkt, an dem ich angefangen habe zu lügen. Im Herzen fand ich die Tatsache, jetzt noch eine Reaktion auf die Kontaktanzeige Suche Mann zum Renovieren zu finden, grandios. Wie ein Zeichen kam mir alles vor, selbst von Fügung habe ich gesprochen. Als ich Klaus dann das erste Mal gegenüberstand, ich hatte weiche Knie. Er kam dem Idealbild eines Mannes in meinen Augen sehr, sehr nahe. Warum ich zu diesem Zeitpunkt nicht die auffallende Ähnlichkeit zu einem

Mann sah, den ich schon lange kenne, keine Ahnung. Mir gefielen seine männliche Ausstrahlung und die schulterlangen Haare, ich war begeistert.
Klaus, so ist mir heute bewusst, hat in mir nicht seine Traumfrau gesehen und gefunden. Seine zögerliche Haltung mir gegenüber hat ihn verraten und doch habe ich diese Hinweise nicht aufgenommen. Besser ausgedrückt: Ich wollte nicht die Wahrheit sehen und so habe ich mich immer mehr in meine Traumwelt verstrickt. Irgendwann habe ich geglaubt, was ich auch zu Papier gebracht habe.

Fazit ist, dank Klaus bin ich wieder Franz begegnet. Meine komplizierte Art, wie ich jetzt schildere, was passiert ist, liegt daran, dass ich ein schlechtes Gewissen habe und die Wahrheit nach und nach, portionsweise aus mir herauslasse. Auch hierfür bitte ich um Verständnis und Nachsicht. Lügen ist immer falsch, ich weiß!
Klaus kam in mein Haus und war sehr nett. Sein Aussehen habe ich schon erwähnt und gelobt, den Punkt kann ich jetzt vernachlässigen. Meine Sympathie Klaus gegenüber war da, nur, ich konnte keine Gefühle bei diesem Mann wecken. Sehr ehrlich und ohne verletzend zu sein, hat Klaus mir gesagt, wie er fühlt. In meinem Kopf war aber schon das Märchen, die schöne Geschichte der romantischen Liebe zwischen zwei Menschen, die sich auf einem so spektakulären Weg getroffen haben. Meine Augen habe ich verschlossen vor der Wahrheit und mich stattdessen in meine Traumwelt geträumt.

Die Tatsache, dass Klaus sein Auto für wenige Tage vor meinem Haus stehen ließ, hat meine Nachbarn und Freundinnen dazu bewogen, nachzufragen, ob es einen neuen Mann in meinem Leben gibt. Ich hätte gleich mit der richtigen Geschichte herausrücken müssen, sein Auto hatte eine Panne und er musste es deshalb vor meinem Haus stehen lassen. Stattdessen habe ich versucht, mir einzureden, es gibt einen neuen Mann in meinem Leben, er liebt mich so wie ich bin und wir sind uns über Nacht begegnet. Es hätte auch so schön romantisch werden können. Der Anfang war gemacht für eine große Liebesgeschichte. Die Wahrheit aber ist, ich bin nicht die wahre Prinzessin für Klaus.

An allem, was mir nicht gelingt, kann ich wachsen oder im Nachgang noch von profitieren. Dies habe ich in den vergangenen Jahren gelernt. Und jetzt kann ich guten Gewissens schreiben, es stimmt. Ohne Klaus wäre ich Franz so schnell nicht wieder begegnet. Die zwei Männer sind Brüder, was auch das ähnliche Äußere erklärt. Für mich zeigt sich erneut ein Wink des Schicksals.

Mit Kopfschütteln werden einige meiner Leserinnen nun reagieren. Wie es mit Franz und mir weitergehen wird? Schauen wir mal, hat ein Fußballer oft gesagt und ich finde, damit komme ich der Wahrheit ein Stückchen näher.

Am Abend kommen meine Freundinnen zu einem Mädelsabend zu mir. Ich freue mich einmal mehr auf einen entspannten Abend im Kreise meiner Freundinnen. Hier darf ich zu meinen Fehlern stehen und muss nicht immer die perfekte Lotte geben, der es immer gut gehen muss, sondern darf auch zu meinen Schwächen stehen.

Jetzt, meine lieben Schwestern im Geiste, hoffe ich sehr, ihr zeigt Verständnis für mich und meine Lüge, vielleicht ohne große Worte?

In den letzten Tagen ist viel falsch gelaufen. Gestehen muss ich auch, mir beim letzten Mädelsabend nicht einmal die Zeit genommen zu haben, Inas Kartoffelsalat selbst zuzubereiten. Es gab einen Salat aus dem Supermarkt. Heute bringt Ina ihren Kartoffelsalat mit, sie meint, ich solle die Unterstützung annehmen, ohne an einen Hintergedanken zu denken.

Versuchen kann ich es zumindest.

Jetzt wünsche ich euch einen schönen Abend, wo immer ihr auch wohnt. Im Geiste sind wir zusammen und wenn ich am Abend mit Petra, Karin und Ina mit unserem Prosecco anstoße, dann denke ich kurz an euch, meine treuen Leserinnen!

Bis bald
Lotte

Karin

In wenigen Tagen fahre ich zurück nach Dresden. Die Gastfreundschaft von Rosalinde und Vincenz ist groß. Beide sind sehr herzlich und ich denke, wenn ich wieder in Dresden bin, meine Waage besteige, trifft mich der Schlag. Schade nur, dass Hermann Josef so wenig von seinem Onkel hat. Hermann Josef ist noch so agil, wenn es nach seinen Wünschen gehen würde, ich müsste jeden Morgen durch den Stadtpark mit ihm joggen. Anfangs habe ich mir jeden Morgen eine Ausrede einfallen lassen. Mal hatte ich meine Tage vorgeschoben, dann Kopf- oder Magenschmerzen ohne besonderen Grund. Er kam mir aber schnell auf die Schliche. Das Thema Essen und Genuss liegt zwischen uns und immer wieder gibt es Streit dadurch. Hermann Josef sagt, er liebt mich von Herzen, doch im nächsten Satz höre ich, ich sei zu dick und müsse dringend 10 Kilo abspecken. Komisch, denke ich oft, Hermann Josef hat mich so kennengelernt und sich bewusst in mich und meine schon immer frauliche Figur verliebt. Wenn wir intim sind, ist alles gut und sehr schön. Vielleicht sucht mein Freund eine Frau zum Vorzeigen? Ein Püppchen? Aber verstecken muss ich mich nicht, trotz oder gerade wegen meinen Rundungen falle ich auf, oft sehr positiv bei Männern. Froh bin ich aber, wir haben aktuell keinen Stress in der Beziehung, was über die Jahre hinweg schon oft vorkam. Immer wenn ich dachte, jetzt ziehe ich aus, dann kam auch wieder die schöne Zeit der Versöhnung.

Mir reicht es gerade, Lotte und ihre neue Liebe zu Franz zu beobachten. Ich frage mich, ist diese Verbindung noch aktuell, wenn ich meinen nächsten Besuch in der alten Heimat habe? Franz kenne ich jetzt schon ein paar Jährchen, solange er auch Lotte trifft. Die erste Begegnung mit ihm im Haus von

Lotte hat fasst unsere Mädelsfreundschaft gekostet. Nur gut, im Nachgang können Lotte und ich darüber lachen.

Franz war nie mein Typ Mann. Damals, so denke ich mir heute, war ich einsam, zu einsam und bin auf ein paar Komplimente hereingefallen. Meine Kolleginnen und Kollegen im Kunstmuseum in Dresden haben auch ihre privaten Höhen und Tiefen wie ich inzwischen weiß.

Spontan fallen meine Gedanken zu Ina und Johann. Lange Zeit waren sie das perfekte Glück für mich. Augenscheinlich ist es immer noch der Fall, nur, so frage ich mich, wieso heiraten Ina und Johann nicht? Ohh! Ich will nicht anfangen, so spießig zu denken, mahne ich mich selbst. Ein Blick auf meine Uhr zeigt, ich muss mich umziehen für das Treffen bei Lotte.

Auf dem Weg ins Badezimmer höre ich vom Erdgeschoss her Stimmen. Kurz bleibe ich stehen und schaue nach unten. Außer Vincenz und Rosalinde kann ich den Dachdecker Klaus sehen. In seiner Arbeitskleidung wirkt er sehr männlich. Ich höre noch eine weibliche Stimme, leider kann ich die Person nicht sehen. Schon im Begriff endlich das Badezimmer aufzusuchen, halte ich inne. War das nicht die Stimme von Petra? Oder bilde ich mir dies nur ein?

Lotte

In wenigen Minuten kommen meine Freundinnen, ich freue mich so sehr. Der Tisch ist gedeckt, die Bockwürstchen liegen im Wasser, Obst für den Nachtisch habe ich geschnitten und den Prosecco kaltgestellt. Somit sind meine Vorbereitungen getroffen. Mir kommt Franz ins Gedächtnis. Rasch greife ich mein Handy und fange an, ihm eine Nachricht zu schreiben.

Lieber Franz,
in wenigen Minuten sind meine Mädels bei mir und wir werden nicht nur über die neueste Diät reden, nein, wir sprechen auch und insbesondere über Männer und ihre Qualitäten. Somit bist du auch mit in unserer Runde!
Ich wünsche dir einen schönen Abend mit deinen Freunden!
Lotte

Keine Minute später darf ich schon von Franz eine Antwort lesen.

Liebste Lotte,
welche Qualitäten meinst du? Innerlich kann ich lächeln bei dem Gedanken, der mir gerade in den Sinn kommt. Meine kleine, verruchte Lotte! Auf dieser Welt gibt es keine Frau, die mich so verrückt macht wie du!
Am liebsten komme ich noch in der Nacht zum Kuscheln zu dir, um dich zu wärmen. Jedoch habe auch ich in den letzten Jahren dazugelernt. Es gibt Momente, da muss Frau mit der besten Freundin reden und auch lachen, da stören Männer, leider!!!!
Wenn du heute Nacht einschläfst, dann denke ich an dich und hoffe sehr, meine Liebste, du spürst es auch.
Umarmung
Franz

Ohhhh, ich bin am Glühen im Gesicht, nachdem ich diese Zeilen gelesen habe. Meine Türglocke macht sich bemerkbar und ich öffne meinen Freundinnen, die lautstark in eine Unterhaltung vertieft sind. An den Gesichtern jedoch kann ich sehen, es muss um ein lustiges Thema gehen. Das gefällt mir sehr.

„Gute Laune ist die Voraussetzung zum Betreten meines Hauses", albere ich herum.

„Lotte? Hattest du Besuch von Franz, heute?" Petra gibt mir ein Küsschen auf die Wange und schneit herein. „Nein, er war letzte Nacht bei mir", begrüße ich auch Ina und Karin. „Gerade habe ich aber eine soooo süße und heiße Nachricht von ihm erhalten", mit einem Grinsen bleibe ich im Flur stehen und halte das Handy wie eine Trophäe hoch.

„Darf ich die Nachricht lesen?", ohne auf die Antwort zu warten, reißt mir Karin mein Handy aus den Händen. „Hey!" Mein Protest wird nicht gehört. Selbst Ina ist neugierig und legt mir in die nun leeren Hände die Schüssel mit Kartoffelsalat und eilt an die Seite von Karin, die bereits von Petra umgarnt ist. Ich gebe mich geschlagen. Auf meinem Weg zur Küche höre ich, wie Karin die Nachricht laut vorliest. „Wahnsinn, richtig schön!", beendet Karin das Vorlesen. „Ich werde neidisch", betont Petra. Ich drehe mich um und kann sehen, sie wirkt gerade nachdenklich. Ina gibt keinen Kommentar ab, das habe ich auch nicht erwartet.

„Stoßen wir auf einen schönen Abend an", verteile ich den Prosecco in die Gläser meiner Freundinnen. Die Gläser stoßen wir klirrend miteinander an und ich habe kurz die Befürchtung, dass eines der Gläser zerspringt, was aber nicht passiert. „Dank der Hilfe von Ina gibt es heute Abend auch wieder den Originalkartoffelsalat", hebe ich meine Stimme.

„Sehr gut!“, kommentiert Karin meine Worte. Petra lächelt verhalten, verzichtet jedoch auf einen Beitrag. Kurz huscht mein Blick über ihren Körper. Heute trägt Petra ein kurzes Kleidchen und sie sieht wie ein Püppchen aus. „Das Kleid steht dir sehr gut“, sage ich anerkennend. Auch Ina und Karin haben sich heute Abend hübsch gekleidet, jede bekommt ein Kompliment von mir. „Wieso hast du dich nicht umgezogen?“ Pera spricht aus, was alle meine Freundinnen denken. Mein Blick wandert an meinem Körper hinunter. Ich stecke noch immer in meinen Leggings vom Morgen und das viel zu weite Shirt ist auch nicht von Vorteil. „Ich brauche zehn Minuten“, gebe ich mein Glas in die Hände von Ina. Auf der Treppe zum Schlafzimmer höre ich sie sagen: „Kein Stress! Wir haben doch Zeit mitgebracht.“

Lautes Lachen empfängt mich, als ich zurück bei den Mädels bin. „Sehr schön, Lotte!“, hebt Petra ihre Stimme. „Männer achten auch auf das Äußere“, kommt nach. Diese Bemerkung hätte sie sich sparen können, aber gut, denke ich mir und halte erneut mein Glas zum Prosten in die Höhe. „Heute habe ich endlich die Kolumne geschrieben“, kurz streift mein Blick Ina. „Gut!“, höre ich sie unvermittelt sagen. „Dürfen wir den Beitrag lesen, jetzt?“ Ich ziehe die Luft durch meine Nase, dann aber stehe ich auf und hole meinen Laptop vom Schreibtisch.

Während meine Freundinnen gleich anfangen zu lesen, kümmere ich mich um die Bockwürste. Gemeinsam mit Ketchup bringe ich auch den Kartoffelsalat auf den Tisch. Für den Moment habe ich Petra vergessen. Rasch eile ich zurück zu meinem Kühlschrank und nehme die kleine Schüssel mit Tomatensalat heraus. Natürlich habe ich für Petra nur Essig und Öl als Dressing verwendet und mit Salz und Pfeffer nachgewürzt.

Petra strahlt mich an. „Sehr gut!", sie blickt vom Laptop auf. „Nicht nur mein Salat sieht lecker aus, dein Beitrag gefällt mir, sehr gut!"

Karin sieht zu mir. „Ja, es ist richtig von dir, den Leserinnen die Wahrheit zu schreiben. In den letzten Jahren haben sie mit dir gezittert, gehofft und jeden Liebeskummer begleitet." Auch von Ina kommt ein positiver Kommentar.

„In der Zukunft gibt es keine Lügen mehr, zumindest nicht bei unseren Treffen. Wir können und müssen uns immer offen begegnen, das war immer unsere Stärke. Männer sollten nicht zwischen unserer Freundschaft stehen", legt sie im Anschluss ihre Hand kurz auf meine. Ina hat warme Hände, die kleine Berührung tut mir gut. Gerührt merke ich, eine Träne läuft über meine Wange. „Wir sollten mit dem Abendessen anfangen", überspiele ich die Situation. Das Klappern von Besteck ist zu hören und als ich in die Runde blicke, kann ich sehen, meine Freundinnen sind zufrieden in diesem Moment. „Petra, dir entgeht etwas", grinst Karin die Freundin an. Petra nickt und verzichtet einmal mehr auf eine Antwort. „Am Montag treffen wir uns wieder?", die Frage von Ina geht an Petra. Im Anschluss schwärmt sie: „Mit Petra und dem Anschubs zum Sport habe ich schon 1 Kilo abgenommen." „Nächste Woche bin ich schon wieder in Dresden und muss ins Kunstmuseum. Die neue Vernissage von Anton Wall nimmt Gestalt an." Karin angelt sich eine neue Bockwurst. „Anton sagte mir, wenn er sehr viel Geld durch den Verkauf seiner Gemälde einnimmt, dann möchte er die alte Villa in Frankfurt zurückkaufen."

Kurz lege ich mein Besteck zur Seite. „Lydias Villa?", mehr gehaucht als gesprochen kommen meine Worte aus meinem Mund. Karin nickt. „Ja, die wunderschöne Villa, in der wir eine kurze und sehr verrückte Zeitreise erleben durften. Niemals mehr in meinem Leben durfte ich in so einem Anwesen übernachten." Karin strahlt uns an. „Wenn Anton wieder in die Villa einzieht, dann werden wir dort sicherlich auch wieder ein- und ausgehen." Jede von uns hängt im Anschluss ihren Erinnerungen zu der alten Villa von Lydia Lowere nach. „Meine Tante hatte einen außergewöhnlichen Geschmack. Bei den Möbeln und den Männern in ihrem Leben", meine Worte kommen so aus meinem Mund, wie ich sie gerade gedacht habe.

„Ein Seitenhieb?", darf ich direkt von Karin hören. Beschwichtigend hebe ich meine Hände: „Auf keinen Fall!"

Ina fragt, ob sie auch eine Einladung zu der Vernissage erhalten wird. „Selbstverständlich! Was glaubst du nur, würde Anton denken, wenn die engsten Freunde an diesem Abend nicht an seiner Seite weilen? Ihr kennt unseren Künstler doch, er ist sehr sensibel." An der Stelle erzähle ich von dem Gespräch mit Anton Wall vor wenigen Tagen in meinem Café. „Er hat mir an diesem Tag angeboten, gemeinsam mit ihm in die alte Villa zu ziehen." Karin reagiert als Erste auf meine Worte. „Das kann niemals gutgehen. Ihr seid zu unterschiedlich vom Charakter her."

Mir gefallen diese Worte nicht, was ich auch sage. „Die Villa, so wie ich die Räume noch in Erinnerung habe, ist ausreichend groß, um sich aus dem Weg zu gehen. Außerdem muss heute Abend noch keine Entscheidung getroffen werden. Zunächst muss die Vernissage gut laufen."

Beim Nachtisch kommt ein Lob von Petra. „Mir gefällt es zu sehen, wir nähern uns beim Geschmack, zumindest beim Nachtisch, an", greift sie zum Obstsalat. Karin wirft mir einen Blick zu, bleibt aber ruhig. Ina scheint es zu schmecken. „In einem Jahr werde ich fünf Kilo leichter sein", sagt sie vor sich hin. Petra strahlt. „Das schaffst du, Ina, ich bin an deiner Seite!"

„Wie meine Leserinnen auf meine Lüge reagieren werden? Ob ich von Frau Krautwinkel eine Abmahnung oder sogar die Kündigung der weiteren Zusammenarbeit erhalte?“ Meine Bedenken spreche ich aus, als wir den Nachtisch aufgegessen haben. Alles in mir schreit nach einem großen Eis, was ich auch ausspreche. Schweigen kommt an den Tisch. Mit meinen Fingern trommele ich vor Nervosität auf dem Tisch herum. „Dann werde schwach und tröste deine geschundene Seele mit Eis“, höre ich Petra sagen.

„Ja, Mami“, werfe ich ihr einen Handkuss über den Tisch zu und eile in meine Küche. Karin kommt mir zur Seite. „Puh, mit Petra an der Seite macht es nur noch halb so viel Freude“, sucht sie die kleinen Schüsseln heraus. „Ach, ich nehme diese Schüsseln“, ändert sie den Plan. „Du denkst, in die große Schüssel passt beim Befüllen mehr?“ Mein Grinsen kann ich nicht verbergen. „So hat Petra den Eindruck, ich greife nur einmal zu.“

Ich nicke. „Dafür aber direkt richtig!“

„Lasst mal, ich möchte heute kein Eis mehr“, wehrt Ina das Handeln von Karin, ihr eine Schüssel hinzustellen, ab. Kurz darf ich sehen, Ina und Petra halten Blickkontakt. „Du hast doch eine schöne Figur“, sage ich und greife beherzt zu. „Petra“, hebe ich kurz meinen Kopf, „hast du Klaus noch einmal gesehen?“ Meine Frage scheint Petra aus dem Konzept zu bringen, sie wirft fast ihr Glas um. „Hoppla!“, fängt sie das Glas im letzten Moment noch auf. „Wie kommst du jetzt auf Klaus? Ist er noch in deinem Kopf?“ In meiner Bewegung, den Löffel mit Eis in meinen Mund zu führen, halte ich inne. „Nein, das ist er nicht. Hätte ich ihm sonst deine Handynummer gegeben, um einen Kontakt mit dir zu finden? Mit Franz ist es sehr schön. Gestern bin ich einmal mehr bestätigt worden, eine leidenschaftliche Frau zu sein. Ich liebe den Sex mit Franz. Es wird nie einfach in unserer Beziehung werden, das habe ich kapiert. Heute, die schöne Nachricht von ihm, das hat mir gefallen. Im Hier und Jetzt ist alles gut. Was in den nächsten Wochen kommen wird, keine Ahnung. Mit Klaus hat meine Zukunft aber nichts zu tun. Abgesehen von der Tatsache, er ist der Bruder von Franz.“

Petra

Unser Treffen bei Lotte war entspannt und schön. Dass Lotte und Karin wieder in das alte Muster verfallen sind und Eis zum Nachtisch brauchten, geschenkt! Ich muss akzeptieren, dass es Frauen gibt, denen ihre Figur nicht so wichtig ist wie mir. Für mich ist Sport eine Wohltat und ein Wochenende ohne die nötige Zeit zur Bewegung ist eine Qual.

Bevor ich zu Lotte und dem Mädelsabend bin, habe ich noch bei Vincenz vorbeigesehen. Mir lag am Herzen, meinen Streit mit Marc ein Ende zu setzen und deshalb habe ich mir die Pläne für die neue Penthouse-Wohnung noch einmal ansehen wollen. Überrascht war ich schon, als ich gleich beim Betreten in die Arme von Klaus gelaufen bin. Mit einem offenen Gesichtsausdruck, einem festen Händedruck und einem Strahlen hat er mich begrüßt. „Bist du hier eingezogen?“ Meine Frage brachte ihn zum Lachen. Rosalinde hat die kleine Einlage aufgelöst und uns beide mit zu Vincenz genommen. „Vincenz möchte mit euch beiden reden“, hob Rosalinde ihre Stimme. Mir war unwohl in dem Moment. Ich mag keine Überraschungen und Situationen, die ich nicht im Griff zu haben scheine. Froh war ich, mich so hübsch angezogen zu haben. Das neue Kleid wurde auch direkt von Klaus bemerkt und gelobt. Mir tat es gut, als Frau gesehen und wahrgenommen zu werden. Am Morgen, als ich das Haus verlassen habe und zur Arbeit gegangen bin, hat Marc mich keines Blickes gewürdigt. So habe ich ihn in den Jahren zuvor niemals erlebt. Daher habe ich viel nachgedacht und bin zu dem Entschluss gekommen, er muss durch mein Verhalten sehr gekrängt sein. Mein Telefonat nach der Arbeit, bei dem ich Vincenz meinen kurzen Besuch angekündigt habe, hat ihn erfreut. Offen habe ich meine Beweggründe angesprochen.

„In meinen Augen, liebe Petra, bist du eine wunderbare Person und sehr hübsche Frau.“

Ob Vincenz jetzt anfängt, über meine Beziehung mit Marc zu sprechen, vor Klaus? Mir wäre es peinlich, so meine Gedanken.

Mir gehen zu viele Dinge durch den Kopf. Auch jetzt noch, auf der Rückfahrt von dem Mädelsabend bin ich aufgewühlt von dem Tag, den Gesprächen und Erlebnissen. Eigentlich hätte ich das Auto stehen lassen müssen. Gut, die letzten zwei Stunden habe ich nur Wasser zu mir genommen und zwei Espresso getrunken. Der Prosecco zuvor fällt hoffentlich nicht mehr ins Gewicht, überlege ich beim Verlassen des Dorfes, in dem Lotte wohnt. Ina hat mir angeboten, bei ihr zu übernachten, Lotte ebenfalls. Karin kam auf die Idee, mich mit zu Vincenz in ihr Gästezimmer zu nehmen, das habe ich vehement abgelehnt.

„Gibt es ein Problem zwischen Vincenz und dir, Petra?“ Karins Frage machte mich verlegen. Zuvor hat Lotte mich auf Klaus angesprochen und wollte von mir wissen, ob ich ihn noch einmal gesehen habe. Dies war nun der Zeitpunkt für mich, über die Wahrheit meiner Gefühle zu sprechen.

„Du möchtest wirklich nicht hier übernachten? Deine Geschichte schreit förmlich nach einer neuen Flasche Prosecco“, wollte mich Lotte zum Bleiben überreden.

„Ich will nur aus einem Grund nach Hause fahren“, fing ich stockend an zu berichten. „Marc und ich haben Stress, wie schon erwähnt. Für mich fühlt es sich nicht gut an, so ein Beziehungsstatus tut mir weh. Sollte ich heute nicht nach Hause fahren, kann es das Ende von unserer Liebe sein. Marc denkt eventuell sonst etwas von mir und gewiss nicht an die Möglichkeit, dass ich bei dir schlafe.“

Karin war geschockt. Über meine Einstellung, meine Art und Weise, wie ich aktuell über meine Beziehung spreche. „Du verbiegst dich gerade, Petra“, warf sie mir vor. „Kein Mann der Welt ist das wert.“

Puh! Dachte ich in diesem Moment, so sollte der Abend nicht enden. „Mir tut es sehr leid zu hören, was du gerade erzählt hast“, kam aus dem Mund von Ina.

„Jede von uns macht ihre Fehler und oft kann keiner das eigene Handeln verstehen“, hörte ich Lotte sagen. Sie kam in Fahrt. „Bei mir und Franz zum Beispiel könnt ihr auch oft mein Handeln nicht nachvollziehen und doch sage ich in diesen Momenten, mir geht es gut dabei.“

Die Diskussion um meine Beziehung mit Marc und mein Verhalten war entfacht. Die Frage nach einer Begegnung mit Klaus trat in den Hintergrund. Mir war es lieb so und ich schwieg hierzu. Als ich mich gegen halb zwölf auf den Weg machte, saßen Karin und Ina noch gemütlich bei Lotte am Tisch. Eine neue Flasche Prosecco wurde geöffnet und ich mit vielen guten Ratschlägen verabschiedet.

Diese Nacht, so denke ich beim Autofahren, werde ich kein Auge zumachen. Viel zu aufgewühlt bin ich innerlich. Beim Einparken vor dem Haus, in dem wir unsere Dachgeschosswohnung gemietet haben, sehe ich sofort, dass kein Licht in der Wohnung brennt. Eventuell schläft Marc schon, so meine Überlegung.

„Marc?“, meine Rufe beim Eintreten in die Wohnung bleiben ungehört. Marc ist nicht in der Wohnung, wie ich jetzt feststellen kann. Rasch bin ich die wenigen Quadratmeter abgelaufen, habe überall die Lichter angemacht und nach ihm gerufen. So ganz kann ich nicht verstehen, was ich hier erleben muss. Wo nur ist Marc und wieso kommt er nicht nach Hause? Hat er kein Interesse mehr daran, mit mir zu reden? Liegt es nur an mir, an meinem Verhalten? Mein Handy hole ich aus der Tasche. Eine Nachricht von Klaus ist eingegangen, die mich gerade nicht interessiert. Aufgebracht bin ich über die Gewissheit, keine Nachricht von Marc vorzufinden, die mir sein Wegbleiben erklärt. Ich wähle Marc an, ohne Erfolg. Aufgewühlt laufe ich auf und ab, gehe ins Badezimmer und kann beim Blick in den Spiegel sehen, ich sehe schlecht aus. Auch mein zweiter Versuch Marc anzurufen, inzwischen ist es halb eins am Morgen, bleibt ohne Erfolg. Unruhig laufe ich auf und ab, denke nach, was passiert sein kann und ob ich die Krankenhäuser der Umgebung anrufen soll. Mir kommt eine Idee in den Kopf und sogleich setze ich diese in die Tat um. Marc sende ich eine SMS.

Hallo Marc,
ich sorge mich um dich. Ist alles gut? Soll ich dich abholen kommen? Heute habe ich mit Vincenz gesprochen und mir deine Idee mit der neuen Penthouse-Wohnung noch einmal erklären lassen. Lass uns morgen in Ruhe darüber sprechen bei einem gemütlichen Frühstück.

Petra

Keine Minute später klingelt mein Handy und ich nehme das Gespräch sogleich an. „Marc? Wo bist du?“ Hüsteln dringt an meine Ohren. Anstelle von Marc ist Lotte am anderen Ende der Leitung. „Petra? Du bist allein? Soll ich mir ein Taxi nehmen und zu dir kommen?“, bietet Lotte an. „Falls Marc doch noch nach Hause kommt, möchte ich Zeit für ihn haben, das verstehst du doch, Lotte?“ Mir ist es peinlich, nicht auf das Display gesehen zu haben, bevor ich losgeredet habe.

„Wenn er nicht nach Hause kommt, du kannst jederzeit anrufen. Mein Handy lasse ich neben dem Bett liegen. Sende mir morgen eine kleine Nachricht, dann weiß ich, wie es dir geht. Ich habe auch Dienst im Café. Falls du möchtest, komm auf einen Espresso vorbei!“ Lotte ist richtig besorgt um mich. „Ich bin schon ein großes Mädchen“, beende ich das Telefonat. Mir hat das Gespräch mit Lotte gutgetan. Immerhin fühle ich mich jetzt wieder in der Lage, einer normalen Routine nachzukommen und so gehe ich in mein Badezimmer, um mein Gesicht abzuschminken.

Der nächste Morgen

Das letzte Mal habe ich um drei Uhr auf die Uhr gesehen, dann muss ich vor Müdigkeit doch eingeschlafen sein. Mein erster Blick wandert zu der Seite, wo Marc gewöhnlich schläft. Das Bett ist unberührt. In der Hoffnung, ich finde Marc auf dem Sofa, eile ich aus meinem Bett. Schon beim Verlassen des Schlafzimmers ist mir bewusst, Marc ist nicht in der Wohnung. Er hätte sich, wie in der Nacht zuvor, das Bettzeug mit auf das Sofa genommen. Trotz dieser Gewissheit laufe ich durch die kleine Wohnung und suche einen Hinweis, der mir zeigt, Marc ist zurückgekommen. Es ist schon halb neun am Morgen, wie der Wecker mir zeigt. Unvermittelt greife ich nach meinem Handy und kann sehen, zumindest hat Marc meine Nachricht der letzten Nacht gelesen, allerdings ohne diese zu beantworten. Mein Magen krampft. Was, so denke ich, hat das Verhalten meines Freundes zu bedeuten? Kann der ganze Ärger nur gekommen sein, weil ich keine Kinder möchte? Mich fröstelt. Erneut gehe ich mit mir hart ins Gericht. Mache mir Vorwürfe, mich nicht genug für meine Liebe einzubringen. Selbst einen Termin beim Frauenarzt in der kommenden Woche sehe ich als Möglichkeit, um einzulenken. Also doch ein Kind, grübele ich auf dem Weg ins Badezimmer.

Mein Spiegelbild ist gerade sehr unbarmherzig zu mir. Heute Morgen sehe ich Ränder unter meinen Augen, die ich so ausgeprägt nie zuvor gesehen habe. Erschöpft lehne ich mich an die gekachelte Wand und denke darüber nach, was ich tun soll. Lotte fällt mir ein und ich wähle ihre Nummer an. „Komm doch in einer halben Stunde ins Café", höre ich die vertraute Stimme sagen. „Du kannst Marc eine Nachricht hinterlassen, dann kann er doch nachkommen", fügt sie an. „Mach dich hübsch, Petra! Dusche, zieh ein schönes Kleidchen an und lass den Kopf nicht hängen, bitte!" Diese Worte aus Lottes Mund zu hören, sind ungewohnt für mich. Gerade aber ist es hilfreich für mich. Beste Freundinnen forever gibt Lotte mir mit auf den Weg. Tatsächlich muss ich mich überwinden, zu duschen und im Anschluss zu schminken. Untypisch für mich. Selbst bei der Auswahl eines Kleides spüre ich eine Schwäche in mir, die mich lieber wieder zurück in mein Bett ziehen möchte als mich zu stylen. Kurz setze ich mich auf das Bett, gegen aufkeimende Tränen muss ich ankämpfen. Eine eingehende SMS lenkt mich ab und lässt mich neugierig den Text lesen.

Liebe Petra,
ich komme auch zu dem kleinen Treffen bei Lotte. Lass dich nicht runterziehen von Marc seinem Verhalten. Du musst jetzt an dich glauben. Für uns Freundinnen bist du ein ganz wertvoller und liebenswerter Mensch. Vielleicht etwas zu sportlich für mich. (Lachsmiley)
Kuss Karin

Wie lieb, denke ich. Eine Träne rollt über meine Wange, die restlichen kann ich mir verkneifen. Durch die Nachricht von Karin fühle ich mich etwas stärker. Vor dem Kleiderschrank denke ich an den Rat von Lotte und ziehe mir ein hübsches

Sommerkleid hervor. Mit etwas Rouge auf den Wangen sehe ich beim Verlassen des Hauses wieder vorzeigbar aus.

„Für dich, ganz frisch zubereitet habe ich ein Birchermüsli“, begrüßt mich Lotte, kaum dass ich das Café betreten habe. Die Tische sind gut besucht und mir ist es unangenehm, die Freundin von ihrer Arbeit abzuhalten. „Karin ist auch gleich hier“, bringt Lotte mich an einen Tisch, der schon für drei gedeckt ist.

„Wie lieb“, werde ich sentimental und muss mich erneut gegen aufkommende Tränen wehren. „Was habe ich falsch gemacht?“, drehe ich mich zu Lotte um.

„Setz dich erst einmal hin. Ich bringe dir einen Espresso und dein Birchermüsli“, sagt Lotte und schielt mit einem Male aus dem Fenster. Mein Blick folgt dem von Lotte und ich entdecke Klaus. Er steht vor dem Café und winkt uns fröhlich zu. „Was jetzt?“ Meine Frage bleibt offen, dann sehe ich Karin näherkommen.

„Das kann sie doch nicht bringen“, reiße ich die Augen auf und beobachte Karins Handeln. Lotte lacht verhalten. „Sie kann“, und dreht sich um. „Ich hole den Espresso“, blickt sie noch einmal über die Schulter zurück zu mir. Aufgeregt beobachte ich Karin, die Klaus munter anspricht und ihn dazu bewegt, mit in das Café zu kommen.

„Hallo, hübsche Frau“, kommt Klaus auf mich zu und küsst mich auf die Wange zur Begrüßung. „Darf ich eine Tasse Kaffee in der Gesellschaft so hübscher Frauen genießen?“ Die Ablenkung und die Gesellschaft von Klaus tun mir gut. Lotte hat mich mit dem gesunden Frühstück überrascht und mir gezeigt, wie wichtig ich für sie bin. Karin hat mir einen kleinen Strauß mit frischen Tulpen mitgebracht. „Damit die Sonne in deinem Herzen ihren Platz behält", hat sie mir ins Ohr geflüstert. „Hast du Geburtstag, Petra?" Diese Frage kommt von Klaus. Ich schaffe es, wieder zu lachen und merke, dass mein Magen sich entspannt und ich Hunger auf das Müsli habe. „Petra ist heute die Prinzessin aus unserer Mädelsrunde", erklärt Karin den Grund, warum ich so verwöhnt werde. Klaus sieht sie skeptisch an. „Verstehen muss ich nicht alles, was Frauen untereinander ausmachen?" Sein Blick haftet an Karin. „Dass du mich gleich erkannt hast." ,,Die Ähnlichkeit zu deinem Bruder ist nicht zu übersehen. Außerdem habe ich dich schon einmal gesehen" ,grinst Karin.

„Da hast du ihn einfach angesprochen?", Lotte ist verwundert, ich ebenso. „Ich sage doch, verstehe einer die Frauen", betont Klaus. Wir lachen und die Stimmung ist gelöst. Als ich kurz den Waschraum im Café aufsuche, kann ich im Spiegel sehen, meine Augen strahlen wieder. Der traurige Ausdruck vom Morgen ist verschwunden. Bevor ich zu dem kleinen Tisch zurückkehre, blicke ich auf mein Handy. Noch immer habe ich keine Antwort von Marc erhalten. Sein Verhalten schmerzt und ich spüre schlagartig eine Veränderung in mir. Die noch vor wenigen Minuten neu entdeckte Freude ist wie weggeblasen.

„Was hast du, Petra?" Auch Klaus bemerkt die Veränderung bei meiner Rückkehr an den Tisch. Kurz blicke ich nur auf meine leere Espressotasse, dann kullern Tränen aus meinen Augen.

„Kannst du uns jetzt bitte allein lassen?" Karin bringt Klaus noch bis an die Tür und Lotte holt mich in den Personalraum. Mir ist es lieb, nicht mehr in der Öffentlichkeit zu sitzen. Von den Nachbartischen habe ich Getuschel aufgenommen als Reaktion auf meine Tränen. „Mir ist so etwas noch niemals passiert. Für mich ist mein eigenes Verhalten als peinlich einzustufen. Was denken nur meine Kunden von der Bank von mir?"

„Deine Kunden sind auch nur Menschen, wie du und ich!" Lotte und Karin geben sich richtig Mühe um mein Seelenheil. „Kann ich mir von dir etwas Make-up ausleihen?" Meine Frage kommt überraschend für die Freundinnen.

„Petra? Du machst Gedankensprünge. Natürlich kannst du meine Sachen benutzen", lacht Lotte. Sie bringt mir noch einen frischen Orangensaft. „Den trinkst du noch in Ruhe aus und dann kannst du dich frisch machen."

„Marc hat sich nicht mehr gemeldet", lege ich mein Handy auf den Tisch. „Ein Idiot ist er", giftet Karin. „Ohne eine Aussprache kommt ihr nicht weiter. Ich kann nicht nachvollziehen, wieso Marc sich weigert, mit dir zu reden", überlegt Lotte laut. „Ob eine neue Frau dahintersteckt?" Ihre nächsten Worte lassen mich aufhorchen.

„Du denkst also, Marc betrügt jetzt mich, so wie wir damals Ina betrogen haben?" , traurig blicke ich die Freundin an. Lotte hebt ihre Schultern. „Weil er ein Mann ist", fügt sie nach.

„Was planst du noch für heute?" Karin lenkt das Thema geschickt in eine neue Richtung und ich gehe dankbar über diese Brücke. „Vincenz hat mich am Nachmittag zum Kaffee eingeladen. Den Termin kann ich jetzt absagen, ohne Marc hat das Treffen keinen Sinn", meine Stimme wird brüchig. „Aber nein! Du gehst zu dem Treffen und ich bin auch noch vor Ort, schon vergessen? Erst morgen fahre ich zurück nach Dresden." Karin ist von ihrem Vorschlag begeistert. „Was soll ich bei Vincenz? Ihm auch was vorheulen und somit nach und nach jedem Menschen in meiner Nähe kundtun, dass ich traurig bin?"

Von Karin erhalte ich einen liebevollen Knuff in meine Seite. „Aua, was soll das?" Meine Freundin bleibt hartnäckig. „Gut, wir reden offen. Sollte sich der liebe Marc von dir abwenden, brauchst du eine neue Wohnung. Damit ist der neue Wohnpark, den Vincenz errichten wird, perfekt für dich." Ich staune. „Du denkst schon über meine Trennung von Marc nach?" Karin lehnt sich im Stuhl zurück. „Alle Eventualitäten sollten berücksichtigt werden. Gehe nüchtern an sein Verhalten, Petra. Nimm die Scheuklappen von deinen Augen!"

Kurz habe ich das Gefühl, keine Luft mehr zu bekommen, die Situation, das Gespräch überfordern mich. „Lasst mich in Ruhe, ich kann nicht mehr", heule ich wieder los. „Nächste Woche melde ich mich bei meinem Gynäkologen an und vielleicht bin ich ja noch nicht zu alt für ein Kind", schniefe ich in ein Taschentuch, das Lotte mir hinhält. Verwundert bin ich, weder Karin noch Lotte kommentieren meinen letzten Satz. Mir fehlt die Kraft nachzuhaken.„Jetzt mach dich erst einmal frisch, Petra", zieht mich Lotte mit sich zu einem Spiegel. „Hier habe ich dir alles rausgelegt, bediene dich und nimm dir Zeit", lässt sie mich allein. Karin und Lotte gehen zurück in das Café, was mir gerade lieb ist. Erneut denke ich an mein Bett, in dem ich mich jetzt gerne verkriechen möchte. Mein Handy klingelt, als ich mich gerade frisch geschminkt habe. Rasch eile ich zu dem kleinen Tisch, wo ich mein Handy zuvor abgelegt hatte. „Marc? Wo bist du? Kommst du wieder nach Hause? Ich will keinen Streit, bitte komm zurück zu mir", sprudeln die Worte aus meinem Mund. Kurz höre ich Räuspern, auf eine Antwort muss ich warten. „Marc? Warum sagst du nichts? Letzte Nacht habe ich dich vermisst und", jetzt werde ich doch am Weitersprechen gehindert. Eine mir sehr bekannte Stimme dringt an mein Ohr, leider gehört diese nicht zu Marc. Wieso nur, so schelte ich mich, schaue ich nicht vor dem Reden auf das Display?

„Liebe Petra, hier ist Vincenz. Mir tut es sehr leid zu hören, dir geht es nicht gut. Was Marc betrifft, ich kann gerne ein Gespräch mit ihm suchen, falls es dir hilft."

Fast ohnmächtig sinke ich auf den Stuhl, auf dem zuvor Lotte gesessen hat. „Vincenz", stöhne ich. „Mir ist es so peinlich."

„Nein, liebe Petra! Wir sind Freunde und haben in den letzten Jahren schon viel erlebt." Kurz stockt Vincenz. „Bisher hat mich Lotte auf Trab gehalten, jetzt darfst du diesen Part übernehmen", er versucht, seine Stimme optimistisch klingen zu lassen.

„Diese Rolle passt nicht zu mir", sage ich mit kühler Stimme. „Ja, Petra, das stimmt. Jedoch lässt uns das Leben nicht immer die Wahl", Vincenz bricht seine Worte ab. Mir ist es lieb so, richtig verstanden habe ich ihn nicht und mein Kopf ist heute nicht in der Lage, etwas Wichtiges aufzunehmen. „Wir sehen uns aber dennoch nachher zum Kaffee?" Ich zögere.

„Petra? Bitte nimm meine Einladung an. Rosalinde und ich freuen uns sehr auf dich. Karin ist auch noch Gast in unserem Haus." Ich gebe mich geschlagen. „Danke, ich komme", beende ich das Telefonat.

Ina

Durch Lotte und Karin bin ich über den seelischen Zustand unserer Freundin Petra informiert. Gestern bei dem Mädelsabend hatte ich schon den Kummer aus den Worten herausgehört, die Petra uns mitteilte. Trotzdem war ich davon ausgegangen, Marc und Petra haben sich letzte Nacht versöhnt. Streit kommt vor bei Paaren, diese Weisheit habe ich Petra noch mit auf den Heimweg gegeben. Am Morgen hatte ich das Thema fast vergessen. Als Marc sich meldete und mich fragte, ob er mit Wolfi ein Eis essen gehen kann, fiel mir Petra wieder ein.

Unruhig laufe ich jetzt durch mein Haus. Auch vor Johann kann ich diese innere Unruhe nicht geheim halten. „Was ist mit dir, Ina?“ Johanns Versuche, mich mit Küssen zur Ruhe zu bringen, fruchten nicht. „Willst du nicht mit mir reden?“ Kurz teile ich meinem Freund mit, dass Wolfi gegen 14 Uhr von seinem Vater Marc zum Eis essen abgeholt wird.

„Deshalb die Aufregung? Ich verstehe dich nicht und kann nicht glauben, dass dies der Grund deiner Unruhe ist.“ Johann kennt mich in der Tat schon sehr gut, was ich ihm auch sage. Sanft zieht er mich mit zu unserem Sofa. „Jetzt reden wir zwei in Ruhe“, hält er meine Hände fest. Mit einem Mal sprudeln die Worte aus meinem Mund. Erst berichte ich von dem Mädelsabend, den Andeutungen von Petra, meinem Einwand, Streit kommt und geht. „Streiten wir denn so oft?“, hinterfragt Johann. Ich blicke ihm in seine sanften Augen. „Oh, nein! So habe ich das nicht gemeint“, ärgere ich mich jetzt über meine Äußerung. Johann lächelt. „Erzähl bitte weiter!“ Zehn Minuten später ist er auf dem Stand, den ich dank Lotte und Karin nun habe. „Tatsächlich klingt das nicht gut. Was Marc nur bewogen hat, so hart Petra gegenüber vorzugehen. Mit ihr an einem Tisch zu sitzen, sich auszusprechen, das hätte ich von ihm erwartet“, meint Johann und ich pflichte ihm bei. „Willst du ihn ansprechen, wenn er Wolfi abholen kommt?“ Ich nicke auf die Frage von Johann. „Petra hat Klarheit verdient. Marc ist schon früher gerne vor Problemen davongelaufen. Hat sich in eine Fantasiewelt geträumt und für ihn war alles gut. Nur die Außenwelt kam nicht mit dem Tempo der Veränderungen mit. Jetzt also leidet Petra darunter.“

14 Uhr

Pünktlich fährt Marc mit seinem Wagen vor, wie ich vom Wohnzimmerfenster aus sehen kann. Schon im Umdrehen vom Fenster, ich will die Haustüre öffnen, halte ich erschrocken inne. Langsam drehe ich mich nochmals zum Fenster und blicke hinaus auf den Wagen von Marc. Auf dem Beifahrersitz sehe ich eine junge Frau sitzen. Erst, als es an der Tür klingelt, wende ich den Blick von ihr ab. Nachdenklich öffne ich die Tür und bitte Marc, kurz hineinzukommen. Es behagt ihm nicht. „Ist Wolfi noch nicht fertig?“ Seine Stimme verrät ihn.

„Wer ist die Frau in deinem Auto?“ Marc geht auf Abwehr. „Das muss dich nicht interessieren, Ina, wir sind geschieden.“

Ja, so denke ich mir, das ist auch gut so, behalte meine Gedanken jedoch für mich. „Meinen Sohn möchte ich nicht in die Hände einer fremden Frau geben“, werde ich laut. Marc fühlt sich in die Ecke gedrängt. „Du hast mit Petra gesprochen“, keift er mich an.

„Was sollte mir Petra denn gesagt haben?“ Meine Gegenfrage irritiert ihn. „Sie zickt nur noch herum, deine Petra“, fügt er nach. Mich erschrecken seine Worte. „Wie redest du nur von der Frau an deiner Seite. Ihr lebt unter einem Dach“, halte ich ihm vor.

„Es geht dich nichts mehr an, basta!“ Marc ist sehr laut geworden.

„Musst du so schreien? Was soll Wolfi von dir denken? Du kannst nicht seine Mutter anbrüllen, das gehört sich nicht und ich werde es nicht zulassen. Ina ist eine gute Mutter, immer für Wolfi da und besorgt um seine Gesundheit und Zukunft. Wenn du jetzt mit einer fremden Frau ausgehen willst, dann tu es, aber ohne dein Kind da reinzuziehen“, Johann tritt sehr nahe an Marc heran. Zu meiner Verwunderung fruchten seine Worte bei Marc. „Gut, dann komme ich morgen wieder und hole Wolfi zum Eis essen ab“, dreht er sich um. „Wenn du ohne deine neue Freundin kommst, kein Problem“, geht Johann ihm bis zur Tür nach. „Ist die Frau auf dem Beifahrersitz deine neue Freundin?“ Marc will nur aus dem Haus, das ist nicht zu übersehen. Noch in der Tür hält er mit einem Male inne, dreht sich zu uns um. „Glaubt mir, es ist einfach so passiert. Ich habe es nicht geplant. Sie ist neu in meine Filiale versetzt worden. In den letzten Wochen gab es immer neuen Streit mit Petra.“

„Ging es nur um ein Kind bei dem Streit?“, meine Frage lässt Marc zum Boden schauen. „Vordergründig ja, ich habe gewusst, Petra will keine Mutter werden und daher habe ich den Streit bewusst in diese Richtung forciert.“ Marc geht nach diesen Worten und ich eile ihm nach. Kurz vor dem Gartentor erreiche ich ihn und halte ihn am Arm fest. „Rede mit Petra, bitte! Nimm ihr den Glauben, sie habe die Beziehung zerstört, weil sie keine Kinder will. Diese Last musst du Petra nehmen.“ Marc reißt sich von mir los und geht zu seinem Wagen, ohne noch ein Wort zu sagen. Die junge Frau, die ich zuvor vom Fenster aus gesehen habe, steht rauchend vor dem Auto und blickt irritiert zu mir. Dann wirft sie die Kippe auf den Boden und steigt in den Wagen. Marc fährt mit quietschenden Reifen davon, ohne noch ein Wort zu sagen. Ich bleibe geschockt zurück. Mit Marc war ich viele Jahre zusammen, er war meine Jugendliebe und ist der Vater von Wolfi. An welchem Punkt habe ich nicht mitbekommen, wie egoistisch er geworden ist. Petra tut mir sehr leid.

„Wie kann sich Marc nur so verhalten?“ Im Flur kommt mir Johann entgegen. „Mir ist es ebenfalls ein Rätsel, Ina.“ Ich erzähle Johann, was Marc mir am Gartentor noch gesagt hat. „Das nenne ich eine Sauerei! So geht man nicht mit der Frau um, die man einst geliebt hat. Er scheint Petra aus der Wohnung treiben zu wollen und, das finde ich wirklich schlimm, mit dem schlechten Gewissen, die Beziehung aufs Spiel gesetzt zu haben, lässt er Petra noch leiden.“ Ich stimme Johann zu. „Petra ist am Nachmittag bei meinem Vater und Rosalinde eingeladen, zum Kaffee“, teilt mir Johann mit. „Möchtest du nicht auch dabei sein? Dann kannst du Petra von deiner Unterhaltung mit Marc berichten und sie motivieren, sich eine Wohnung in dem neuen Wohnpark zu suchen. Sicherlich wird sie diese bald brauchen.“

Den Vorschlag von Johann nehme ich auf und melde mich direkt telefonisch bei Rosalinde an. „Wir freuen uns auf dich. Und bitte bring Wolfi mit, ich werde mich um ihn kümmern, dann können Vincenz, Petra, Karin und du in Ruhe reden.“ Rosalinde ist immer herzlich zu mir, eine bessere zukünftige Schwiegermutter kann ich mir nicht vorstellen. Oft schon hatte ich von Kolleginnen das Wort Schwiegermonster gehört, was ich als traurig empfinde.

Lotte rufe ich an, als ich mich gerade für die Fahrt zu Vincenz umgezogen habe. Noch immer bin ich von dem Vorfall geschockt. Marc hat sich so verändert. In ihm erkenne ich nicht mehr den Mann, den ich einmal geliebt habe. Vom Grunde kann ich froh sein, wie alles gekommen ist. Dank

Petra konnte ich aus einer Ehe rauskommen, die nur grau war. Ohne sie hätte ich nie eingesehen, dass es mir nicht mehr gut ging. Eine Veränderung wäre für mich nicht in Frage gekommen. Kurz sehe ich mich als alte Frau vor meinen geistigen Augen, verbittert und in einer Kittelschürze im Garten stehen. Rasch schüttele ich meinen Kopf, um diese Gedanken wieder loszuwerden. Mein Leben, so wie es jetzt ist, es ist prima.

„Ina? Ich bin leider im Stress. Gibt es etwas Wichtiges?" Abgehetzt hört sich die Stimme von Lotte an, nachdem ich sie erreicht habe. „Es geht um Petra. Marc war bei mir, mit einer jungen Freundin", kurz gebe ich Lotte einen Einblick in die Geschehnisse. „Oh, nein! Das tut mir für Petra so leid. Sie hat sich schon vorgenommen zu ihrem Frauenarzt zu gehen, um dem Kinderwunsch von Marc noch zu entsprechen", teilt Lotte aufgebracht mit.

„Hast du später Zeit?"

„Am Abend kommt Franz", höre ich sie sagen. „Kein Problem, Lotte! Ich bin am Nachmittag für Petra da und wenn Sie mich braucht, auch am Abend. Kannst du morgen etwas mit ihr unternehmen? Sie wird uns in den nächsten Tagen brauchen."

Nach dem Telefonat mit Lotte melde ich mich bei Karin. „Ich bleibe noch bis morgen und bin auch bei dem kleinen Treffen zum Kaffee anwesend", teilt sie mir mit. Rasch erkläre ich auch ihr, was sich in meinem Haus abgespielt hat.

„Dieser Idiot!", keift Karin. „Petra hat am Morgen im Café von Lotte geweint, in der Öffentlichkeit. Du kannst dir vorstellen, wie fertig sie ist."

Anton Wall

Natürlich habe ich von Petras Zusammenbruch gehört, immerhin wohne ich über dem Café und bin täglich zu einem Cappuccino dort. Lotte war sehr aufgeregt, als sie mir von Petras Zustand berichtet hat. „Am Samstag nächste Woche fahre ich nach Dresden, um meine Vernissage vorzubereiten. Ich werde Petra bitten, mich zu begleiten und zu unterstützen. Das bringt sie auf neue Gedanken. Am Sonntagabend kommen wir wieder zurück, dann kann sie auch Montag wieder arbeiten."

Lotte sieht mich kurz verzweifelnd an. „Ausgerechnet jetzt habe ich mich wieder mit Franz angenähert und kaum Zeit für die Freundin. Sonst würde ich doch gerne mit nach Dresden kommen", sie kaut auf ihrer Lippe, was nicht schön aussieht. „Ich überlege, ob es für Petra eine Unterstützung darstellt, wenn ich zu Vincenz fahre und dem kleinen Treff am Nachmittag beiwohne."

„Soweit ich weiß, sind Karin und Ina auch anwesend", informiert mich Lotte. Unsicher, wie ich mich verhalten soll, trinke ich zunächst meinen Cappuccino. Mit einem Mal habe ich eine gute Idee. „Lotte, bitte packe mir sechs Stück von deiner Marzipantorte ein und ein Stück von dem Obstkuchen." Lotte hat sogleich verstanden, was ich vorhabe. „Besser wird sein, ich packe dir für Petra Obst ein", geht sie in die Küche und kommt wenig später mit einer Banane und einer kleinen Schüssel zurück. „Birchermüsli", lässt sie mich wissen, „Das habe ich am Morgen frisch für Petra zubereitet, sie hat es mit Freude gegessen."

Auf meiner Fahrt zu Vincenz überlege ich, ob ich mich ankündigen sollte, dann aber bin ich für die Version der Überraschung.

„Anton, welche Überraschung, Sie zu sehen. Bringen Sie uns Kuchen mit?" Rosalinde nimmt das Päckchen in meinen Händen gleich entgegen und bittet mich hinein. „Vincenz wird sich sehr freuen über Ihren Besuch", sie kichert kurz, „ebenso über die Gelegenheit, meiner Diätküche zu entkommen." Sie blickt auf den Kuchen in ihren Händen. „Man sollte nicht jede Diät zu ernst nehmen", fügt sie nach. Mir gefällt diese Einstellung, was ich auch sage. Zeitgleich klopfe ich auf meinen Bauch. „Eine Diät würde mir auch guttun, nur fange ich lieber erst nächste Woche an, mich damit auseinanderzusetzen."

Vor dem Wohnzimmer halte ich kurz inne. Laute Stimmen dringen an meine Ohren, auch Rosalindes Blick ändert sich schlagartig. „Was ist nur passiert?" Energisch öffnet sie die Tür. Vincenz, Petra und Karin sind so am Diskutieren, sie bemerken uns nicht einmal. Erst, als Rosalinde an den Tisch tritt, den Kuchen in die Mitte stellt, werden wir registriert. „Anton?", die Stimme von Vincenz erhellt sich. „Herzlich willkommen!", zeigt er auf einen freien Stuhl am Tisch. „Gibt es Probleme?" Meine Frage sorgt kurz für Schweigen. „Außer den Problemen zwischen Petra und Marc", setze ich nach. Petra hüstelt. „Inzwischen bin ich zum Stadtgespräch geworden", jammert sie.

„Aber nein! Ich war auf einen Cappuccino bei Lotte und daher bin ich informiert. Mir lag am Herzen, dich zu sehen, meine Liebe. Wie geht es dir?"

„Wir müssen eine neue Wohnung für Petra finden", bringt sich Vincenz ein. „Mein Wohnpark wird erst in einem Jahr fertig werden, zu spät für Petras Probleme, zumindest für den Anfang. Später kann sie in eine der Wohnungen umziehen", Vincenz schiebt mir die Pläne näher. „Wenn ich erst wieder in die alte Villa von Lydia Lowere einziehe", plaudere ich munter los.

„Dir ist das Vorhaben also ernst?“ Ich nicke Vincenz zu. „Nie habe ich mich freier entfalten können als in der alten Villa. Mein Hang, das Geld auszugeben, wie es reinkommt, hat mir übel mitgespielt. Nicht, dass du denkst, ich sei undankbar. Deine Wohnung, die Hilfsbereitschaft, die dahintersteckt, dafür werde ich immer dankbar sein.“ Schon ärgere ich mich über mein Verhalten, meine Angewohnheit, immer loszureden, ohne zuerst nachzudenken. Rosalinde lockert die Stimmung und bringt Kuchenteller und Gäbelchen an den Tisch, dann öffnet sie das Kuchenpaket. „Marzipantorte“, schwärmt Vincenz sogleich. „Mit schönen Grüßen von Lotte“, strahle ich alle an. „Du bist mir noch eine Antwort schuldig“, haftet mein Blick auf Petra. Sie sieht mitgenommen aus. So habe ich sie noch nicht gesehen. Rote Augen vom vielen Weinen, das Make-up nicht richtig aufgetragen, kein Lippenstift, alles ungewohnt an ihr.

„Immerhin bin ich nicht schuld am Ende meiner Beziehung, zumindest trage ich nicht die alleinige Schuld“, sieht Petra mich an. Ihre Stimme ist brüchig. „Ina hat mir eine große Last von meinem Herzen genommen.“

„Eigentlich wollten wir joggen gehen“, greift Ina beherzt bei der Marzipantorte zu. Petra lässt ein leises „Mhm!“ hören. Karin scheint es lieb so zu sein, sie greift ebenfalls mit Freude zu. Petra lege ich das Birchermüsli auf den Teller, doch sie rührt es nicht an. „Mein Magen ist wie zugeschnürt“, entschuldigt sie sich auf Nachfrage von mir.

„Zunächst müssen wir die Wohnungssuche lösen, damit Petra wieder zur Ruhe kommen kann.“ Vincenz ist ein Pragmatiker. „Petra kann mit in meine Wohnung ziehen“, werfe ich über den Tisch.

„Sie kann auch zu mir kommen, ins Gästezimmer“, mischt sich Ina ein. „Ein Gästezimmer findet Petra auch unter meinem Dach“, beteuert Vincenz. „Dies ist aber keine dauerhafte Lösung für Petra.“ Wir reden und reden und überlegen, was wir tun und wie wir Petra helfen können, dabei scheinen wir für den Augenblick zu vergessen, die Freundin sitzt mit uns am Tisch.

„Ihr redet in der dritten Person von mir", lächelt sie gequält. „Dankbar bin ich, so liebe Freunde zu haben." Sie knabbert kurz an dem Birchermüsli und wir schweigen. „Wenn ich eure Angebote annehme, dauert es für mich noch länger zu verstehen, meine Beziehung ist am Ende. Ich muss jetzt eine kleine eigene Wohnung finden und mir einrichten. Als Rückzugsort für mich", betont Petra und ihr Blick haftet auf dem Teller. Mit dem Löffel spielt sie in dem Birchermüsli, statt es zu essen. „Du solltest etwas zu dir nehmen, Petra", rate ich ihr. Ein leises Lachen kommt zurück. „Verändern möchte ich in meinem Leben nicht mehr als notwendig. An meinen Gewohnheiten möchte ich festhalten", hebt sie ihr Gesicht.

„Anton? Du kommst doch nächste Woche Samstag nach Dresden?" Überrascht sehe ich zu Karin. „Ja, ich wollte auch Petra fragen, ob sie mich begleiten will", hebe ich meine Stimme. „Was ich sagen will", übernimmt Karin erneut das Wort. „Wir haben in Dresden eine Künstlerwohnung. In sechs Wochen ist deine Ausstellung bei uns, Anton. Mir kam gerade der Gedanke, du kommst für die nächsten Wochen zu uns, Petra kann in deine Wohnung ziehen und wir haben Zeit, eine kleine Wohnung für Petra zu suchen." Petra hebt schon die Hand und will Karin etwas sagen, da bringe ich mich ein. „Die Idee von Karin ist gut. Für mich bedeutet ein Wohnaufenthalt in Dresden Abwechslung und neue Ideen für meine Kunst. Auch die Gewissheit, ich kann meine Vernissage in Ruhe vorbereiten, ist eine gute Aussicht. Vielleicht, liebe Petra, kommst du uns auch einmal für ein Wochenende besuchen, zur Abwechslung und um mich und Karin bei den Vorbereitungen zu unterstützen." Mein Plädoyer ist gehalten. Petra fängt erneut an zu weinen. Ich fühle mich mit einem Mal falsch verstanden, wieso nur weint sie? In meine Überlegungen, was ich falsch gemacht habe, kommt Petra zu mir, umarmt mich, haucht mir einen Kuss auf meine Wange. „Dann nehme ich in den nächsten Wochen an deiner Stelle jeden Tag einen Espresso bei Lotte", schnieft sie erneut.

Der nächste Tag

Karin

Meine Abreise steht in wenigen Minuten an. Petra hat mich zum ICE-Bahnhof gefahren. Diese Nacht habe ich mit ihr in ihrer alten Wohnung verbracht. „Schaffst du es, die nächsten Tage zu überbrücken, bis Anton nach Dresden kommt?“ Petras Augen sind noch immer rot und auch in der letzten Nacht hat sie viel geweint. „Eine große Liebe ziehen zu lassen, ist nicht leicht.“ Ja, denke ich und sage ihr: „Vergiss nicht, wie oft dich Marc in den letzten Wochen verletzt hat.“ Sie nickt. „Trotzdem gibt es in meinem Kopf noch die schönen Bilder von unserer gemeinsamen Zeit. Nie hätte ich einen Gedanken daran verschwendet, Marc habe sich neu verliebt. Jetzt geht es mir so, wie damals Ina. Wie sehr ich doch die Freundin verletzt haben muss. Heute tut es mir leid.“

Mein Zug rollt ein und mir fällt es schwer, Petra allein zu lassen. „Denk nicht unentwegt darüber nach. Wenn sich Marc entschieden hat, diesen neuen Weg zu gehen, dann wird er es überlegt haben. Sicherlich ist nicht alles so streng zu sehen, wie wir es gerade empfinden, an der Tatsache aber ändert es nichts. Die neue Frau ist Wirklichkeit, davon können wir nicht absehen.“

In meinem Abteil stelle ich rasch meine Tasche auf die Ablage, dann reiße ich das Fenster auf. „Du bleibst stark?“ Petra hebt den Daumen hoch. „Ansonsten kommst du mit Anton zu mir nach Dresden, versprochen?“ Mein Zug rollt aus dem Bahnhof. Petra sehe ich noch eine Zeitlang winken, dann aber ist sie nur noch als Punkt zu erkennen. Viel zu schnell hat sich der Zug in Bewegung gesetzt. Erschöpft falle ich in meinen Sitz. Die alte Frau fällt mir ein, die ich schon zwei Mal auf meiner Fahrt getroffen habe. Heute wünsche ich mir, sie würde dem Zug wieder zusteigen und sich an meine Seite setzen. Noch einmal denke ich an meine Unterhaltung mit ihr. Jeder Mensch hat ein Päckchen zu tragen, so mein Resümee. Die Frage ist nur, wie wir damit umgehen.

Der gestrige Tag

Lotte

Meine Schicht im Café war anstrengend, auch durch den Vormittag und die damit verbundene Aufregung um meine Freundin Petra. Als auch noch Anton zu dem kleinen Treffen bei Vincenz aufgebrochen war, tat mir das Herz weh. Am Abend, auf meiner Rückfahrt habe ich Ina angerufen. Rasch kam ich so auf den neusten Stand, wie Petra den Nachmittag verkraftet hat. Ich erhaschte Einblicke in den Nachmittag meiner Freunde im Haus von Vincenz. „Dann wird Petra am kommenden Wochenende über meinem Café einziehen", habe ich Inas Worte zusammengefasst. Diese Aussicht gefällt mir, was ich auch Ina bekundet habe. „Wer kümmert sich heute am Abend um Petra?" Diese Frage lag mir auf der Seele und sie wird rasch beantwortet. „Karin schläft bei Petra in der Wohnung. Morgen fährt Petra sie auch zum ICE." „Das habe ich erwartet von Karin", sage ich offen. Mich haben diese Worte von Ina beruhigt. Bis zu meiner Ankunft an meinem Haus habe ich noch mit Ina telefoniert.

Auch noch unter der Dusche ist Petra in meinem Kopf. Vermischt haben sich die Gedanken mit denen an Franz, der sich für den Abend angekündigt hat. Hin- und hergerissen, ob mein Verhalten Petra gegenüber in Ordnung sei, fange ich an, mich zu stylen. Einerseits habe ich die Sehnsucht in mir, zu Petra zu fahren, andererseits trage ich den Wunsch in meinem Herzen, Franz nahezukommen. Ihn zu lieben, in seinen Armen diese Nacht zu verbringen. Tröstlich ist für mich die Gewissheit, Karin weilt an Petras Seite.

Liebe Petra,
es ist schön zu wissen, heute Abend ist Karin an deiner Seite. Darf ich mich für morgen ankündigen? Wir können gemeinsam in die Pizzeria gehen und später noch Fernsehen und Rotwein genießen. Ich kann auch unseren Prosecco mitbringen.

Deine Lotte

Die kleine Nachricht habe ich an Petra gesendet, gleich nach dem Duschen. Unvermittelt ging es mir besser. Bis zum Eintreffen von Franz bleibt noch etwas Zeit und ich ringe mich durch, die ersten Reaktionen auf meine letzte Kolumne zu lesen.

Die Liebe kommt über Nacht.

Liebe Lotte,
ich bin enttäuscht, sehr sogar. Kurz habe ich in Erwägung gezogen, mein Abo der Zeitschrift zu kündigen. Wieso lässt die Chefredaktion solche Beiträge zu? Veröffentlich diese auch noch, nicht nur online auch im Print?

Mit meinen Freundinnen habe ich über meine Enttäuschung gesprochen, mein Herz ausgeschüttet und mir im Anschluss angehört, was sie über Lotte denken. Meine Meinung kennen Sie nun, ich bin enttäuscht über Ihr Verhalten. Ganz anders denken meine Freundinnen über Sie und daher versuche ich auch, deren Einstellung anzuerkennen und wahrzunehmen, was mir noch schwerfällt.

Beide Freundinnen von mir finden es schon wieder lobenswert, dass Sie nun zugeben, uns, Ihre Leserinnen, angelogen zu haben. „Sie hätte es doch nicht schreiben müssen“, war eine Reaktion meiner Freundinnen. Ich habe verstört auf diese Worte reagiert. Bei mir ist die Wahrheit ein Gebot, ich mag keine Lügen und kann diese auch nur schwer entschuldigen.

Mein Abo werde ich nicht kündigen, dazu haben meine Freundinnen mich bewogen. Zugeben darf ich auch, Ihre Zeilen sehr gerne zu lesen. Eine Frage bleibt in meinem Kopf: Wieso nur haben Sie sich diese Lüge ausgedacht? Aus mangelndem Selbstbewusstsein?

In der Hoffnung, Sie bleiben in der Zukunft bei der Wahrheit, freue ich mich auf die nächsten Beiträge von Ihnen.

Ingeborg

Kurz lehne ich mich nach dem Lesen in meinem Stuhl zurück. Mir war bewusst, dass ich viele Abmahnungen und Zurechtweisungen erhalten werde, auf meine Zeilen. Es tut aber weh, diese schwarz auf weiß zu lesen. Auch die zweite und die dritte Rückmeldung, die ich öffne und lese, kommen den Worten von Ingeborg sehr nahe. Ein Stein liegt in meinem Magen, so mein Gefühl nach dem Lesen. Als wäre dies nicht genug an Schelte gewesen, habe ich im Anschluss noch eine Rückmeldung von Frau Krautwinkel, meiner Chefredakteurin, zum Lesen.

Frau Lotte Wolke,
meine Enttäuschung über Ihr Verhalten ist kaum in Worte zu fassen. Ich gab Ihnen mein Vertrauen, ließ Sie immer wieder für die Zeitschrift schreiben, mit einem großen Freiraum, wie ich betonen

darf. Oft schon habe ich Kritik an Ihrer Art sich auszudrücken gefunden, immer wieder habe ich nachgegeben und Sie gewähren gelassen. Wo bin ich mit meiner Gutmütigkeit gelandet? Kollegen von anderen Zeitschriften rufen bei mir an und lachen über Ihr Verhalten. Blamiert und ausgenutzt fühle ich mich von Ihnen. Glauben Sie mir, das wird ein Nachspiel haben.

Krautwinkel
Chefredakteurin

Nachdem ich diese Zeilen gelesen habe, sitzt der Kloß in meinem Magen noch tiefer. Ich habe mich gefragt, was habe ich nur erwartet? Jedes ihrer Worte war ein Spiegel der Wahrheit. Immer wieder hat Frau Krautwinkel mich gewarnt und ermahnt, meinen Stil zu ändern, mich anzupassen. Lob für meine Arbeit gab es nur sehr selten. Kein Geheimnis hat Frau Krautwinkel daraus gemacht, in erster Linie auf die Verkaufszahlen zu sehen, dann erst auf den Mitarbeiter im Einzelnen. Eine eiskalte Prinzessin, so habe ich sie schon oft genannt. Jetzt scheint die Eisprinzessin an meinem Stuhl zu sägen und ich muss zusehen, hilflos. In meine Gedanken klingelt es an der Tür. Mit dem Moment, als ich Franz umarme, fühle ich mich schon stärker. Die Last der letzten Stunden fällt mit meiner Kleidung von mir ab.

Der heutige Tag

Beim Öffnen meiner Augen spüre ich die Kopfschmerzen schon und lasse meinen Kopf, den ich gerade ein Stück angehoben habe, zurück auf das Kissen fallen. Mein Handy ziehe ich vom Nachtisch heran. Eine Nachricht von Petra ist eingegangen.

Hallo Lotte,
Karin habe ich schon zum Zug gebracht. Am gestrigen Abend haben wir viel geredet, viel getrunken und ich habe immer wieder geweint. Marc hat sich nicht mehr bei mir gemeldet, was mir sehr weh tut. So gerne möchte ich mit ihm sprechen, verstehen, was in den letzten Wochen ausschlaggebend war, mich zu verlassen.
Auf dein Kommen am Abend freue ich mich schon sehr, auch auf die Aussicht, mit dir in die Pizzeria zu gehen. Somit habe ich einen Grund, heute nicht den ganzen Tag nur Trübsinn zu blasen. Ich muss mich aufraffen, das wird mir guttun. Danke für deine Nachricht vom gestrigen Abend und bis später, Petra

Gerade kann ich mir einen lustigen Abend beim Italiener noch nicht vorstellen, doch ich will mein Versprechen einhalten, für Petra. Sie freut sich auf die Zeit mit mir. Am gestrigen Abend, nachdem ich Franz geliebt habe, kam meine Angst, die Arbeit für die Frauenzeitschrift zu verlieren, in mir auf. Ich glaube, ich habe mehr Rotwein getrunken als gut wahr. Vorsichtig wende ich meinen Kopf und bin erschrocken zu sehen, das Bett neben mir ist leer. Wo nur ist Franz? In dem Moment, als ich es schaffe, mich im Bett aufzusetzen, höre ich Schritte auf der Treppe. „Ist meine Süße schon wach?“, kommt eine fröhliche Stimme an mein Ohr. In welchem Film bin ich, frage ich mich sogleich. Dann taucht auch schon Franz im Schlafzimmer auf, mit einem Tablett in seinen Händen. „Aspirin und ein Glas Wasser habe ich auch mitgebracht“, huscht er zu mir unter die Decke. ,,Dein Konsum an Rotwein gestern Abend war beachtlich.“

„Ich muss kurz ins Badezimmer“, verkrümele ich mich. „Ist dir nicht gut?“ Die Stimme folgt mir ins Badezimmer. Wasser lasse ich auf mein Gesicht laufen, meine Zähne putze ich und merke, das ist mehr als notwendig.

„Ich fühle mich schrecklich“, komme ich zurück ins Schlafzimmer. Ein munterer Franz sitzt im Bett, eine Tasse mit Kaffee in seiner Hand und grinst mich frech an. „Du hast mehr getrunken als ich an Karneval im letzten Jahr, das will etwas heißen, Lotte“, er zeigt mit der freien Hand auf ein Glas Wasser. „Die Aspirin habe ich schon für dich aufgelöst.“ „Meine Kündigung“, stottere ich.

„Du bist noch nicht gekündigt, Lotte. Schon am gestrigen Abend habe ich immer wieder versucht, es dir zu erklären. Melde dich bei deiner Chefredakteurin. Nichts wird so heiß gegessen wie gekocht“, er greift nach einem Brötchen und legt neben Remoulade zwei dicke Scheiben Kochschinken auf. „Dein Kühlschrank ist gut gefüllt. Willst du mich die ganze Woche verköstigen?“, sein Lachen steckt an.

„Wie leicht du nur meine Situation nimmst“, meckere ich. Franz fordert mich auf, das Aspirin zu trinken. „Im Anschluss gibt es ein frisches Brötchen, dann liebe ich meine Freundin und“, an der Stelle unterbreche ich Franz. „So, das bestimmst du einfach so?“ Meine Kopfschmerztablette trinke ich, nehme mir auch ein frisches Brötchen und kann mein Glück gerade nicht fassen. Franz so fürsorglich zu erleben, das ist neu für mich. Ansprechen möchte ich sein Verhalten nicht. Ich bin nur sehr, sehr glücklich darüber.

„Du kannst wieder strahlen“, albert Franz, nachdem ich aus der Dusche komme.

„Kein Wunder, bei so einem Freund“, umarme ich ihn.

„Vincenz hat mich angerufen“, erfahre ich von Franz, nachdem ich mich angezogen habe. „Möchtest du noch eine Tasse Kaffee?“, wirft Franz seinen Worten nach. Kurz sehe ich ihn von der Seite an. „Was kommt jetzt, Franz? Du bist so besorgt um mich heute“, sehe ich ihn skeptisch an. Gut, das Frühstück war eine Wohltat, die Aspirin sehr aufmerksam, das Kuscheln einfach prickelnd, jetzt will Franz mir noch Kaffee kochen, das kann ich nicht glauben. „Auch ein Mann kann sich ändern", höre ich ihn sagen.

„Hatten wir das nicht schon?", frage ich leise nach. Franz dreht sich zu mir um, nimmt mich in seine starken Arme. Wie sehr ich auf seine Muskeln stehe, denke ich einmal mehr und schmiege meinen Kopf an seine männliche Brust. „Hat Vincenz dir schon die Pläne für den neuen Wohnpark gezeigt?" Ich hebe mein Gesicht und schaue Franz in seine Augen. „Ja, zumindest in dem Zusammenhang, dass Petra in eine der Penthouse-Wohnungen ziehen sollte, mit Marc. Das aber scheint ein Teil der Vergangenheit zu sein." Franz zieht mich mit in die Küche. „Setz dich, Lotte", bestimmt er und fängt an, die Kaffeemaschine zu befüllen. Mir ist neu, was ich sehe, doch ich kann den Augenblick als positiv bewerten und auch so aufnehmen. Nimm das Glück auf, so wie es sich zeigt, fällt mir ein Spruch meiner Tante Lydia Lowere ein.

„Mir hat Vincenz auch eine Wohnung angeboten", darf ich hören.

„Willst du mich nun fragen, ob ich mit einziehen möchte?", verwundert sehe ich ihn an. Franz dreht sich wieder in meine Richtung, die Maschine arbeitet, das Gurren wirkt beruhigend auf mich. „Nein, Lotte", sagt er bestimmend, „behalte du bitte dein Haus. Ich möchte dich aber bitten, mich bei der Entscheidung zu unterstützen, auch in der Hoffnung, dass du deinen Geschmack mit in die Einrichtung fließen lässt und dich sehr oft in der neuen Wohnung aufhalten wirst." Mein Franz, schüttele ich den Kopf. Immerhin hat er nicht gesagt, wir ziehen zusammen. Das wiederum hätte ich ihm nicht abgenommen und mich gesorgt, wie lange die schöne Zeit noch anhalten wird. „Wenn Petra auch in den Wohnpark einzieht, werde ich immer erfahren, wer dich besucht", unnötigerweise lasse ich diese Worte aus meinem Mund. Unvermittelt ärgere ich mich über mein eigenes Verhalten. „Du hast das nicht nötig, Lotte. Es gibt keine Frau, die dir das Wasser reichen kann. Sollte ich mal einen Abstecher unternehmen, dann nicht, um dich zu ärgern."

Richtig glücklich stimmen mich seine Worte nicht, jedoch bin ich mir klar darüber, Franz hat ausgesprochen, was er denkt. Ob es die große wahre Liebe noch gibt? „Du grübelst zu viel, Lotte", hält mir Franz einen frischen Kaffee entgegen. „Wie lange bleibst du noch?", meine Frage wird zunächst nicht beantwortet. „In einer Stunde muss ich fahren. Soll ich am Dienstag wiederkommen? Um das Abendessen werde ich mich kümmern, einverstanden?"

„Du willst für mich kochen?", so ganz will ich das nicht glauben. Fröhliches Lachen dringt in meine Ohren. „Das möchtest du nicht essen, Lotte", krümmt sich Franz. „Du hast schon für mich gekocht, vergessen? Es gab eine Zeit, da war deine Kochkunst besser als die meine." Franz strahlt. „Richtig, doch eine Leidenschaft habe ich nicht dabei entwickelt. Mir kam in den Sinn, für uns Essen abzuholen."

Meine Tasse ist ausgetrunken und ich frage mich, was ich will. „Eine knappe Stunde haben wir noch?" Jetzt liegt es an mir zu kichern. „Meine Freundin hat keine Kopfschmerzen mehr?" Franz ist rasch von seinem Stuhl aufgesprungen und nimmt mich an der Hand mit in mein Schlafzimmer.

Gegen 16 Uhr bin ich allein in meinem Haus. Bis zu dem Treffen mit Petra bleibt mir noch Zeit, die ich für meine Kolumne nutzen möchte. Beim Öffnen meines Laptops denke ich an Frau Krautwinkel. Ob sie mir kündigen wird? Auf eine neue Nachricht von meiner Chefredakteurin muss ich noch warten, dafür sind aber weitere Rückmeldungen zu meinen Zeilen eingetroffen.

Mit gemischten Gefühlen öffne ich eine Rückmeldung von Susi.

Hallo Lotte,
immer wieder lese ich mit Freude deine Zeilen. Für mich ist es wie ein Spiegel, der mir Wege öffnet und Wege zeigt, die mir noch nicht begegnet sind. Oft träume ich mich in eine Welt hinein, in der alles genauso verläuft, wie von mir erhofft. Mein Traummann kommt darin ebenso vor, wie so liebe Freundinnen an meiner Seite, wie du sie hast. Selbst einen Mädelsabend habe ich mir erträumt und zuvor Inas Kartoffelsalat zubereitet und die legendären Bockwürstchen. Mit einem Glas Prosecco und einem gut gefüllten Teller habe ich im Anschluss angestoßen, mit meinen imaginären Freundinnen.

Vielleicht denkst du jetzt, ich bin sehr traurig und einsam? Ja, an manchen Tagen bin ich sentimental, es gibt aber auch sehr viele Tage, die mich glücklich stimmen. Was ich aber mit meinen Zeilen sagen möchte, du, liebe Lotte, bist nicht die einzige Frau auf der Welt, die sich ab und an in ihre Fantasiewelt träumt und plötzlich glaubt, alles sei Realität.

Du hast Liebe gesucht und sie dir gewünscht. Daher, so vermute ich, bist du zu den Lügen übergegangen. Eine Frau wie Lotte Wolke, von der wir schon oft lesen durften, es gibt wieder einen neuen Mann an ihrer Seite, wird nicht sitzengelassen. Du hast einfach so gehandelt, wie du es erwartet hast. Dir begegnet ein neuer Mann, der auch noch gut aussieht. Muskeln hast du beschrieben, dies wird auch die Wahrheit gewesen sein. Solch ein Mann lässt sich nicht von Lotte in ihren Bann ziehen, das konntest du nicht begreifen. Zu peinlich war dir die Vorstellung zugeben zu müssen, nicht die richtige Frau für ihn gewesen zu sein.

Jetzt, liebe Lotte, frage ich mich das Gleiche, wie vor wenigen Zeilen du dich gefragt hast. Wieso nur? Wieso nur verhalten wir uns so? Ich mit meinen Tagträumen, du mit deiner Flucht in die Lüge? Weil wir einsam sind? Traurig? Nein! Weder bin ich einsam, in meinem Leben gibt es Freunde, Geschwister, Nichten und Neffen, die mir viel bedeuten, noch bin ich ständig traurig. Trotzdem träume ich immer wieder vor mich hin, glaube oft auch daran. Von meiner Seite gibt es keine Schelte zu deinem Verhalten. Warum auch? Du hast dich entschuldigt, offen angesprochen, was dich bewegt und in der Gewissheit geschrieben, es hagelt Kritik über dich.

Mutig finde ich daher dein Verhalten! Lobenswert ebenso. Nur, wer einen Fehler eingesteht, lernt daraus.

Schon heute freue ich mich auf deine nächsten Zeilen.

Susi

Nachdem ich die Rückmeldung von Susi gelesen habe, komme ich nicht aus dem Grübeln. Ihr Verhalten ist mir fremd und doch kann gerade sie sich in mich hineinfühlen. Wie unterschiedlich wir Menschen doch sind.

Von Frau Krautwinkel ist auch jetzt noch keine weitere Nachricht eingegangen, was mich traurig stimmt. Diese Frau, so weiß ich inzwischen, lässt mich gerne im Ungewissen, also zappeln.

Petra kommt mir in den Kopf, ich möchte meine Freundin nicht warten lassen. Rasch packe ich mir frische Kleidung ein, meinen Laptop nehme ich auch in den Reisekoffer. Dann hole ich den Autoschlüssel und mache mich auf den Weg.

Als ich an dem Haus von Ina vorbeifahren will, sehe ich die Freundin und halte spontan an. Ina und Johann grillen in ihrem Garten.

„Hast du Hunger mitgebracht?", eilt Ina mir entgegen. Automatisch fällt mein Blick zu Johann. „Ich bin auf dem Weg zu Petra. Wir werden in eine Pizzeria gehen und ich übernachte bei ihr", rufe ich laut. In diesem Moment hebt Johann zum Gruß seine Hand. Sicherlich hatte er schon Sorgen, ich bringe den gemütlichen Abend und die Zweisamkeit durcheinander.

„Wo ist Wolfi? Schläft er schon?"

„Einmal mehr passen Rosalinde und Vincenz auf den Kleinen auf. Rosalinde hat betont, einem Paar tun freie Stunden gut", Ina grinst mich an. „Eine kluge Frau", umarme ich Ina und drehe mich schon wieder um. „Petra möchte ich nicht zu lange warten lassen", werfe ich als Entschuldigung für den raschen Rückzug nach.

„Und Franz wollte nicht den Abend mit dir verbringen?" Die Frage kommt von Petra, als wir in der Pizzeria sitzen und gerade Wein bestellt haben. „Franz hat sich gestern von einer besonders netten Seite gezeigt, wie verwandelt. Am Morgen hat er mir das Frühstück ans Bett gebracht", an der Stelle hakt Petra nach. „Einfach so? War etwas mit dir?" Mein Zögern auf ihre Frage motiviert Petra nochmals nachzufragen. „Ich möchte dich nicht mit meinen Problemen belasten." Der Kellner bringt uns den Wein und wir stoßen an. „Auf uns und auf die Freundschaft!", sagt Petra.

„Du siehst etwas erholter aus", blicke ich in ihre Augen. „Die Betonung liegt auf etwas", lächelt Petra. Im Anschluss möchte sie erneut wissen, was Franz bewogen hat, so lieb zu sein. „Wie es den Anschein hat, will meine Chefredakteurin mich raushaben", seufze ich etwas zu laut. Blicke der anderen Gäste fallen zu uns. Kurz schweigen wir, bis sich die Situation um uns wieder entschärft hat, die anderen Gäste sich wieder mit ihren Tischnachbarn unterhalten.

„Du hast es richtig gemacht, die Wahrheit zu schreiben. Außerdem kam auf diese Weise auch Franz wieder in dein Leben, über Nacht. Somit hast du deinen anfänglichen Auftrag doch gut erfüllt."

Im weiteren Verlauf erzählen wir über belanglose Themen, was Petra ebenso guttut wie mir. Auf dem kurzen Weg von der Pizzeria zu der Wohnung von Petra können wir schon wieder etwas lachen.

„Zwei hübsche Frauen am Abend allein unterwegs", hören wir eine männliche Stimme hinter uns rufen. Abrupt bleiben Petra und ich stehen, drehen uns zeitgleich um. „Klaus?" Petras Stimme zittert, was mich doch verwundert. Gut, Klaus sieht heute sehr attraktiv aus, der Freizeitlook steht ihm. „Darf ich euch auf einen Drink einladen? Ohne Hintergedanken, Petra, Ehrenwort!" So ganz begeistert bin ich nicht von der Idee. Jedoch darf ich sehen, Petra strahlt und scheint die Nähe von Klaus zu mögen.

„Ich bringe euch natürlich noch bis zu Petras Wohnungstür", bietet Klaus an, nachdem wir seine Einladung auf einen Drink angenommen haben. Er hat sich sehr unterhaltsam gezeigt. Petra schien aufzublühen, wie ich bei meinen Beobachtungen des Umgangs der beiden sehen durfte. Klaus muss ich dankbar sein, ohne ihn hätte ich nicht so schnell wieder in die Arme seines Bruders gefunden, daher bleibe ich ruhig und lasse Petra Zeit. Gegen halb eins wird meine Freundin auch müde und ich freue mich, dass wir nun in Richtung ihrer Dachgeschosswohnung gehen. Das Angebot von Klaus, uns nach Hause zu bringen, ist nicht abzulehnen und so begleitet er uns bis zu dem Haus, wo Petra wohnt. Mein Blick wandert vor dem Haus automatisch nach oben, zu Petras Wohnung. Es brennt Licht, was mich verwundert. „Hast du vorhin das Licht brennen lassen?“ Meine Frage lässt Petra sogleich nach oben sehen. „Nein“, stößt sie hervor. „Dann warte ich am besten hier unten“, höre ich Klaus sagen. „Falls ihr männliche Hilfe benötigt“, er unterbricht seine Worte, was Petra lieb ist. Den ganzen Abend über haben die beiden über belanglose Dinge gesprochen und Petras Beziehung außenvorgelassen. Klaus sieht Petra sehr gerne, das habe ich schon registriert.

Seine Feinfühligkeit der Freundin gegenüber gefällt mir.

„Ich weiß nicht, eventuell ist Marc in der Wohnung“, hilfesuchend blickt Petra zu mir. Eine Antwort muss ich ihr nicht geben. Die Tür des Hauses wird in diesem Moment aufgerissen und Marc erscheint vor uns, mit einer jungen Frau und zwei Taschen in den Händen.

„So sieht man sich wieder“, grinst er schief. Petra, das sehe ich, kämpft erneut gegen ihre Tränen an. „Was ist passiert, Marc?“ Er geht nicht auf ihre Frage ein. Die junge Frau eilt an uns vorbei zu einem Wagen, der mir zuvor nicht aufgefallen war.

„Es tut mir sehr leid, Petra. Ich habe mich eingeengt gefühlt, verzeih mir.“ Marc ist schon an Petra vorbei, da ruft sie ihm nach. „Dann wünsche ich dir alles Gute für deine Zukunft“, ihre Stimme versagt in dem Moment, als sie das letzte Wort ausspricht. Noch einmal wendet Marc sein Gesicht zu Petra. „Ich werde dich immer lieben, aber ab jetzt auf eine andere Art als zuvor“, dann geht er zu dem Auto, fährt los und nur eine Minute später ist er schon aus unserem Sichtfeld verschwunden.

Für den Moment stehen wir vor dem Haus und uns fehlen die Worte. „Jetzt kann ich nicht hochgehen und mich schlafen legen", hören wir Petra sagen. „Trinken wir zusammen noch ein Glas? Kommst du mit in die Wohnung, Klaus?"

Beim Öffnen der Tür zittern die Hände von Petra. Sie kämpft noch immer mit ihren Gefühlen und ich glaube zu wissen, es liegt an der Anwesenheit von Klaus, dass sie nicht losheult. „Marc hat seine Bettwäsche mitgenommen", regt sich Petra auf, nachdem sie kurz durch die Zimmer gegangen ist. „Was nur will er mit einer einzelnen Bettwäsche?"

Klaus und ich schweigen auf ihre Frage.

„Jetzt legt er sich neben diese Frau", regt sich Petra auf, nachdem wir an ihrem Esstisch sitzen und ich uns eine Flasche Wein geöffnet habe. Meine Frage an Klaus, ob er lieber ein Bier möchte, hat er verneint. In diesem Punkt ist er anders als sein Bruder. Die äußere Ähnlichkeit der beiden Männer ist jedoch frappierend.

Petra hört nicht auf zu jammern, was ich als unangenehm gegenüber Klaus finde. Immerhin ist mir bekannt, er mag Petra. Sicherlich ist es nicht leicht zu hören, sie weint ihrem Ex-Freund nach.

„Deine Reaktion ist normal, Petra", übernimmt Klaus das Gespräch und ich wundere mich über seine Worte. „Meine Trennung vor zwei Jahren hat mich auch mitgenommen und ich war über Wochen aus meinem Takt geworfen, emotional und auch was meine Leistungsfähigkeit betraf." Petra nimmt einen Schluck Wein, ihre Augen flackern, sie kämpft erneut gegen Tränen an. „So schnell, wie sich jetzt mein Leben geändert hat, das hätte ich niemals erwartet. Einen Streit gibt es in jeder Beziehung, dann kommt auch wieder der Moment der Versöhnung. Jetzt aber hatte ich keine Gelegenheit mehr bekommen, um die Liebe zu kämpfen. Marc hat entschieden und ich muss mit der Konsequenz leben."

Gegen zwei Uhr verabschiedet sich Klaus von uns. Petra umarmt er, streichelt über ihren Kopf. „In wenigen Wochen scheint die Sonne wieder für dich", dann dreht er sich um. „Tschüss, Lotte", wirft er mir zu, im selben Moment fällt schon die Tür ins Schloss. Keine Minute später heult Petra los, die Tränen fließen nur so über ihre Wangen. Erst gegen fünf Uhr am Morgen habe ich Petra beruhigt, so dass sie einschläft.

Der nächste Morgen

Mit einem lauten Dröhnen im Kopf wache ich auf. „Petra?" Rasch drehe ich mich um. Mein Schlafplatz in dieser Nacht war das Sofa gewesen. In das Bett von Marc wollte ich mich nicht legen, jedenfalls nicht, bevor auch das Spannbetttuch frisch aufgelegt ist. „Was tust du? Wie spät ist es?", verwundert sehe ich Petra zu, die ihr Küchenfenster putzt. „Halb zwölf", höre ich Petra sagen. „Wir sind auch nicht früh ins Bett gekommen", gähne ich noch einmal und stehe langsam auf. Kaffeegeruch liegt in der Luft.

„Wie lange bist du schon wach und wieso putzt du jetzt Fenster?" Petra bearbeitet die Scheibe mit einer Intensität, ich frage mich, wie lange das gut gehen wird.

Ein paar Tage später

Anton Wall

„Fühle dich wie zu Hause“, küsse ich Petra auf die Wange. Ich kann sehen, sie hat Angst, ihre Augen zeigen mir, was sie denkt. „Ich kann nicht oft genug Danke sagen, Anton“, drückt sie mich lieb. „Für dich ist es wirklich in Ordnung, die nächsten Wochen in Dresden zu leben?“ Ihre Bedenken lache ich weg. „Meine Liebe, für mich ist es wie ein Geschenk, in Dresden arbeiten und in den kommenden Wochen leben zu dürfen. Das, was mich krank macht, ist die Enge und ein Leben ohne Abwechslung. Ich freue mich sehr auf Karin und die Kollegen im Kunstmuseum. Mehr Sorgen habe ich um dich, Petra. Meine kleine Wohnung ist voll mit Farben, Staffeleien, Pinseln und bietet dir wenig Komfort.“ Was ich gerade gesagt habe, ist die Wahrheit. Noch einmal fällt mein Blick durch die Wohnung, die ich mit Sicherheit nicht vermissen werde.

„Glaube mir, Anton, ich werde hier zur Ruhe kommen und bin sehr glücklich, aus der gemeinsamen Wohnung mit Marc entfliehen zu können.“ Ich nicke ihr zu. Mir ist zu Ohren gekommen, Marc tritt schon in der Öffentlichkeit mit der jungen Frau an seiner Seite auf und wie ich von Petra weiß, will er die alte Wohnung behalten.

„Das Bett ist frisch bezogen“, grinse ich in der Hoffnung, Petra kann ich ein Lächeln entlocken. Sie reagiert leider nicht auf meine Worte.

„Du nimmst aber keine Tabletten?“ Meine Frage beschämt mich sogleich und doch muss ich die Antwort von ihr haben. „Keine Angst, Anton. Ich falle nicht in eine Depression. Diese Genugtuung schenke ich Marc nicht auch noch. Die letzten Tage war ich krankgeschrieben und kam kaum aus dem Bett heraus. Ohne Lotte und Ina hätte ich noch immer den gleichen Schlafanzug an wie vor drei Tagen. So ein Verhalten war mir bisher fremd. Ina und Lotte haben viel mit mir geredet, Karin hat jeden Tag angerufen und mich seelisch aufgebaut. Jetzt darf ich in deiner Wohnung zur Ruhe kommen und dann wird sich ein neuer Weg öffnen, ich hoffe es zumindest."

Mir liegt die Frage auf der Seele, wo Petra nach den sechs Wochen wohnen wird, wenn ich aus Dresden zurück bin. Unter keinen Umständen möchte ich Petra belasten, daher denke ich mir, es wird sich eine Lösung finden, im Notfall machen wir eine Mini-WG aus meiner Wohnung. Wieder muss ich an Frankfurt denken. Die alte Villa von Lydia Lowere würde genug Platz bieten, auch für Petra. Seit ich erfahren habe, die Villa steht wieder zum Verkauf, arbeite ich auf das Ziel hin, genug Geld mit der Vernissage einzunehmen, um die Anzahlung leisten zu können. Noch einmal mache ich nicht dieselben Fehler wie damals und werfe mit Geld um mich.

„Anton, wieso grinst du?" Petra holt mich aus meinen Gedanken heraus. „Ich habe an meine Zeit in der alten Villa von Lydia Lowere gedacht und auch daran, wie verrückt ich gelebt habe. Immer mit einem Chauffeur bin ich gefahren, im Rolls Royce. In den besten Restaurants war ich Stammgast und bei den angesagten Schneidern der Stadt ebenfalls."

„Behalte die schönen Momente in deiner Erinnerung wie einen Schatz und ärgere dich nicht über die Fehler, die du gemacht hast."

Was soll ich nun antworten, frage ich mich selbst. „Ja, das stimmt", bringe ich über meine Lippen. Noch habe ich etwas Zeit und plötzlich auch eine Idee, wie ich diese sinnvoll einsetzen kann. „Begleitest du mich noch kurz in ein Geschäft?" Petra sieht mich skeptisch an. „Eigentlich wollte ich meine Tasche auspacken und dich noch zum Bahnhof bringen. Wo möchtest du noch hin vor deiner Abreise?"

Ich lächele Petra an und sie ist intelligent genug, keine weiteren Fragen zu stellen. „Wir haben noch eine Stunde Zeit", greife ich nach meinem Leinenjackett. „Zieh dir doch ein Kleid an, Petra. Die Sonne scheint und deine dunkle Jeans und das einfache Shirt wirken nicht positiv auf deine Stimmung."

Petra protestiert kurz, doch damit lasse ich sie nicht durchkommen. „Dann gehe ich kurz in dein Badezimmer", ergreift sie ihre Tasche. „Schimpfe aber später nicht, wenn es knapp von der Zeit wird, um deine Bahn zu erreichen", höre ich sie sagen. Wer nur kümmert sich in den nächsten Tagen um Petra, sorge ich mich. Es kann nicht sein, dass sie anfängt, ihr Äußeres zu vernachlässigen. Selbst beim Essen verliert Petra ihre Prinzipien. Mir ist nicht entgangen, sie hat Schokolade mitgebracht, für meine Freundin mehr als ungewöhnlich.

„Gefalle ich dir so besser?" Im Umdrehen sehe ich eine hübsche junge Frau in einem bunten Kleid. „Petra! Kurz habe ich mich gesorgt, du würdest", ich schweige. So strahlend, wie Petra vor mir steht, will ich ihr die Freude lassen und keine Sorgen ansprechen, nicht für diesen Augenblick. „Sagst du mir jetzt, wo wir hingehen?" Grinsend nehme ich sie mit. Auf der Straße plaudern wir und ich darf sehen, Petras Gesichtszüge wirken wieder entspannter als noch vor einer Stunde. Vor einem kleinen Blumenladen halte ich an. „Warte bitte auf mich", eile ich in den Verkaufsraum.

„Die sind für dich", lege ich zehn Minuten später einen Strauß mit weißen Rosen in Petras Hände. „Meine Wohnung ist nicht DIE Traumunterkunft für dich, da müssen wir uns nichts vormachen.

Ich selbst habe mich am Anfang schwergetan, mich einzuleben. Mit einem Strauß frischer Blumen kommt Freude in die Räume und du sollst wieder einen Grund finden, um zu lächeln, Petra."

Sie umarmt mich, fast ist es mir vor den Menschen, die an uns vorbeieilen peinlich. Petra klebt an mir, als sei ich ein Anker für sie.

„Soll ich hierbleiben? Wir teilen uns die Wohnung und ich passe in den nächsten Wochen auf dich auf?", sage ich in ihr Ohr.

„Du fährst nach Dresden, Anton. Die Vernissage muss vorbereitet werden und wenn du deine Gemälde mit Erfolg verkaufst, woran ich fest glaube, ziehe ich mit dir in die alte Villa", strahlt mich Petra an und geht einen Schritt auf Abstand. So, wie sie es gesagt hat, weiß ich, Petra meint es nicht ernst. Sie will gerade an etwas glauben, das in der Zukunft gut sein kann, doch ich denke, Petra wird sich eine moderne Wohnung in der Nähe von Limburg suchen.

„So wird es gemacht", gebe ich ihr eine freundliche Antwort, ohne meine Bedenken zu zeigen.

„Grüß mir Karin lieb", umarmt mich Petra noch einmal am Bahnsteig. „Pass gut auf dich auf, Petra." Schon beim Einsteigen in den Zug drehe ich mich noch einmal um, gehe rasch zurück zu Petra. „Auf keinen Fall lässt du dich gehen. Die Schokolade wirfst du weg und kaufst auf der Rückfahrt Gemüse und Obst, das musst du mir versprechen, Petra." Die Antwort ist eine erneute Umarmung. Der Schaffner klopft mir auf die Schulter und ermahnt mich, nun endlich einzusteigen, ansonsten fährt der Zug ohne mich ab.

„Ina?", von unterwegs rufe ich sie an und berichte von meinem Eindruck zum Gemütszustand von Petra. „Ihr müsst sie im Auge behalten. Für Lotte ist es eventuell lustig zu sehen, Petra wirft einige ihrer Prinzipien über Bord, lässt den Sport sein, isst Schokolade, doch das passt nicht zu ihr. Wenn wir möchten, dass Petra wieder stark wird und sich gut fühlt, dann muss sie dafür auch zurückfinden in ihren geregelten Ablauf. Arbeiten gehen, gesund essen, Sport machen." Ina hört mir geduldig zu. „Ich werde gleich bei Petra anrufen und um die versprochene Joggingstunde bitten. Arbeiten muss sie auch wieder, mich hat schon gewundert, dass Petra die letzten Tage zu Hause geblieben ist."

„Sprichst du mit Lotte oder soll ich das übernehmen?" Meine Frage beantwortet Ina rasch. „Das mache ich." „Denk bitte an die Schokolade und ermahne Lotte, sich jetzt wie eine Freundin zu verhalten." Ina verspricht es mir und fügt nach: „Ich mag dich, Anton", damit ist das Telefonat beendet.

Lotte

Ina klingelt bei mir, überraschend. Meine Freude beim Öffnen der Tür ist echt. „Wie schön, Ina, komm herein“, halte ich meine Tür auf. „Franz kommt auch gleich“, blicke ich sie zögerlich an. Die beiden sind sich seit meiner neuen Annäherung zu Franz noch nicht begegnet. Ina würde lieber sehen, ich würde mich von ihm abwenden und einen Mann finden, der in ihren Augen zu mir passt. „Es gibt keine ledigen Männer in unserem Dorf, zumindest keine in meinem Alter“, necke ich Ina beim Betreten meiner Küche.

„Kannst du Gedanken lesen“, grinst sie frech. „Es ist dein Leben und ich will nur wissen, es geht dir gut“, nimmt sie auf einem Stuhl Platz.

„Einen Kaffee?“ Meine Freundin nickt. „Du hast etwas auf dem Herzen? Ich sehe es dir an und merke es an deinem Verhalten“, befülle ich die Kaffeemaschine.

„Ja, es stimmt, Lotte“, sagt Ina gedehnt. „Wann kommt Franz? Wie viel Zeit habe ich?“

„Ina! Franz beißt dich nicht, hör auf zu übertreiben. Außerdem kommt er nicht allein. Klaus wird ihn begleiten. Es gibt ein kleines Problem an meiner Dachrinne und beide wollen den Schaden beheben.“

Ina kommt an meine Seite. „Es geht um Petra. Ihr geht es nicht gut.“

„Mir ist nicht entgangen, wie sehr die Freundin seit der Trennung von Marc leidet. Du weißt doch, ich bin oft bei ihr und jetzt, wo sie über dem Café wohnen wird, in der Wohnung von Anton, sehe ich Petra noch öfter.“

Ina blickt mich skeptisch an. „Was willst du, Ina?“, frage ich genervt. Ina ist es anzusehen, sie trägt etwas auf dem Herzen und es scheint ihr unangenehm zu sein, mit mir darüber zu sprechen. „Wenn du noch länger hier in meiner Küche schweigend stehen bleiben möchtest, bitte, sehr gerne. Du bist immer herzlich willkommen", necke ich die Freundin und erhoffe mir zeitgleich eine Antwort von ihr. Meine Taktik fruchtet.

„Mir liegt etwas auf dem Herzen", beginnt Ina. Ich dachte es mir doch, grinse ich in mich hinein, sage es aber nicht. „Anton hat mich angerufen", spricht Ina weiter. Sie redet und redet auf mich ein, bis ich die Hände hebe. „Stopp! Mach bitte eine kurze Pause. Das dritte Mal hintereinander hast du von Schokolade gesprochen und dass ich Petra nicht verführen soll, das klingt doch lächerlich. Petra ist erwachsen und bisher wusste sie sehr gut, was sie mag und was nicht. Oft gab es schon Streit deswegen, du erinnerst dich bestimmt?" Ina lässt nicht locker. Für sie scheint es eine Aufgabe zu sein, mich zu belehren. Als es an meiner Tür klingelt und Franz mit Klaus ins Haus kommt, hole ich tief Luft. Während ich Franz ausgiebig im Flur küsse, schicke ich Klaus auf eine Tasse Kaffee zu Ina in die Küche.

„Dir liegt etwas auf dem Herzen?", sieht mich Franz an, nachdem ich ihn noch einmal ausgiebig geküsst habe. Kurz erzähle ich von Inas Plan, mich zum Verhalten zu Petra zu belehren. Franz grinst, wie so oft und ich bin mir nicht sicher, was er denkt. Dass Klaus währenddessen mit Ina spricht, mir ist es lieb.

„Soll ich für uns alle Pizza bestellen?", frage ich, nachdem auch Franz und ich in der Küche stehen. Der Blickwechsel zwischen Ina und Klaus ist mir nicht entgangen. „Wir werden erst einmal nach der Dachrinne sehen", sagt Klaus. Mit einem Blick, der auf Ina fällt, fügt er nach. „Später fahre ich noch bei Petra vorbei, mit Ina." Meine erste Reaktion, etwas zu sagen, wird von Franz unterbrochen. Sanft legt er seine Hand auf meine Schulter und spricht. „Das ist eine gute Idee. Und am kommenden Wochenende werden wir hier im Garten grillen. Petra wird etwas Ablenkung guttun. Ich kümmere mich um das Fleisch und“, jetzt unterbreche ich Franz. „Ina, bringst du deinen Kartoffelsalat mit?“ Die Freundin nickt zustimmend. Bevor Ina etwas sagen kann, spreche ich weiter. „Für Petra bereite ich einen Tomatensalat vor und besorge Gemüse für auf den Grill.“

Ina strahlt mich an, Klaus ebenso. Als sich die beiden verabschieden, ist meine Dachrinne repariert.

„Ich möchte deinen Vorschlag von vorhin aufnehmen“, küsst mich Franz. Im ersten Moment weiß ich nicht, was er sagen will. „Pizza holen.“ Franz küsst mich erneut und dann greift er nach seiner Jacke. „Müssen wir nicht zuerst anrufen?“ Meine Frage bleibt unbeantwortet, die Tür fällt zu. Kurz bleibe ich im Flur stehen, dann entscheide ich mich jedoch, die Zeit zu nutzen und noch weitere Rückmeldungen meiner Leserinnen zu lesen.

Liebe Lotte Wolke,
jeder Mensch darf einmal lügen, darf auch Fehler machen. Wichtig ist nur, aus den Fehlern zu lernen und zu verstehen, Lügen bringt uns nicht weiter. In der Regel stolpert man über seine Worte, fällt bei Freunden und der Familie in Missgunst. Sollten einige der Leserinnen nun das Schwert über sie halten, kann ich nur sagen: Diese Menschen sind selbstverliebt und nicht offen zu sich und uns.

Sie haben den Fehler zugegeben, das zeigt die wahre innere Größe, die Sie inzwischen gefunden haben. Leben und leben lassen, das durfte ich schon oft von Ihnen lesen, diese Weisheit sollten mehr Menschen beherzigen und uns ginge es gut. Was Ihre Liebe mit Franz betrifft, so wünsche ich Ihnen eine längere Haltbarkeit der Beziehung als in der Vergangenheit.

Meine Liebe kam tatsächlich über Nacht in mein Leben, vor gut 30 Jahren. Ich war gerade süße 16 Jahre alt und bis auf einen flüchtigen Kuss gab es noch keine Begegnung mit einem jungen Mann. Dass wir die Liebe bis heute erhalten konnten, noch immer gerne Zeit miteinander verbringen, ist ein Geschenk. Wir sind beide noch jung und was die Zukunft bringt werde ich sehen. Jetzt bin ich sehr glücklich!

Schreiben Sie bitte weiter, das ist der Grund, warum ich mich melde. In den letzten Tagen sind die Beiträge von Ihnen rar geworden. So viele schöne Minuten beim Lesen Ihrer Kolumne haben Sie mir schon geschenkt – dafür sage ich heute Danke!

Ihre Isi

Wow! Mir hat natürlich gefallen, was ich gerade habe lesen dürfen. Für den Moment, so denke ich, kann es nicht besser werden und da ich bis heute keine weitere Reaktion von Frau Krautwinkel erhalten habe, bin ich vorsichtig in meinem Handeln geworden. Die Angst, sie will keine Beiträge mehr von mir veröffentlichen, sie nimmt mir diese Verbundenheit mit meinen Leserinnen, liegt auf meinem Herzen.

„Der Pizzadienst kommt“, höre ich im Flur die Stimme von Franz. Ich habe ihm einen Schlüssel zu meinem Haus gegeben, oft hat er diesen noch nicht benutzt und daher schrecke ich auch im ersten Moment zusammen.

Eine Woche später

Die Idee von Franz, eine Gartenparty für Petra zu organisieren, hat er in die Tat umgesetzt. Für mich ist sein Verhalten noch immer neu. Glücklich darf ich registrieren, Franz bringt sich in meinen Freundeskreis ein, er will nicht mehr nur dic anonyme Liebschaft mit mir teilen. Wobei, diese ist ebenso prickelnd und schön wie gewohnt. Franz bringt mich zum Glühen, meine Leidenschaft ist entfacht, sobald er mich anfasst und auszieht, mich sinnlich berührt. Was für ein Glück ich nur habe, denke ich auch jetzt, beim Blick von meiner Küche aus in den Garten. Franz kümmert sich um den Grill und ich, wie versprochen, um den Tomatensalat und das Gemüse.

Meine Tante Lydia Lowere kommt mir in den Sinn. „Jetzt fühle ich mich dir ein Stück näher", sage ich leise mit einem Blick in den Himmel. Später kommt mir Anton in den Kopf. Auf die Vernissage freue ich mich schon sehr und selbstverständlich fahre ich nach Dresden, um an seiner Seite zu weilen. Ob es ihm wirklich gelingen wird, die alte Villa zurückzukaufen? „Lotte!"

Kurz zucke ich zusammen, so sehr war ich in meinen Gedanken, als ich meinen Namen höre. Ina kommt mit einer großen Schüssel in den Händen in den Garten. Neu ist, Johann begleitet sie. Während Ina auf die offene Küchentür zum Garten hin zukommt, gesellt sich Johann zu Franz. „So viele Veränderungen", nehme ich Ina die Schüssel ab, dann umarmen wir uns herzlich. „Es wird ein schöner Abend?" Meine Frage bringt Ina zum Schmunzeln. „Selbstverständlich, Lotte!" Ich drehe mich wieder um, schneide die Tomaten in Scheiben. „Nur Petra kommt allein, ohne Partner. Ob sie sehr traurig sein wird?" Aus Inas Mund kommt ein lautes: „Oh!" Ich drehe mich abrupt um. „Du bist nicht informiert?" Das Messer in meiner Hand lege ich auf die Ablage, gehe einen Schritt auf Ina zu. „Was meinst du mit informiert? Gibt es Probleme? Kommt Petra heute Abend doch nicht zu dem Grillabend?“ Ich fühle direkt eine Enttäuschung in mir aufkommen.

„Aber nein, ich meine, natürlich kommt Petra. Nur nicht allein“, Ina sieht mich verschmitzt an. „Nicht, dass du jetzt denkst, die Freundin sei über das Ende ihrer Beziehung mit Marc hinweg, nein, das ist noch nicht der Fall.“

So ganz verstehe ich Ina nicht, zumindest bin ich beruhigt zu hören, Petra wird heute Abend kommen. Ich drehe mich wieder um und schneide die Tomaten auf, da sagt Ina: „Klaus wird Petra abholen und begleiten, das ist doch in Ordnung?“ Jetzt verstehe ich, grinsend drehe ich mich um. „Deshalb hat Franz so viel Fleisch gekauft, er hat auch gewusst, dass Johann kommt?“

Ina hebt die Schultern. „Es scheint, Franz fängt an, auch an den Menschen Interesse zu haben, die dir wichtig sind, Lotte.“

19 Uhr

Mein lieber Postbote kommt mit Zorn im Gesicht an meinen Gartenzaun. „Machen Sie mir keinen Ärger, Fräulein Lotte! Ich muss die Polizei rufen, wenn es zu laut wird.“ Unbeholfen bleibe ich im Garten stehen. Als Franz auf den Mann zugeht, halte nicht nur ich die Luft an. Mir ist bewusst, noch vor einem Jahr hätte Franz dem Mann eine Wurst an den Kopf geworfen oder gleich die Faust gezeigt. Heute aber darf ich Franz von noch einer Seite erleben, die mir neu ist. Mit den Worten: „Kommen Sie doch auf ein Glas Bier in den Garten. Wir haben auch noch ein Steak für Sie“, aus seinem Mund, habe ich nicht gerechnet.

Mein alter Postbote ist tatsächlich erfreut und nimmt die Einladung an. Ina und ich sehen uns an, wir lächeln. Franz nimmt den Mann mit zum Grill, Klaus holt ein Bier aus der Küche und ich höre zu, wie die Männer sich unterhalten.

Diese Zeit nutze ich, um zu Petra zu gehen. Petra, das habe ich schon beim Ankommen gesehen, hat abgenommen. Erst war ich erschrocken und wollte etwas sagen, doch Ina hat mich davon abgehalten. „Petra! Es ist sehr schön, dass du heute Abend gekommen bist“, begrüßt Ina die Freundin lieb. Es wäre mein Part gewesen, diese Worte zu sagen, denke ich verwundert. Ina lockt mich geschickt in meine Küche. Verständnislos sehe ich sie an.

„Was ist los?“, will ich von ihr wissen.

„Petra ist intelligent. Dass sie gerade nicht so aussieht wie vor acht Wochen, sie wird es selbst im Spiegel sehen. Heute soll sie nur einen schönen Abend hier mit uns allen verbringen, ohne Vorwürfe oder den Finger in die Wunde zu legen. Petra muss zur Ruhe kommen.“

Ja, so wie Ina es sieht, ich komme zu dem Entschluss, sie hat Recht. „Geht sie wieder zur Arbeit?“

„Ja, zum Glück.“ Das klingt doch gut, denke ich und spreche ich auch aus. „Klaus?“ Mehr muss ich nicht sagen. „Nein! Petra ist noch nicht so weit. Sie braucht jetzt Zeit und ich denke, wenn Klaus ein ernsthaftes Interesse an ihr hat, dann ist er geduldig.“

„Ab heute werden wir jeden Monat einen Grillabend organisieren, auch im Winter“, hält Franz eine kurze Ansprache an unsere Gäste. Für den Augenblick fühle ich mich wie eine von den Frauen in unserem Dorf. Allem Anschein nach glücklich liiert mit einem fürsorglichen Mann an der Seite.

„Jetzt trinken wir auf Lotte, Ina und Petra, drei wunderschöne Frauen und beste Freundinnen“, hebt Franz erneut seine Stimme. Ich bin noch verwunderter als zuvor, zumal Franz für uns Frauen eine Flasche Prosccco öffnet.

„Hat er schon getrunken?“, hauche ich Ina ins Ohr, die gerade an meiner Seite weilt. „Glück muss man lernen anzunehmen. Genießen heißt das Zauberwort", verwundert blicke ich die Freundin an.

„Wir haben uns alle verändert in den letzten Jahren", hauche ich ihr zu. Als Franz vor mir steht, mein Glas füllt, küsse ich ihn.

„Findet hier eine Feier statt?" Eine laute Stimme schwebt über unseren Köpfen und reißt die Aufmerksamkeit aller auf sich. Gerade habe ich an meinem Prosecco genippt, jetzt aber, beim Anblick der Person, die in meinem Garten steht, ohne Einladung, spucke ich den Prosecco wieder aus. Es ist der Schreck, der mir in meine Knochen gefahren ist.

„Lotte? Wer ist diese Frau?" Franz legt spontan einen Arm um meine Schulter. „Soll ich sie wegschicken?" Ihm ist meine plötzliche Veränderung aufgefallen. So sensibel war er früher nicht. Kann nicht einfach einmal etwas schön und gut sein, ohne dass dafür eine neue Katastrophe eintrifft?

„Was bitte wird gefeiert?" Erneut erhebt die Frau ihre Stimme. Meine Freunde schweigen und ihre Blicke wandern zwischen dem neuen Gast und mir hin und her.

„Frau Krautwinkel", stoße ich hervor. Ina, die noch immer an meiner Seite weilt, versteht sofort, wer da ungebeten in meinen Garten gekommen ist und die Partystimmung stört. „Konnten Sie meiner Freundin nicht einfach per Mail kündigen? Müssen Sie noch den Triumph ausleben, ihr in die Augen zu sehen, wenn Sie Lotte die Freude am Schreiben nehmen?" Ina wird immer lauter und geht auf Frau Krautwinkel zu. Ihre Versuche, Ina etwas zu erklären, werden nicht erhört. Ina ist bereit, mich zu verteidigen und allem Anschein nach, hat auch Petra kapiert, wer da im Garten einfach reinmarschiert ist und stört. Auch sie geht auf Frau Krautwinkel zu und fängt an, auf die Frau einzureden.

Eine halbe Stunde später

Erschöpft sitze ich im Gras mit einem frischen Glas Prosecco in den Händen. Franz sitzt neben mir, zieht meinen Kopf auf seine Schulter. Wie gut es jetzt tut, ihn an der Seite zu haben. Im Hintergrund ist Musik zu hören, Stimmen ebenfalls.

„Kannst du mir das alles erklären?"

„Nimm es einfach an, Lotte."

„Für mich ist gerade alles so verändert. Und wie soll ich auf das Angebot von Frau Krautwinkel reagieren?" In meinem Magen ist Aufruhr, ich habe schon die Befürchtung, das letzte Bratwürstchen möchte wieder an das Tageslicht kommen.

Klaus hat die Aufgabe am Grill für Franz übernommen. Petra und Ina versorgen Frau Krautwinkel mit Prosecco, Salat und Gemüse. Für die Unterhaltung von ihr sorgt der Postbote. Kurz werfe ich einen Blick zu den Freunden, alle strahlen und scheinen sich sehr wohl zu fühlen. „Deine Idee war richtig", sage ich zu Franz. „Alle sind happy", seufze ich nach.

„Du hast allen Grund, sehr glücklich zu sein", streichelt er mir über meine Wange. „Lotte? Wenn du erst im Fernsehen bist, kann ich dich dann noch halten, als Freundin?" Ich knuffe Franz in seine Seite. „Werde bitte nicht albern", mahne ich ihn. „Die Rede ist von einer Talk-Sendung, an der ich teilnehmen soll."

Kurz verschließe ich meine Augen. Frau Krautwinkel wollte mir kündigen, das Schreiben habe sie schon verfasst und ausgedruckt, mit diesen Worten hatte sie zunächst zu mir gesprochen. „Jetzt möchte ich Sie um Entschuldigung bitten", sprach sie weiter. Meine letzte Kolumne, in der ich offen meine Lüge gebeichtet habe, hat Wellen geschlagen. Diskussionen hervorgerufen in den Medien. Außergewöhnlich heftig wurde über mein Verhalten diskutiert. Ein Fernsehsender hat mich daraufhin eingeladen, gemeinsam mit Frau Krautwinkel zu einer Talk-Runde zu kommen. „Die wahre Größe", ist der Leitfaden der Sendung. „Die Menschen sind überwiegend angetan von Ihnen, Frau Wolke", gab Frau Krautwinkel zu.

Mir fehlten in dem Moment die Worte. Mein Postbote half mir aus der Lage und bot meiner Chefredakteurin an, ihr mehr von mir zu erzählen. Meine Ohren fingen schon an zu glühen, mein erster Impuls, dazwischen zu gehen, wurde von Franz gestoppt.

„Bleib ruhig. Schau dir die beiden nur an. So, wie ich die Lage einschätze, will dein Nachbar und ehemaliger Postbote sich bei Frau Krautwinkel gut darstellen. Er wird nicht schlecht über dich sprechen", beruhigte mich Franz.

„Schau nur, wie die zwei jetzt zu uns sehen und lachen", gebe ich Franz später einen Schubs und zeige auf den Postboten, der mit Frau Krautwinkel am Zaun steht. „Jetzt erzählt er von unserem Sex im Garten", ereifere ich mich. „Den wir hoffentlich bald wieder haben", zieht mich Franz ein Stück näher. Der nächste Kuss lässt mich die Sorgen vergessen, zumindest für einen Moment.

Drei Wochen später

„Ich brauche die Unterstützung von euch!“ Meinen Wunsch an Ina, Petra und Karin, mich zu der Talk-Sendung zu begleiten, spreche ich aus, als wir den nächsten Mädelsabend haben. „Spannende Zeiten warten auf uns, Mädels! Zum einen die Vernissage von Anton Wall, an der wir gemeinsam an seiner Seite sein werden“, ich hole tief Luft. Meine Aufregung ist nicht zu verbergen.

„Natürlich denken wir auch an deine Talk-Sendung, Lotte, bei der du dich in die Herzen der Menschen reden wirst“, hebt Karin ihr Glas. „Best friends forever“, höre ich Petra sagen. „Selbstverständlich sind wir an Lottes Seite!“, bringt sich auch Ina ein.

In meinem Kopf sind die vielen Rückmeldungen von Leserinnen, die ich inzwischen alle gelesen habe. Die neue Aufgabe für die nächste Kolumne hat mir Frau Krautwinkel gestern persönlich mitgeteilt. Sie stand einmal mehr unverhofft an meinem Gartenzaun. In den vergangenen Wochen habe ich ihr Auto öfter in meiner Straße gesehen.

„Wie lautet das neue Thema?“ Petra fordert eine Antwort von mir. Die Augen der Freundinnen liegen auf meinen Lippen, als ich sage: „Suche Mann, der lieben kann.“

Mehr von Lotte, Ina, Petra und Karin finden Sie
in den weiteren Frauenromanen von Manuela Lewentz:

Manuela Lewentz
Suche Mann zum Renovieren
Roman
Mittelrhein-Verlag

Suche Mann zum Renovieren

(1. Roman aus der Serie um Lotte)

Ausgerechnet Lotte, die gerne in den Tag hineinlebt und viel Zeit für ihre kreativen Augenblicke braucht, soll eine Villa in Frankfurt geerbt haben? Dabei kennt sie die edle Spenderin nicht einmal. Lydia Lowere, eine Dame der High Society, hat Lotte für ihr Erbe ausgesucht. Doch, was um alles auf der Welt hat diese Lady dazu bewegt? Lotte weiß sich keinen Rat. Von einer Verwandtschaft mit dieser Frau ist ihr nichts bekannt. Bei einer Recherche im Internet stößt Lotte auf das Foto von Lydia Lowere, das Konterfei hat sie nun wenigstens schon einmal gesehen. Ob sie von Lottes Geldproblemen wusste? Dann ist auch noch die Sache mit der Kolumne. Für ein Magazin soll sie die perfekte Kontaktanzeige entwerfen und Tipps geben, wie man sich einen Traummann angelt. Bei den Recherchearbeiten bezieht Lotte ihre besten Freundinnen mit ein-romantische Turbulenzen sind vorprogrammiert.

Einblick:
Lotte

Es ist einer dieser herrlich warmen Tage, die viel zu kostbar sind, um sie nicht im Freien zu verbringen. Ich gehöre zu den Menschen, die in der Sonne aufblühen, kreativ werden und Ideen entwickeln, die jedoch im Winter, wie unter einem Schleier verborgen scheinen.

Am Mittag habe ich meine Freundin Ina auf ihrer Arbeit angerufen. Ich weiß, dass ihr Marc heute Abend zum Tennisspielen mit seiner Mannschaft verabredet ist. Diese Abende gehören seit Langem uns Mädels, meistens sitzen wir, wie auch heute, zusammen in meinem alten, verwilderten Garten, vor uns ein Glas Wein auf dem Tisch und eine Platte mit belegten Broten. Bereits seit Mittag freue ich mich darauf! Es soll ein schöner und entspannter Abend werden, so habe ich es mir gewünscht. Bei meinem Treffen mit Ina, die immer unkompliziert verlaufen, kann ich auf ein Styling meiner Haare und besondere Kleidung getrost verzichten, was meiner Natur sehr nahe kommt.

Als Ina meinen Garten betritt und ich sie sehe, kommt sie mir gleich verändert vor. Der Gesichtsausdruck ist alles, nur nicht gelöst und positiv. Ich denke mir, hoffentlich wird es trotzdem ein entspannter Abend, so wie ich es mir vorgestellt habe. Die Begrüßung ist freundlich, jedoch, wie ich es empfinde, gespielt.

„Alles in Ordnung mit dir?“ Ich sehe meine Freundin fragend an und beobachte, wie sie sich auf den Gartenstuhl setzt. „Es geht nicht um mich“, eröffnet Ina einen Redeschwall, der sich in den nächsten Minuten über mich ergießt.

Zunächst versuche ich noch, lächelnd alles an mir abprallen zu lassen, doch das, was ich mir anhören muss, weckt meinen Unmut.

Probleme mag ich nicht, doch wer kann das schon von sich behaupten? Meine Freundin Ina findet meine Art, mit Problemen umzugehen unmöglich.

„Lotte, du musst endlich lernen, den Tatsachen ins Auge zu sehen, dein Verhalten gleicht einem pubertierenden Teenager“, ist nur einer ihrer guten Ratschläge.

„Danke, liebe Freundin, für das Kompliment, noch so viel Jungendlichkeit auszustrahlen“, kommt prompt meine Antwort.

Manuela Lewentz
Prinz gesucht -
Frosch geküsst
Mittelrhein-Verlag

Prinz gesucht – Frosch geküsst

Die neue Recherche für Lottes vierteljährliche Kolumne soll nur ein Job sein, doch dann gerät Lottes Leben mal wieder so richtig durcheinander. Das Thema Rund um die ideale Beziehung wirbelt in ihrem eignen Leben so einiges durcheinander.

Immerhin die letzten Monate war Lotte im siebten Himmel. Der Aufenthalt auf Wolke 7 war jedoch zeitlich begrenzt.

Der Alltag mit seinen Tücken und nervenden Wahrheiten kam zu rasch. Nur, so fragt sich Lotte inzwischen, wieso verwandeln sich einige Prinzen nach dem Küssen zu einem Frosch, den man lieber nicht mehr küsst und mit in sein Bettchen nimmt?

Nur gut, dass Karin und Ina in der Nähe weilen und gemeinsam mit Petra stets für die nötige Abwechslung in Lottes Leben sorgen. Die lange vermissten Mädelsabende mit Sekt und Chips als Ausgleich zu fehlendem Sex zu sehen, fällt Lotte trotzdem schwer.

Dann steht plötzlich dieser Wagen vor Lottes Gartentür und mit dessen Fahrer kommt Unruhe ins Haus.

Liebesabenteuer sind nicht ausgeschlossen.

Ein lustiger Roman, der der Wahrheit sehr nahekommt.

Manuela Lewentz
Männer sind wie Sahnetorte
Verführerisch bis zum letzten Biss
Mittelrhein-Verlag

Männer sind wie Sahnetorte
Verführerisch bis zum letzten Biss

„Männer sind wie Sahnetorte – verführerisch, anziehend bis zum letzten Biss. Wie die unnötigen Kalorien der süßen Leidenschaft kleben sie oft viel zu lange an uns, nicht nur an den Hüften."

Lydia Lowere hat diesen Spruch geliebt. Lottes Tante lebte so unkonventionell, liebte das Leben, die Männer, natürlich auch das Geld.

Ob Lotte die Gene ihrer Tante in sich trägt? In den letzten Wochen und Monaten war ihr Leben einer Tristesse gewichen. Doch damit ist nun Schluss! Lotte geht auf Kreuzfahrt. Als Nebeneffekt der Reise hofft Lotte, endlich ihren Traumprinzen zu treffen. Unerwartet trifft Lotte an Bord den Mann, mit dem sie schon seit Monaten eine heimliche E-Mail-Bekanntschaft pflegt. Sein Erscheinen sorgt für Turbulenzen. Wie zum Angriff auf das neue Leben packt Lotte ihren Koffer, obenauf den roten Bikini.

„Herrlich witzig, fröhlich und verfeinert mit dem Gewürz des wahren Lebens, der Liebe und der Freundschaft mit all ihren Höhen und Tiefen."

Einblick:
Lotte

„Die Farbe Rot soll eine Signalfarbe für gewünschte Aufmerksamkeit sein." Wenn an diesen Worten von Ina ein Fünkchen Wahrheit ist, umso schöner! Verrückt, dass ich gerade jetzt an diesen Spruch von ihr denken muss. Lachend ruht mein Blick auf dem roten Bikini, der obenauf in meinem bereits gepackten Koffer liegt. Eine Woche Urlaub auf einem Schiff und damit eine Woche Dolce Vita liegen vor mir. Mein Körper und meine Seele brauchen diese kleine Auszeit vom Alltag. Wie ich mich auf diesen Urlaub freue! Meine Leidenschaft, sämtliche Rätsel in Zeitschriften und Zeitungen auszufüllen, scheint mein Glück angekurbelt zu haben.

Kreuzworträtsel entkommen mir nie. Selbst beim Friseur oder beim Arzt fingere ich gezielt diese Seiten hervor und fange unvermittelt an, sie auszufüllen. Kochtöpfe, Fußmatten, kleine Geldbeträge bis 50 Euro, Stiefel, einen Rucksack und die Lampe im Flur sind auf diesem Weg in mein Leben gekommen.

Gut, die Stiefel waren nicht meine Größe, vier Fußmatten mussten es auch nicht sein und dass meine Kochtöpfe alle unterschiedlichen Dekors sind, geschenkt.

Manuela Lewentz
Herzensbrecher günstig abzugeben
Mittelrhein-Verlag

Herzensbrecher günstig abzugeben

„Männer sind wie Kaugummi, erst knackig und erfrischend, später nur noch zäh und fade“, so Lydia Lowere.

Seit Lotte, die alten Briefe ihrer verstorbenen Tante gelesen hat, ist sie davon überzeugt, ihr Leben ändern zu wollen. Mit Franz läuft es zwar gut, jedoch fehlen Lotte die Highlights, die kleinen Wunder des Alltags, das prickelnde Extra.

Ein Mann, der nicht auf rote Dessous reagiert, ist doch nicht normal!

Immerhin, die Abende mit ihren Freundinnen lassen hoffen und sorgen nach wie vor für gute Laune.

Der Anruf von Karin kommt, als Lotte mit Petra und Ina im Garten sitzt. Ihr anschließender Entschluss, gleich nach Dresden zu fahren, ist rasch gefasst. Was Lotte nicht ahnt, es warten wieder einmal viele Abenteuer auf die Freundinnen.

Manuela Lewentz
Heißer Flirt im Gepäck
Mittelrhein-Verlag

Heißer Flirt im Gepäck

„Das Leben, so meine Überzeugung, kann grandios sein, von herrlich leicht bis in der Liebe verrucht“, so Lydia Lowere, Lottes Tante.

Statt eines gemütlichen Mädelsabend mit Prosecco und Chips in Lottes Garten, starten die Freundinnen zu einer Kreuzfahrt.

Abenteuer sind das Feuer im Leben, so Lottes Credo. Nebenbei erhofft sich Lotte an Bord einen netten Mann zu treffen. Nicht gerechnet hat sie mit dem Tumult, der sich anbahnt, und ebenso wenig mit dem netten Kellner, der ihr Rotwein serviert. Für eine gehörige Portion Aufregung sorgen die Worte von Vincenz. Doch nicht nur er bringt die Stimmung zum Knistern. Dafür sorgen auch die Überraschungsgäste, die Herzen höherschlagen lassen.

Humorvoll und spannend zugleich, der neue Roman von Manuela Lewentz.

Einblick:
Lotte

Abenteuer sind das Feuer im Leben! Beflügelt von dieser Idee beschreite ich gerne neue Wege. Mit meiner Kontaktanzeige, die ich unter die Überschrift -Suche Mann zum Renovieren- gestellt hatte, fing alles an. Die Antworten auf meine Kontaktanzeige flogen regelrecht in meine Hände. Der Briefträger kam täglich und mit ihm kamen die Wünsche der Herren in mein Haus. Bei Prosecco und Chips wurden die Schreiben feierlich geöffnet. Immer an meiner Seite weilten meine Freundinnen Karin, Petra und Ina. Was nur hätte ich ohne sie gemacht? Wie würde ich heute dastehen ohne meine Mädels? Jede Freu braucht ihre Freundinnen, die gemeinsamen Abende, ohne dass ein Mann hineinredet oder bestimmt, wann der Abend sein Ende findet. Für mich sind meine Freundinnen wie eine Familie, eben ein Teil von mir. Mit niemandem kann ich so ungeniert meine Gedanken und Wünsche teilen, meinen Frust über eine gescheiterte Liebe ebenfalls.

Ich hole Luft, sinniere kurz über meinen Versuch, Franz mit roten Dessous zu verführen. Wie befreiend, dass ich inzwischen über den weiteren Verlauf dieses Abends lachen kann. Ein Mann, der nicht auf die Verführungskünste seiner Freundin anspringt, dafür lieber in seinen Bratkartoffeln stochert, ist nicht gerade ein Hauptgewinn. Seit diesem Erlebnis gehe ich Franz aus dem Weg, zumindest versuche ich dies, Fazit aber ist, ich habe ihn mehr als nur einmal unter dem Einfluss von Prosecco angerufen und geweint. Peinlich, so mein Resümee, doch ich bin nun einmal eine spontane Person und gefühlsbetont dazu.

Manuela Lewentz
Küssen
statt reden
Mittelrhein-Verlag

Küssen statt reden

„Zuckerwatte gehört zur Kirmes- wie guter Sex zu mir“, so Lydia Lowere.

Lottes Tante liebte das Leben. Für Lotte wäre gerade schon die Zuckerwatte ein kleines Highlight in ihrem Leben. Nicht, dass Lotte sich über ihr Liebesleben beklagen müsste und doch fehlt ihr das prickelnde Extra in ihrem Leben. Wieso nur werden Männer im Laufe einer Beziehung so faul und vergessen es, die Freundin einmal wieder zu verwöhnen, nicht nur beim Sex?

Die gemütlichen Abende mit den Freundinnen bei Prosecco, Kartoffelsalat und Chips sind Lottes Highlight der letzten Wochen geworden. Anders verhält es sich mit Franz. Er entpuppt sich einmal mehr als Fehlgriff und bringt Lottes Gefühle erneut ins Wanken. Kein Wunder, dass Lotte ihrem alten Strickmuster verfällt und wieder eine Kontaktanzeige verfasst. Mit den Antworten der willigen Kandidaten kommt Unruhe ins Haus.

Liebe, so denkt Lotte, sie ist wie Pudding. „Ich liebe Pudding, kann ihm nicht aus dem Weg gehen, trotzdem tut er mir nur kurzfristig gut und hängt im Anschluss zäh auf meinen Hüften fest“, so Lottes Credo.

Manuela Lewentz
Naschen erlaubt
Zuckerstücke braucht die Liebe
Mittelrhein-Verlag

Naschen erlaubt-
Zuckerstücke braucht die Liebe

„Ich liebe es zu naschen, nicht nur Schokolade", so Lydia Lowere, Lottes Tante.

Lydia hat es verstanden, zu leben und mit allen Sinnen zu genießen, das Leben und die Männer. Die Gene der Tante sind leider nicht 1 zu 1 bei Lotte angekommen. Männer sind für Lotte noch immer ein unbekanntes Buch.

Ein Wochenende in Dresden verspricht Abwechslung und garantiert auch neue Begegnungen, die unverhoffte Wendungen nach sich ziehen.